自然生命与文学

詹福瑞 著

人民出版社

责任编辑:孙兴民　张帅奇
封面设计:徐　晖
责任校对:张　彦　闫翠茹

图书在版编目(CIP)数据

自然　生命与文学/詹福瑞 著. —北京:人民出版社,2018.3
ISBN 978-7-01-019010-5

Ⅰ.①自…　Ⅱ.①詹…　Ⅲ.①中国文学-古典文学研究
Ⅳ.①I206.2

中国版本图书馆 CIP 数据核字(2018)第 040658 号

自然　生命与文学

ZIRAN SHENGMING YU WENXUE

詹福瑞　著

人民出版社 出版发行
(100706　北京市东城区隆福寺街 99 号)

保定市北方胶印有限公司印刷　新华书店经销

2018 年 3 月第 1 版　2018 年 3 月北京第 1 次印刷
开本:880 毫米×1230 毫米 1/32　印张:11.25
字数:232 千字

ISBN 978-7-01-019010-5　定价:42.00 元

邮购地址 100706　北京市东城区隆福寺街 99 号
人民东方图书销售中心　电话 (010)65250042　65289539

目　录

生命意识的觉醒与儒、道生命观

生命意识是只有人才有的关于生命的体验，是出于人的本能而又带有甚深文化内涵的意识。

生命意识最直接的认识就是对生和死的认识和体验，可以这样说，人类一旦认识到个体生命的存在与消失，生命意识也就产生了。然而这种生命意识究竟产生于何时，仍是人类学家探讨的问题。西方人类学家一般认为，“自然死亡对于原始人是一个极其陌生的观念”①，即认为原始人把死看作是偶然的灾祸，还未认识到人的生和死的必然性，所以还不能说原始人有生命意识。

认识到自然死亡，的确是生命意识成熟的重要标志。问题是原始人是否就没有自然死亡的意识。从原始宗教、神话的产生根源分析，宗教、神话的产生，其根源之一即出于原

① 《超越唯乐原则》第五章，《弗洛伊德后期著作选》林尘等译，上海译文出版社 1986 年版，第 48 页。

始人对死亡的恐惧和对生命的崇拜。而这种恐惧之中，就很难分清是对自然死亡的恐惧还是对偶然死亡的恐惧。如我国古代神话中记载的不死民、不死之国等，应该说就是面对自然死亡这一现象产生的对长生不死的遐想。我国的甲骨文中就已有了“死”字。商承祚《殷墟文字类编》释甲文象：“生人拜于朽骨之旁，‘死’之谊昭然矣。”[①] 由此甲骨造文之象，可以看出当时人不仅有了生死的意识，而且有了重死的文化。《周易》占卜的核心内容是基于生死之上的吉凶之断。如《易·豫》：“六五，贞吉，恒不死。”[②] 是为占问疾病之卦，其结果是“恒不死”，反映出此时人对死的恐惧，对不死的期待。这种恒不死的期待，是否即出于对自然死亡的恐惧呢？回答应该是肯定的。又《尚书·秦誓》，公曰：“我心之忧，日月逾迈，若弗云来。”[③] 也明显是对自然死亡的反应。王肃注云：“年已衰老，恐命将终，日月遂往，若不云来，将不复见日月。”不仅为年迈将终而惧，而且有了日月遂往的时间意识。到了春秋战国时期，对生死必然性的认识愈加明确，《左传·文公十三年》：“死之短长，时也。”[④]《昭公二年》：“子产曰：人谁不死？”[⑤]《论语·颜渊》：“子夏曰：商闻之矣，死生有命，富贵在天。”又“自

---

① 罗振玉《增订殷虚书契考释》，艺文印书馆 1969 年版，第 53 页。
② 李道平《周易集解纂疏》，中华书局 1994 年版，第 208 页。
③ 皮锡瑞《今文尚书考证》，中华书局 2004 年版，第 472 页。
④ 洪亮吉《春秋左传诂》，中华书局 1987 年版，第 378 页。
⑤《春秋左传诂》，第 648 页。

古皆有死。”[①]《荀子·宥坐》：“死生者，命也。”[②] 又《强国》：“人之命在天。”说明春秋战国时期，不仅已经有了十分明确的自然死亡意识，并且已经把生死看作任何人都无法改变的必然。

秦汉以后，对生命有了更清醒的认识，把生死视为必然已经成为比较普遍的观念。《吕氏春秋·节丧》：“凡生于天地之间，其必有死，所不免也。”[③] 同上《安死》篇：“人之寿，久之不过百，中寿不过六十。”不仅认识到了死的必然性，而且对人的寿命的长短，也积累了一般的经验。而扬雄等人明确地提出生死是自然之道，《法言·君子》：“有生者必有死，有始者必有终，自然之道也。”桓谭《新论·祛蔽》：“生之有长，长之有老，老之有死，若四时之代谢矣。”[④] 所谓的自然之道，就是自然规律，如桓谭所言，人的生和死，与春夏秋冬四时代谢一样，是不可抗拒的规律。王充更明确地总结出这样一个道理，凡是有血脉的动物，都会有生和死，而且是有生才有死，《论衡·道虚》云：

> 有血脉之类，无有不生，生无不死。以其生，故知其死也。天地不生，故不死；阴阳不生，故不死。死者，生之效；生者，死之验也。夫有始者必有终，有终者必

---

① 程树德《论语集释》，中华书局 1990 年版，第 830 页。

② 王先谦《荀子集解》，中华书局 1988 年版，第 527 页。

③ 许维遹撰、梁运华整理《吕氏春秋集释》，中华书局 2009 年版，第 220 页。

④ 桓谭撰、朱谦之校辑《新辑本桓谭新论》，中华书局 2009 年版，第 34 页。

有死。唯无终始者，乃长生不死。人之生，其犹冰也。水凝而为冰，气积而为人。冰极一冬而释，人竟百岁而死。人可令不死，冰可令不释乎？①

在《论死》篇，王充不仅重申了死犹冰释的比喻，而且又把人死比作火灭："人之死，犹火之灭也。"这都是在强调死的必然性。在《论死》篇，王充还驳斥了人死为鬼的说法：

世谓人死为鬼，有知，能害人。试以物类验之，人死不为鬼，无知，不能害人。何以验之？验之以物。人，物也；物，亦物也。物死不为鬼，人死何故独能为鬼？……人之所以生者，精气也。死而精气灭。能为精气者，血脉也。人死血脉竭，竭而精气灭，灭而形体朽，朽而成灰土，何用为鬼？②

这是对生和死最为理性的认识，生死是自然的，也应自然处之，既无人死为鬼之说，亦无需做求仙等必不成之为。与子夏所云死生在于命运，都是对于生命的理性的认识。

但死亡的自觉毕竟给人带来死亡的恐惧，也给人带来生命的痛苦。叔本华说：

对人来说，唯有死亡才是真实的，这一事实使得人生的境况越发陷入痛苦的深渊之中。动物从不真正知道死亡为何物，因而也从不像人那样以某种自然方式对死

① 王充著、黄晖校释《论衡校释》，中华书局1990年版，第338页。
② 《论衡校释》，第871页。

亡沉思冥想，它仅凭本能来摆脱死亡的魔爪——然而人不行，死亡的惨状总是浮现在他的面前。[①]

其实并不仅仅是死亡的惨状，死后的虚无实则更令人恐惧。“齐景公游于牛山之上，而北望齐，曰：美哉国乎，郁郁蓁蓁。使古而无死者，则寡人将去此而何之？俯而泣下，沾襟”。[②] 即所谓牛山之泣。因此乐生恶死、趋生避死也就成为人的普遍行为。春秋战国以来，这一普遍现象也得到了揭示。《左传·昭公二十五年》所云：“生，好物也；死，恶物也。好物，乐也；恶物，哀也。”[③] 《鹖冠子》云：“所谓人者，恶死乐生者也。”[④]《吕氏春秋·论威》：“人情欲生而恶死。”[⑤] 说明贪恋生命而害怕死亡是人的共同心理，而且是人的好恶中最为根本、最为自然的情感态度。

当然，在中西方哲人中也有不承认死亡痛苦的人。古希腊哲学家伊壁鸠鲁说：

所有烦恼中最可怕的死亡与我们毫不相干。我们活着时，死亡尚未来临；死亡来临时，我们已经不在了。因而死亡对于生者和死者都没有干系。对于生者来说，它是不存在的；而死者根本就是不死的。[⑥]

---

① 叔本华撰，任立、潘宇编译《悲情人生》，华龄出版社 1997 年版，第 8 页。

② 韩婴撰、许维遹注释《韩诗外传集释》，中华书局 1980 年版，第 350 页。

③ 《春秋左传诂》，第 766 页。

④ 黄怀信《鹖冠子汇校集注》，中华书局 2004 年版，第 350 页。

⑤ 《吕氏春秋集释》，第 179 页。

⑥ 苗力田《古希腊哲学》，中国人民大学出版社 1989 年版，第 647 页。

这真是智者对死亡痛苦的辩解。在所有的痛苦中，死亡应该是极限。但是伊壁鸠鲁却辩解说，人与死亡是不相干的。因为无论你活着还是死去，都不会与死亡的痛苦相遇。你既然活着，当然无法知道死亡之痛；而当你死去时，你已经不复存在了，死了的人又怎么会感受死的烦恼呢？无独有偶，我国汉初的著作《淮南子·俶真训》中也有类似的议论："始吾未生之时，焉知生之乐也？今吾未死，又焉知死之不乐也。"[①] 由未出生而不知生的快乐，推出人之未死又如何知道死亡必然痛苦而不是快乐。《淮南子》的这种观点来自《庄子》，《齐物论》篇云：

> 予恶乎知悦生之非惑邪？予恶乎知恶死之非弱丧而不知归者邪？丽之姬，艾封人之子也，晋国之始得之也，涕泣沾襟。及其至于王所，与王同筐床，食刍豢，而后悔其泣也。予恶乎知夫死者不悔其始之蕲生乎？[②]

但是这种不承认死亡痛苦、或甚而推论死亡之乐中，恰恰可以看出这些哲学家消解死亡恐惧的努力。"楚人有乘船而遇大风者，波至而自投于水，非不贪生而畏死也，惑于恐死而反忘生也"。[③] 过于恐惧死亡反而害生，所以要以人不可能经历、了解死亡的痛苦来消解死亡的恐惧。孔子对待死亡也是采取一种回避的态度。据《论语·先进》："季路问事鬼神。子曰：'未能事人，焉能事鬼？'曰：'敢问死。'曰：'未

① 何宁《淮南子集释》，中华书局1998年版，第98页。

② 郭象注、成玄英疏《庄子注疏》，中华书局2011年版，第55页。

③ 《淮南子集释》，第978页。

知生，焉知死？'”这实际上是一种非常现实的态度，重生的态度。孔子虽然不说死，但在现实生活中，却不可避免地承受着巨大的死的悲痛。《论语·先进》：“颜渊死，子哭之恸。”连呼“噫！天丧予！天丧予！”而对于时光的流逝，孔子也表现出极大的震撼：“子在川上曰：逝者如斯夫，不舍昼夜。”正因为孔子对死有着如此痛苦的感受，所以他才更重视生。

魏晋时期，随着生命的自觉，圣人有情无情之辨成为玄学的重要命题。王弼有《戏答荀融书》，以自然之性作为立论的基础，说明即使是圣人贤者，也不可避免死亡的痛苦。书云：“夫明足以寻极幽微，而不能去自然之性。颜子之量，孔父之所预在，然遇之不能无乐，丧之不能无哀。”① 这说明恋生与死亡之痛是人的自然本性。而能够克服这种自然本性，必须有待于人对于生死的必然性有更为深刻的认识。

只有认识到了生与死的必然性，古人才会在死亡之痛外，对生和死采取一种更为客观的理性态度。儒家认为生死是命，命就是必然，是人所不免的。所以儒家以强调生的意义和死的价值来超越死亡之痛。尤其是道家，开始认识到生命的物质性，把死亡物化，对待生和死，也就有了比较超然的态度。庄子一方面说“死生亦大矣”②，认为生和死对于人来说是件大事；另一方面又强调“死生，命也。其有夜旦之常，天

① 《三国志·魏书·锺会传》裴松之注引何劭《王弼传》，中华书局 1997 年版，第 796 页。

② 《庄子注疏·田子方》，第 387 页。

也”[①]，“明乎坦途，故生而不悦，死而不祸，知终始之不可故也”。[②]因为认识到事物是变动不居的，死与生是正常的，所以应顺应自然，如《养生主》篇所言：“适来，夫子时也；适去，夫子顺也。安时而处顺，哀乐不能入也。”[③]《大宗师》亦云：“且夫得者，时也；失者，顺也。安时而处顺，哀乐不能入也。”安于自然的安排，适时而生，顺时而逝，不为生而喜，亦不以死为祸。庄子对待生死还有一个重要的思想，即生命产生于气的思想，《庄子·知北游》：

> 生也死之徒，死也生之始，孰知其纪。人之生，气之聚也。聚则为生，散则为死。若死生为徒，吾又何患！故万物一也。[④]

把生命看作是气的聚散，这实则是把生命视为物质的一种努力。视生命为气化，是生死观的重要发展。其意义有二：首先，它破除了鬼神的宗教迷狂，使人们对生死的认识趋于理性；另外，也正由于这种理性的生死观，才让人们更重视生命，并且从容面对死亡。正是因为庄子把生命看作是物质的气的聚散，所以才有庄子生死相续、生死为一的思想。而这种思想是庄子从容面对死亡、不为生死所动的主要原因。《庄子·至乐》篇记载了庄子妻死庄子鼓盆而歌的故事。对于这种矫激的行为，惠子颇为不解说：“与人居，长子老身，

---

① 《大宗师》，同上书，第133页。

② 《秋水》，同上书，第309－310页。

③ 同上书，第70页。

④ 同上书，第391页。

死，不哭，亦足矣，又鼓盆而歌，不亦甚乎！”庄子正是从生死由气而回答惠子的：

> 不然。是其始死也，我独何能无概然？察其始而本无生，非徒无生也，而本无形；非徒无形也，而本无气。杂乎芒芴之间，变而有气，气变而有形，形变而有生，今又变而之死，是相与为春夏秋冬四时行也。人且偃然寝于巨室，而我噭噭然随而哭之，自以为不通乎命，故止也。①

庄子为我们描绘了人由生前到出生、又到死亡的过程。这样的一个过程就是由无形、无气，到有气、有形、有生，再回到无生、无形、无气的过程。这个过程是一个自然的过程，因而生而不足喜，死而不必悲，此谓“通乎命”。通乎命，就是认识到生命的所以然，所以庄子不为妻子之死而哭而悲。在《大宗师》篇庄子还写了子来将死的故事：

> 俄而子来有病，喘喘然将死，其妻子环而泣之。子犁往问之，曰：“叱，避！无怛化！”倚其户与之语曰：“伟哉造化！又将奚以汝为？将奚以汝适？以汝为鼠肝乎？以汝为虫臂乎？”子来曰：“父母于子，东西南北，唯命之从。阴阳于人，不翅于父母。彼近吾死而我不听，我则捍矣，彼何罪焉。夫大块载我以形，劳我以生，佚我以老，息我以死。故善吾生者，乃所以善吾死也。”②

① 《庄子注疏》，第 334 页。
② 同上书，第 143－144 页。

在这里，庄子虽然没有提到气化，实则深化了气化的思想。庄子认为气化可以使人为人，也可以使人为物。而这一切的根本在于造化，即大自然。人的生和死是由大自然所决定的，所以人对待生死应顺应自然，采取一种坦然的态度。

庄子的气之聚散决定人的生命的思想，对后代产生了很大影响。汉代的王充论人的生命形成，就发挥了庄子的气的思想。王充《论衡·气寿篇》认为，“人受气命于天”，“非天有长短之命”，“禀寿夭之命，以气多少为主性也”，具体说是夫妻合气而有了后代，所以人的生死寿命皆决定于气：

> 强寿弱夭，谓禀气渥薄也。……若夫强弱夭寿，以百为数；不至百者，气自不足也。夫禀气渥则其体强，体强则其命长；气薄则其体弱，体弱则命短，命短则多病寿短。①

《命义》篇以此为基础，对所谓死生有命作了新的解释：

> 死生者，无象在天，以性为主。禀得坚强之性，则气渥厚而体坚强，坚强则寿命长，寿命长则不夭死。禀性软弱者，气少泊而性羸窳，羸窳则寿命短，短则蚤死。故言“有命”，命则性也。②

什么是命？王充剥去了命的神秘面纱，把它物质化。他认为，命就是人所禀受的性，性有坚强和软弱之分，具体表现在人禀气的厚薄。人寿命的长短即决定于气的厚薄。这是汉代人

---

① 《论衡校释》，第 28 页。

② 同上书，第 46 – 47 页

寻找死生与寿命长短的理性的尝试与努力，这种尝试和努力是很深刻并十分有益的。

受庄子影响的《列子》也把生死说为命[①]，《天瑞》篇云：

> 人自生至终，大化有四。婴孩也，少壮也，老耄也，死亡也。其在婴孩，气专志一，和之至也；物不伤焉，德莫加焉。其在少壮，则血气飘溢，欲虑充起，物所攻焉，德故衰焉。其在老耄，则欲虑柔焉，体将休焉，物莫先焉；虽未及婴孩之全，方于少壮，间矣。其在死亡也，则之于息焉，反其极也。[②]

此论与《庄子·大宗师》"佚我以老，息我以死"颇为相近，而强调欲虑与德的互为消长是一个自然的过程。其婴孩"和之至"的思想与老庄一脉相承。《力命》篇云："然而生生死死，非物非我，皆命也。智之所无奈何。"什么是"命"？命就是庄子所说的造化，就是今人所说的自然规律。人之生、之长、之老、之死，都是自然规律，不是人自己所能改变的。所以《列子·天瑞》主张："死者，人之终也。处常得终，当何忧哉！"应顺其自然，既得顺其自然，那么也就不会为死而忧悲了。

随着人类的发展与进步，人的内心世界的日趋丰富，除生与死、存在与虚无这一生命意识最原始也是永恒的内容外，

---

① 此取《列子》成书于魏晋之说。
② 杨伯峻《列子集释》，中华书局2012年版，第20页。

生命意识也相应有了更丰富的内涵。如人类从个体的人由少及老、由盛而衰，又由春夏秋冬的周而复始的无限轮回，而认识到与人的生命的有限及相关的时间问题。叔本华在《悲情人生》一书中说：

> 生存的全部痛苦就在于：时间不停地在压迫我们，使我们喘不过气来，并且紧逼在我们身后，犹如持鞭的工头。倘若什么时候时间会放下他悬鞭的巨手，那只有当我们从令人心烦的苦悲中完全解脱出来。①

生命过程的有限、死亡的恒定、悲剧必不可免的全部痛苦，就在于时间。时间不停地流逝，而且是无限地来，无限地消失，永无止极。而人占有的时间却极为短暂，并且是一次性的占有。所以，时间似高悬鞭子的工头，紧逼在人的后面，穷追不舍。而在我国，《论语·子罕》中就记载了孔子在河上的感慨："逝者如斯夫，不舍昼夜。"认为时光像河水一样不停地流逝。时间的意识，在生命意识中主要反映为宇宙的无限与人的生命的有限。《庄子·知北游》说："人生天地之间，若白驹之过隙，忽然而已。……已化而生，又化而死，生物哀之，人类悲之。"又：《盗跖》篇："天与地无穷，人死者有时。"把人生与天地相较，有了人生瞬间的感觉。对宇宙无限的认识与人生有限的认识，是一种互为因果的关系。人生若阳光掠过空隙之短暂，使人认识到了天地之长久；天地之无穷，又使人倍感到人的一生的迅疾："发白齿落，日

---

① 《悲情人生》，第2页。

月逾迈。”[①] 所以说时间概念最初应该是与人的生命意识相伴而生的认识，正是时间意识的产生，使人加倍认识到了人的生命的有限，倍感光阴流逝给人生带来的沉重的压迫。

关于生命意识，除了以上所论对于生和死的认识和体验，即生死观的问题，还有对于生命价值与意义的认识，即所谓的生命价值观。人类不仅怀着巨大的恐惧和不安思考个体为什么有生有死，还要理性地思考如何对待人生、死亡，如何消解虚无的恐惧，以及如何占有生活等从生和死衍生且又深化的生命价值和意义问题。对于此类问题，古人有十分丰富的思想，而最有代表性的则是儒道两家的生命观。

儒家以“修身齐家治国平天下”为人生理想，所以特别强调人的社会性和伦理性。儒家关于生命意义的认识，也就格外重视人生的社会价值和伦理意义。儒家关于生命价值和意义的思想，最著名的是“三不朽”观念，《左传·襄公二十四年》载，鲁大夫叔孙豹到晋国，范宣子迎接叔孙豹，问叔孙豹古人所说的“死而不朽”何义，叔孙豹说：

> 鲁有先大夫曰臧文仲，既没，其言立，其是之谓乎？……豹闻之，大上有立德，其次有立功，其次有立言，虽久不废，此之谓不朽。[②]

这是关于人的生命价值比较集中的概括，代表了儒家的生命价值观。在先秦诸子中，孔子虽然只谈生而不言死，而实则

---

① 《论衡校释·自纪》第 1208 页。

② 《春秋左传诂》，第 567 页。

儒家的生命观是重生又重死的生命观。但是儒家重视生死，不是重视生命本身，而是生命的价值和意义，表现出轻生重义的倾向。所以他们既重视人生前的人生价值，又强调人死后的意义，甚至提倡舍生取义，视死如归。《论语·里仁》："朝闻道，夕死可矣。"道重于生命。《论语·卫灵公》："子曰：志士仁人，无求生以害仁，有杀身以成仁。"仁重于生命。《春秋左传·文公十五年》："远礼不如死。"[①] 礼重于生命。又《宣公二年》载，麑奉命杀宣子，麑叹而言曰："贼民之主，不忠。弃君之命，不信。有一于此，不如死也。"[②] 触槐而死。忠、信重于生命。《孟子·告子上》对于儒家的这一思想有更为精辟的阐述：

> 生，亦我所欲也；义，亦我所欲也。二者不可得兼，舍生而取义者也。生亦我所欲，所欲有甚于生者，故不为苟得也；死亦我所恶，所恶有甚于死者，故患有所不辟也。如使人之所欲莫甚于生，则凡可以得生者，何不用也？使人之所恶莫甚于死者，则凡可以辟患者，何不为也？由是则生而有不用也，由是则可以辟患而有不为也，是故所欲有甚于生者，所恶有甚于死者。[③]

儒家并非不重视生，也并非不害怕死，但是，儒家认为有比物质生命的生和死更为重要的人生意义和生命的社会价值，反对苟且偷生，认为生就应有意义，既要使自己成为一个道

① 同上，第 381 页。
② 同上，第 398 页。
③ 《四书集注》，第 339 页。

德完善的人，又要有益于社会。所以儒家认为仁、义、忠、信这些道德规范或信仰比人的生命更重要，如果需要在二者间取其一，那就应毫不犹豫地去取前者。司马迁有一句名言："人固有一死，或重于泰山，或轻于鸿毛。"这句话典型地概括了儒家的生死观。儒家认为人的生命固然重要，但是只要为信仰和伦理道德去死，就死得其所。所以儒家赋予了生命更为强烈的社会性。儒家的这种生死观，对中国古代文人产生了很大的影响，并与道家的重生、养生的生命观相对，形成了中国古代对待生命和生命价值的两大不同观念。

与儒家的重义生命观相近，墨子也把义置于生死之上，《墨子·天志上》：

> 天下有义则生，无义则死；有义则富，无义则贫；有义则治，无义则乱。然则天欲其生而恶其死，欲其富而恶其贫，欲其治而恶其乱，此我所以知天欲义而恶不义也。①

与儒家不同的是，墨子并不似儒家那样，把义作为个体人对生死价值的抉择，而是把人重义轻生的选择，归之于天，是人与生俱来的天性。墨子的这种生命观，对我国古代侠义之士重然诺、轻死生的精神产生了很大的影响，是与儒道不同的生命价值观。

"道法自然"。道家以道为本，崇尚自然。从这一根本思想出发，道家呵护自然的人，反对社会对人的自然本性的侵

---

① 吴毓江《墨子校注》，中华书局2006年版，第294页。

蚀和异化。与儒家的生命观相比，道家的生命观是齐死生的生命观。但是道家的生命观实则是重生命的生命观。道家是把人的生命的意义和价值放在了生命存在的本身，生命的存在，而且是自然的不受异化的存在，即是生命的最根本的意义与价值。所以道家一概反对儒家所提倡的舍生取义的生命价值观，而保生、养生、全生，使生命不受戕害，不被异化，也就成为道家所固守的生命意义。《老子》五十章：

> 出生入死。生之徒十有三，死之徒十有三。人之生，动之死地，十有三。夫何故？以其生生之厚。盖闻善摄生者，陆行不遇兕虎，入军不被甲兵。兕无所投其角，虎无所措其爪，兵无所容其刃。夫何故？以其无死地。①

老子实际上是把人对生的态度归为两类，一类称之为贵生，亦称厚生，一类称为摄生。认为，人之生，有的人长寿，有的短寿，这不决定于个人。但是有的人本来可以活得长些，却自蹈死地，为什么？是其不善于摄生。所以他特别强调摄生，甚至把善于摄生之人描绘得出神入化。摄生即养生。但是这种养生不是一般人所理解的厚生，花天酒地，奢侈淫逸，或服食药饵以求长生，此种厚生恰恰是动之死地之机。清人高延第《老子证义》解释说：

> "生生之厚"，谓富贵之人厚自奉养，服食药饵，以求长生，适自蹈于死地，此即动之于死地者之端。缘世人但知戕贼为伤生，而以厚自奉养者为能养生，不知其

① 朱谦之《老子校释》，中华书局1984年版，第198－202页。

取死者同也，故申言之。[①]

由此可见，老子批评的生命观，是以追求物质享受、厚自奉养及餐石服药以求长生的生命观。这种生命观是一种世俗的带有普遍性的生命观。秦汉以来的黄老神仙思想以及列子的及时行乐思想，就是这种生命观的突出表现。老子的哲学是以弱胜强的哲学，老子的养生之说亦建立在尚弱基础之上。他认为弱则活、强则死，这是天之道，所以养生应遵循天之道。《老子》七十三章云：

勇于敢则杀，勇于不敢则活。知此二者，或利或害，天之所恶，孰知其故？[②]

而对于养生来说，弱以养生的根本就是恬淡寡欲，不为物扰，亦不自扰。《老子》七十五章云："夫唯无以生为者，是贤于贵生。"河上公注："夫唯独无以生为务者，爵禄不干于意，财利不入于身。"养生的最高境界就是自然无为，老子的所谓摄生实际上就是自然无为，老子把尚自然无为的人称为含"德"的人。《老子》第五十五章：

含德之厚，比于赤子。毒虫不螫，猛兽不据，攫鸟不搏，骨弱筋柔而握固。未知牝牡之合而朘作，精之至。终日号而不嗄，和之至。知和曰常，知常曰明。益生曰祥，心使气曰强，物壮则老，谓之不道，不道则已。[③]

---

① 陈鼓应《老子今注今译》，商务印书馆2003年版，第258页。

② 《老子校释》，第287页。

③ 《老子校释》，第218－226页。

赤子即未被异化的自然之子。这样的人混沌无知，看似处弱，但元气淳和，精气充足，与天地为一，是最不易伤生的。老子虽然把含德的人神化了，但这里强调的仍然是自然，讲自然是最根本的摄生，是合于道的摄生。不是如此无知无欲，偏偏要纵欲逞强，就会衰老、死亡。老子认为死亡的根本原因就是不合于道。

庄子的生命观，是建立在道即自然基础之上的守性保真的生命观。庄子把老子的养生思想进一步深化和具体化，强调以自然无为为养。庄子认为，除社会因素外，对于人的生命的伤害主要来自个人的欲求。这些欲求既有物质方面的，又有精神方面的。《庄子·天地》：

> 且夫失性有五：一曰五色乱目，使目不明；二曰五声乱耳，使耳不聪；三曰五臭薰鼻，困惾中颡；四曰五味浊口，使口厉爽；五曰趣舍滑心，使性飞扬。此五者，皆生之害也。①

这是物质方面的追求，使人伤生害性。也有来自精神方面的追求给生命带来的伤害，《庄子·骈拇》：

> 自三代以下者，天下莫不以物易其性矣。小人则以身殉利，士则以身殉名，大夫则以身殉家，圣人则以身殉天下。故此数子者，事业不同，名声异号，其于伤性以身为殉，一也。……伯夷死名于首阳之下，盗跖死利

① 《庄子注疏》，第245页。

于东陵之上，二人者，所死不同，其于残生伤性均也。[1]

小人、士、大夫与圣人所做之事虽然有为名为利的不同，即有精神和物质的区别，但是却都是以伤害本性和牺牲生命为代价的。《庄子·庚桑楚》说得更具体：

> 彻志之勃，解心之谬，去德之累，达道之塞。贵富显严名利六者，勃志也。容动色理气意六者，缪心也。恶欲喜怒哀乐六者，累德也。去就取与知能六者，塞道也。此四六者不荡胸中则正，正则静，静则明，明则虚，虚则无为而无不为也。[2]

所以庄子主张要放弃所有的物质与精神上的欲念与追求，进入一种无视、无听、无知、无欲、无情，忘物、忘己、忘形、忘生、忘死的境界。庄子认为，只有这样，才能做到德全、神全、形全。《刻意》篇云："夫恬惔寂漠，虚无无为，此天地之平而道德之质也，故曰圣人休休焉则平易矣，平易则恬惔矣。平易恬惔，则忧患不能入，邪气不能袭，故其德全而神不亏。"[3] 在《庄子》中论述养生之处甚多，归纳起来看，主要是强调体性抱神，顺应自然。具体来说，要坚持两点：

其一是外物无为。《庄子·天道》云：

> 夫虚静恬淡、寂寞无为者，天地之本而道德之至，故帝王圣人休焉。休则虚，虚则实，实者伦矣。虚则静，

① 同上书，第177－179页。

② 同上书，第428页。

③ 同上书，第291－292页。

> 静则动，动则得矣。静则无为，无为也则任事者责矣。无为则俞俞。俞俞者，忧患不能处，年寿长矣。①

在这里，虚静是根本，实则是道的体现。虚静才能无为，无为方心情平静，不被忧患所扰，年寿才得长久。所以无为是养生之本。《庄子》书中，多处谈不材之木的不用之用，《人间世》写曲辕的栎社树，其大可蔽数千牛，千围百尺，高与山齐，观者如市。然匠石却以为是不可用的散木。于是栎社托梦对匠石说：

> 女将恶乎比予哉？若将比予于文木邪？夫柤梨橘柚果蓏之属，实熟则剥，剥则辱；大枝折，小枝泄。此以其能苦其生者也，故不终其天年而中道夭，自掊击于世俗者也。物莫不若是。且予求无所可用久矣，几死，乃今得之，为予大用。使予也而有用，且得有此大也邪？②

在同篇中，庄子又写了宋国荆氏楸、柏、桑树和商丘的不材之木。荆氏之树，以其有用，所以才长拱把粗，就被人砍下做系猴之木栓用，三四围的树被伐做房屋的栋梁，七八围的则被富贵人家砍去做了棺材。“故未终其天年，而中道之夭于斧斤，此材之患也”。而商丘之大木，大可荫千乘车马，但“仰而视其细枝，则拳曲而不可以为栋梁；俯而视其大根，则轴解而不可以为棺椁，咶其叶，则口烂而为伤；嗅之，则使人狂酲，三曰而不已”。“此果不材之木也，以至于此其

① 同上书，第248页。
② 同上书，第93－94页。

大也”。所以庄子总结道：

> 山木，自寇也；膏火，自煎也。桂可食，故伐之；漆可用，故割之。人皆知有用之用而莫知无用之用也。[①]

这两则故事意在说明，物只有无用，才得天年。对于人而言，无用即是无为，无为才有善终，是为无用之用。

其二，无知心忘。心忘与无知，是讲人要心神专一，保持内心的清净，不唯不为外物所动，而且要人主动地忘却一切，进入一种形神俱忘的大通境界。首先忘却情感，《庄子·德充符》：“吾所谓无情者，言人之不以好恶内伤其身，常因自然而不益生也。”[②] 其次忘却是非毁誉，《庄子·天地》：“天下之非誉无损益焉，是谓全德之人哉。”[③] 再次是忘生死，《庄子·大宗师》：“古之真人，不知说生，不知恶死，其出不䜣，其入不距，翛然而往，翛然而来而已矣。不忘其所始，不求其所终。受而喜之，忘而复之，是之谓不以心捐道，不以人助天，是之谓真人。”[④] 进而进入到忘却一切，停止一切心智活动，《庄子》称其为“坐忘”，《庄子·大宗师》：“隳肢体，黜聪明，离形去知，同于大通，此谓坐忘。”[⑤] 或曰“心养”，《在宥》：“噫，心养。汝徒处无为，而物自化，隳尔形体，吐尔聪明，伦与物忘，大同乎涬溟，解心释神，莫

---

① 同上书，第101页。
② 同上书，第122页。
③ 同上书，第236页。
④ 同上书，第127－128页。
⑤ 同上书，第156页。

然无魂。”[①] 又谓之“入天”，《天地》：“忘乎物，忘乎天，其名为忘己，忘己之人，是之谓入于天。”[②] 而实则就是进入到了道的极致，《庄子 · 在宥》有极生动地描述：

> 至道之精，窈窈冥冥。至道之极，昏昏默默。无视无听，抱神以静，形将自正。必静必清，无劳汝形，无摇汝精，乃可以长生。目无所见，耳无所闻，心无所知，汝神将守形，形乃长生。慎汝内，闭汝外，多知为败。[③]

所谓的窈冥昏默，实际上是在描绘道的混沌如一、深静无为之状，意在说明道的本质是清静无为，所以治身之道亦应遵循道的本质，断绝外界的干扰，停止精神活动，完全进入到无视无听、亦无心智活动的必静必清的境界，这样才可以长生。

外在的无用无为，内在的无心无知，用《庄子 · 齐物论》中的一句话来形容，就是形如枯木，心如死灰。说到底就是停止人类的一切物质与精神的活动，所以有人说庄子是以不养为养。这样的养生是做不到的。细味庄子的养生理论，庄子的深意在于反对人为名利是非等外物所左右，提倡人要超然于物外，无所计较，顺应自然，释放心神，保持心神的宁静，如此，才有益于人的生命的健康。

总之，生命意识因有了生死的必然性认识而成熟，经过儒家和道家的哲学体认，达到了前所未有的全面与深入程度。

---

① 同上书，第 212 页。
② 同上书，第 232 页。
③ 同上书，第 208 页。

儒家重生命价值与生命意义，道家重生命的淳如，不被异化，追求精神的自由，恰恰形成了生命意义的两端，而两端的互补，形成了中国古代生命意识丰富的多元文化内涵。

庄子与《列子》生命观异同论

论及生命意识，不能不同时想到庄子与《列子》。这是因为庄子和《列子》的生命观表面上看来比较相似，二者都是重生派，即把个体生命自身的意义看得高于一切，因而与儒家重人生社会意义的生命观划然有别；而且二者都重视养生，凿凿有言。但实际上，庄子的生命观与《列子》的生命观有重要的不同：庄子可称为养生派，而《列子》则属于厚生派。

一

《列子》对生命的论述集中在《杨朱》一篇，在《天瑞》《力命》等篇也有论及。《列子》同庄子一样对死亡作一种唯物的观照，认为死是命定的自然规律，人不可抗拒。庄子一方面说“死生亦大矣”[1]，认为生和死对于人来说是件大事，另一方面又强调：“死生，命也。其有夜旦之常，天也。”（同上）“明乎坦途，故生而不悦，死而不祸，知终始之不可故也”[2]。因为认识到事物是变动不居的，死与生是正常的，所以应顺应自然，如《养生主》篇所言：“适来，夫子时也；适去，夫子顺也。”[3]

受庄子影响的《列子》也把生死视为命，《天瑞》篇云：“性命非汝有，是天地之委顺也。”[4]《力命》篇云：“然而生生死死，非物非我，皆命也，智之所无奈何。故曰：窈然无迹，天道自会；漠然无分，天道自运。”[5] 什么是“命”？命就是“天道”，就是今人所说的自然规律。人之生、之长、之老、之死，都是自然规律，不是人自己所能改变的。所以《列子·天瑞》主张：“死者人之终也。处常得终，当何忧哉！”[6] 人顺其自然，也就不会为死而忧悲了。

《列子》还与庄子一样，认为人之生死皆为物质。庄子认为生命产生于气，《庄子·知北游》：

> 生也死之徒，死也生之始，孰知其纪。人之生，气之聚也。聚则为生，散则为死。若死生为徒，吾又何患！[7]

---

① 《庄子注疏·田子方》，第387页。
② 《庄子注疏·秋水》，第310页。
③ 《庄子注疏》，第70页。
④ 《列子集释》，第32页。
⑤ 同上书，第194页。
⑥ 同上书，第22页。
⑦ 《庄子注疏》，第391页。

把生命看作是气的聚散，所以才有庄子生死相续、生死为一的思想。视生命为气化，是对生死观的重要发展。其意义有二：首先，它破除了鬼神的宗教迷狂，使人们对生死的认识趋于理性；其次，也正由于这种理性的生死观，才让人们更重视生命，并且从容面对死亡。《庄子·至乐》篇记载了庄子妻死庄子鼓盆而歌的故事。庄子的理由就是认为，人由生到死是由无形、无气，到有气、有形、有生，再回到无生、无形、无气的过程，这个过程是一个自然的过程，因而生而不足喜，死而不必悲，此谓“通乎命”。通乎命，就是认识到生命的所以然。

《列子·天瑞》关于宇宙万物的生成也有一段集中的论述：

> 夫有形者生于无形，则天地安从生？故曰：有太易，有太初，有太始，有太素。太易者，未见气也；太初者，气之始也；太始者，形之始也；太素者，质之始也。气形质具而未相离，故曰浑沦。浑沦者，言万物相浑沦而未相离也。视之不见，听之不闻，循之不得，故曰易也。易无形埒，易变而为一……一者，形变之始也。清轻者上为天，浊重者下为地，冲和气者为人。①

人为天地中和之气。可见《列子》也认为人生于气。至于人之死，《列子》更为直接地认为人死即化为腐骨。这种对待死亡的现实态度，使庄子和《列子》都重生，而《列子》尤

① 《列子集释》，第5－8页。

其重视人当世的生存状态："腐骨一矣，孰知其异？且趣当生，奚遑死后？"① 只论生，不论死。

二

庄子的生命观是建立在道即自然基础之上守性保真的生命观。庄子把老子的养生思想进一步深化和具体化，强调以自然无为为养。庄子认为，除社会因素外，对于人的生命的伤害主要来自个人的欲求。这些欲求既有物质方面的，又有精神方面的。《庄子·天地》：

> 且夫失性有五：一曰五色乱目，使目不明；二曰五声乱耳，使耳不聪；三曰五臭薰鼻，困惾中颡；四曰五味浊口，使口厉爽；五曰趣舍滑心，使性飞扬。此五者，皆生之害也。②

这是物质方面的追求，使人伤生害性。也有来自精神方面的追求给人的生命带来的伤害，《庄子·骈拇》：

> 自三代以下者，天下莫不以物易其性矣。小人则以身殉利，士则以身殉名，大夫则以身殉家，圣人则以身殉天下。故此数子者，事业不同，名声异号，其于伤性以身为殉，一也……伯夷死名于首阳之下，盗跖死利于东陵之上，二人者，所死不同，其于残生伤性均也。③

---

① 《列子集释·杨朱》，第211页。
② 《庄子注疏》，第245页。
③ 同上书，第177－178页。

小人、士、大夫与圣人所做之事虽然有为名为利的不同，即有精神和物质的区别，但是都是以伤害本性和牺牲生命为代价的。《庄子·庚桑楚》说得更具体：

> 彻志之勃，解心之谬，去德之累，达道之塞。贵富显严名利六者，勃志也。容动色理气意六者，缪心也。恶欲喜怒哀乐六者，累德也。去就取与知能六者，塞道也。此四六者不荡胸中则正，正则静，静则明，明则虚，虚则无为而无不为也。①

所以庄子主张放弃所有物质与精神上的欲念与追求，进入一种无视、无听、无知、无欲、无情，忘物、忘己、忘形、忘生、忘死的境界。只有这样，才能做到德全、神全、形全。“夫恬惔寂漠，虚无无为，此天地之平而道德之质也，故曰圣人休休焉则平易矣，平易则恬惔矣。平易恬惔，则忧患不能入，邪气不能袭，故其德全而神不亏。”②

与庄子表面上很相近，《列子》也视声名荣寿为害生之物，并对追求身前身后声名及人之长生的行为提出了质疑：

> 杨朱曰：生民之不得休息，为四事故：一为寿，二为名，三为位，四为货。有此四者，畏鬼，畏人，畏威，畏刑：此谓之遁民也。可杀可活，制命在外。不逆命，何羡寿？不矜贵，何羡名？不要势，何羡位？不贪富，何羡货？此之谓顺民也。天下无对，制命在内。③

---

① 同上书，第428页。

② 《庄子注疏·刻意》，第291－292页。

③ 《列子集释·杨朱》，第225页。

所谓遁民，就是违反自然之性的人，而顺民则是顺从自然之性的人。顺从自然之性的人，其生命把握在自身，不受外物的支配；反之，为名位财富权势所制，其生命就无法自己把握。此篇还借杨朱之口批评了伯夷、展季、原宪、子贡。伯夷和展季之损生在精神，即名。他们不是没有感情和欲望，但是却克制感情和欲望，为清高和坚贞损害了生命。而原宪和子贡之害生却是因为物质，即财富。原宪损生于过度的贫寒，子贡则累身于过分地追求财富。以上四人实际上都是制命于外的人。

《列子》还从生命的角度，对儒家所说的圣人和顽凶作出了新的也是惊世骇俗的评价。《列子》认为，无论圣人还是凶愚，同归于死：

> 万物所异者生也，所同者死也。生则有贤愚、贵贱，是所异也；死则有臭腐、消灭，是所同也。虽然，贤愚、贵贱非所能也，臭腐、消灭亦非所能也。故生非所生，死非所死，贤非所贤，愚非所愚，贵非所贵，贱非所贱。然而万物齐生齐死，齐贤齐愚，齐贵齐贱。十年亦死，百年亦死。仁圣亦死，凶愚亦死。生则尧、舜，死则腐骨；生则桀、纣，死则腐骨。腐骨一矣，孰知其异？[①]

在这里，《列子》发挥了庄子的齐死生的思想，以死的同一性泯灭了生的贤愚、贵贱的差异。在此基础上，《列子》又向前迈进一步，从生当快乐的思想出发，对尧、舜、周、孔

① 《列子集释·杨朱》，第210－211页。

与桀、纣作出了与儒家也与世人完全不同的评价。世人都把尧、舜、周、孔赞誉为圣人，然而他们的实际情况又怎么样呢？舜耕田河阳，制陶雷泽，身不得安闲，口不得美味。尧禅位给他时，他已年老智衰，儿子又无能，只好把帝位让给禹，“戚戚然以至于死，此天人之穷毒者也”（同上）。禹继承其父治水的事业，路过家门而不入，劳而成疾，身体偏瘫。受舜禅让后，卑宫室，美绂冕，“戚戚然以至于死，此天人之忧苦者也”。周公辅佐成王，为流言避居东都三年，后来诛兄放弟，平治了叛乱，才保全了自己的清白，“戚戚然以至于死，此天人之危惧者也”。孔子精通治国之道，却在宋国遭桓魋砍树的威胁，在卫国被人造谣中伤，在商周被囚禁，在陈、蔡被围困，“戚戚然以至于死，此天人之遑遽者也”。他们生前没有一天享乐，死后却有万世声名，然而这名声与树桩土块又有什么两样？而对夏桀和殷纣王两个最受非议的暴君，《列子》是怎样看的呢？夏桀高居帝位，恣情纵欲、为所欲为，“熙熙然以至于死，此天民之逸荡者也”。商纣王也是凭借祖宗的基业，高居南面之尊，肆情于宫中，纵欲于长夜，不受礼义的约束，“熙熙然以至于诛，此天民之放纵者也”。这两个人，生有纵欲之欢，死后背上了愚暴的恶名。然而这恶名对他们来说又与树桩土块有什么两样呢？《列子》最后总结道：

> 彼四圣虽美之所归，苦以至终，同归于死矣。彼二

凶虽恶之所归，乐以至终，亦同归于死矣。[①]

由此两相比较中，否定了圣人的人生，肯定了桀、纣的人生。由《列子》对儒家所认为的圣人和暴君的评价中，可以看出《列子》与庄子生命观的分野。表面看来，庄子与《列子》同样从热受生命出发，反对礼义名声荣辱，但是归宿却大不相同。庄子从重生出发，走向无情无欲，归之自然无为；而《列子》却从重生出发，走向任情纵欲，归之为所欲为。

三

庄子生命观的核心是追求精神的自由，所以庄子提倡外物无为。《庄子·天道》云：

夫虚静恬淡、寂漠无为者，天地之平而道德之至，故帝王圣人休焉。休则虚，虚则实，实者伦矣。虚则静，静则动，动则得矣。静则无为，无为也则任事者责矣，无为则俞俞，俞俞者忧患不能处，年寿长矣。[②]

在这里，虚静是根本，实则是道的体现。虚静才能无为，无为方心情平静，不被忧患所扰，年寿才得长久。所以无为是养生之本。无为的具体体现是无知心忘。心忘与无知，是讲人要心神专 ，保持内心的清静，不唯不为外物所动，而且要主动地忘却一切，进入一种形神俱忘的大通境界。首先，

---

① 同上书，第222页。

② 《庄子注疏》，第248页。

是忘却情感，《庄子·德充符》："吾所谓无情者，言人之不以好恶内伤其身，常因自然而不益生也。"[①] 其次，是忘却是非毁誉，《庄子·天地》："天下之非誉无益损焉，是谓全德之人哉。"[②] 再次，是忘生死，《庄子·大宗师》："古之真人，不知说生，不知恶死，其出不䜣，其入不距，翛然而往，翛然而来而已矣。不忘其所始，不求其所终。受而喜之，忘而复之，是之谓不以心捐道，不以人助天，是之谓真人。"[③] 进而进入到忘却一切，停止一切心智活动，《庄子》称其为"坐忘"："隳肢体，黜聪明，离形去智，同于大通，此谓坐忘。"[④] 或曰"心养"："噫，心养。汝徒处无为，而物自化。隳尔形体，吐尔聪明，伦与物忘，大同乎涬溟，解心释神，默然无魂。"又谓之"入天"："忘乎物，忘乎天，其名为忘己，忘己之人，是之谓入于天。"而实则是进入到了道的极致。《庄子·在宥》有极生动的描述：

> 至道之精，窈窈冥冥。至道之极，昏昏默默。无视无听，抱神以静，形将自正。必静必清，无劳汝形，无摇汝精，乃可以长生。目无所见，耳无所闻，心无所知，汝神将守形，形乃长生。慎汝内，闭汝外，多知为败。

所谓窈冥昏默，实际上是在描绘道的混沌如一、深静无为之状，意在说明道的本质是清静无为，所以治身之道亦应遵循

---

① 《庄子注疏》，第122页。

② 同上书，第236页。

③ 同上书，127－128页。

④ 《庄子注疏·大宗师》，第156页。

道的本质，断绝外界的干扰，完全进入到无视无听、亦无心智活动的必静必清境界。细味庄子的养生理论，庄子的深意在于反对人为名利是非等外物所左右，提倡人要超然于物外，无所计较，顺应自然，释放心神，保持心神的宁静，如此，才有益于人的生命的健康。

《列子》生命观的核心是追求生命的快乐。《列子》认为，百年是人的极限，却又很少有人达到，即使长寿，有效的时日也不多，“孩抱以逮昏老，几居其半矣。夜眠之所弭，昼觉之所遗，又几居其半矣。”① 而剩下的时间，人的“痛疾哀苦、亡失忧惧”，又几乎占去了一半，剩下的好日子实在不多。那么，人的一生究竟为了什么？就是为了快乐，“为美厚尔，为声色尔”。也正是从这个意义上，《列子》否定了声名与死后的荣辱：“徒失当年之至乐，不能自肆于一时。重囚累梏，何以异哉？”② 所以《列子》要人向太古之人那样：“知生之暂来，知死之暂往，故纵心而动，不违自然所好”（同上），“从性而游，不逆万物所好”。《列子》也谈养生，但与庄子迥异其趣：

> 晏平仲问养生于管夷吾。管夷吾曰：“肆之而已，勿壅勿阏。”晏平仲曰：“其目奈何？”夷吾曰：“恣耳之所欲听，恣目之所欲视，恣鼻之所欲向，恣口之所欲言，恣体之所欲安，恣意之所欲行。夫耳之所欲闻者音声，而不得听，谓之阏聪；目之所欲见者美色，而不得视，

① 《列子集释·杨朱》，第209页。

② 同上书，第209－210页。

谓之阏明；鼻之所欲向者椒兰，而不得嗅，谓之阏颤；口之所欲道者是非，而不得言，谓之阏智；体之所欲安者美厚，而不得从，谓之阏适；意之所欲为者放逸，而不得行，谓之阏性。凡此诸阏，废虐之主。去废虐之主，熙熙然以俟死，一日、一月、一年、十年，吾所谓养。拘此废虐之主，录而不舍，戚戚然以至久生，百年、千年、万年，非吾所谓养。"①

《列子》的所谓养生，就是顺从人的自然欲求，放任人的感官享受，哪怕是一天、一月，也要痛痛快快的活着。如果不是这样，阻塞人的自然欲求，那就是残害人的身心，也就违背了《列子》的养生之道，未明生死之理。

由此看来，《列子》的养生与庄子的养生截然不同。庄子的养生，强调的是精神之养，即把心灵的放任天然作为生命的最佳状态。所以庄子反对一切物的欲求，认为对物的欲求会改变人的自然状态，扭曲人的本性。主张无为，并在此基础上进一步摒弃一切精神上的拘束与烦累，使人真正达到自由无碍的境界。而《列子》的养生恰恰与庄子的主张相反，它把人的欲求的满足视为人生的最大快乐，认为这是人最好的养生。所以在《列子》看来，似庄子那样的养生，不仅不是养生，反倒是虐生，"凡此诸阏，废虐之主"，似此生活，虽有百年、千年之寿，也是无益的。当然，《列子》也谈自然之性，但《列子》的自然之性与庄子的自然之性却有

① 同上书，第212–213页。

根本的不同。庄子的自然之性，是指未经社会异化的无知无欲无情无思如赤子自然人的本性，而《列子》的自然之性，是指社会人的有知有欲有情的本性。所以同是强调以顺性为养，其行为指向却相反：一走向无为与无欲，一走向有为与纵欲。

四

《列子》享乐主义生命观的产生并非偶然。人应该怎样活着？为什么活着？怎样活着才有意义？围绕这些有关生命价值和生命意义的问题，中国哲学有十分丰富的思想。然而总其大端，无外乎以儒家为代表的“轻生派”、以道家为代表的养生派和以《列子》为代表的厚生派。

儒家的轻生，并不是不重生命、视生命为可有可无。孔子的哲学以仁为核心，而仁的内涵之一就是“爱人”，关心人的生命也就成为仁的应有之义。但是儒家把人看作社会的人，人之生是承担了社会责任与义务的，每个人都要为家国负责，为社会负责，人的生命只有负载了这些责任与义务才有价值和意义。所以当个人的生命与社会的责任、义务发生矛盾和冲突时，生命就退居其次，要肯于舍生取义。儒家的生命观是建立在人是社会人的基础之上的。在儒家看来，人如果失去了仁、义、礼、智、信等社会道德、社会责任，就与动物没有什么区别，人之所以成为人，就在于他的社会性。所以儒家强调生命的社会担当。而这种生命的社会担当，毫无疑问是人的生命价值的重要内容。因此，儒家强调人的生命的社会价值与意义，应该说代表了中国古代生命观的主流。

与儒家相反，道家的生命观是建立在社会对生命的戕害或异化的深刻认识基础上的。尤其是庄子的生命观，更是建立在对儒家生命观批判的基础之上。儒家以礼、乐、仁、义规范社会，并以此建立起人与人之间的伦常关系，认为这种礼、乐、仁、义比个人的生命更重要。客观地说，儒家的礼、乐、仁、义为维护一种正常的伦理关系和社会秩序发挥了重要的作用。但是正如庄子所看到的那样，礼、乐、仁、义的社会规范不仅会被统治者利用来作为统治百姓的工具，所谓大盗者“并与仁义而窃之”，[①] 而且会使人迷失朴素正常的本性，汲汲于名利：

> 屈折礼乐，呴俞仁义，以慰天下之心者，此失其常然也……自虞氏招仁义以挠天下也，天下莫不奔命于仁义，是非以仁义易其性与？故尝试论之，自三代以下者，天下莫不以物易其性矣。[②]
>
> 及至圣人，屈折礼乐以匡天下之形，县跂仁义以慰天下之心，而民乃始踶跂好知，争归于利，不可止也。[③]

于是人性发生了异化。正因为这样，庄子主张保护人的本性，其养生论力主自然无为；不仅如此，还要彻底去除人的欲望，做到心忘，以此达到精神完全自由的境地。由此可见，道家把生命本然状态即自由的不受外物牵累的状态视为人生的终

---

① 《庄子注疏·胠箧》，第 193 页。

② 《庄子注疏·骈拇》，第 175 – 177 页。

③ 《庄子注疏·马蹄》，第 187 页。

极意义，所以道家强调的是人对生命本身的担当。

儒道两家代表了中国古代生命观的两端。儒家重视人的生命的社会价值，而道家则把生命自身的自由视为唯一的意义。但庄子强调的仅仅是个体生命的精神自由，而忽略了生命的物质属性，因此对生命价值和意义的认识尚不完全。《列子》的生命观恰恰是儒道生命观的重要补充。它同庄子相近，也是强调人对生命本身的担当，但它更强调生命的物质属性。以《列子》为代表的厚生派的生命理论是建立在生命的绝对快适基础之上的，因而把物质享受所获得的快乐看得高于一切。《列子》生命理论的偏颇是显然的，因为人区别于动物正在于他的社会属性和精神属性。因此无论是儒家强调人生命的社会意义也好，还是道家强调生命的精神自由也好，无疑都会提升人的生命价值与意义，而《列子》片面强调物质享受的快乐，受到论者的诟病与批评，当然在情理之中。

从自然人性到人性自然

——论郭象《庄子注》对庄子人性观的改造

在魏晋之前，《庄子》虽然存世，影响却不甚著。到了魏晋时期，《庄子》成为显学，名士阮籍写有《达庄论》，嵇康《与山巨源绝交书》亦明言：“老子、庄周，吾之师也。”[①] 而真正影响后代甚巨的则是郭象在向秀注《庄子》基础上完成的《庄子注》。此书删去了“一曲之士”“妄窜奇说”（日本镰仓时代高山寺藏《庄子》残钞本《天下》篇后跋语）的篇章，厘定为《庄子》三十三篇，此本被后世称为《庄子》定本。然而也就是这个注本，出于魏晋士人安身立命的需要，对《庄子》的重要思想作了有意识的“误读”，改造了庄子的思想。汤一介（1927—2014）教授说：“庄周是一位对现实社会采取激烈批判态度的思想家，郭象则是为现实社会的合理性作论证的思想家。一种哲学思想在一个时

① 戴明扬《嵇康集校注》，人民文学出版社 1962 年版，第 114 页。

期可以用来否定现实社会，而在另一时期又可以用来肯定现实社会，庄周的《庄子》和郭象的《庄子注》大概就起着这样不同的作用。”[①] 说得很有道理。魏晋时期的士人，处于极为恶劣的政治环境中，曹魏和司马两大政治集团的权力之争惨烈至极，而为这场斗争殒命的名士几近大半。如《晋书·阮籍传》所说：“属魏晋之际，天下多故，名士少有全者。”[②]在这个时期，士人如何自全？是摆在他们面前的重大问题。投入这场厮杀的士人，如以何晏（？—249）为代表的名士，自然少有全者；而似嵇康（224—263）那样与权力绝交、过着民间隐居生活的人，也因不与政权合作而被杀身。所以，就有人走上了第三条道路：既进入司马政权做官，又逍遥浮世，如阮籍（210—263）、向秀（约227—272）等。适应士人的这种特定时期的特殊思想需要，郭象的《庄子注》应运而生。

郭象（252—312）是魏晋玄学的代表人物之一，他的《庄子注》被认为达到了那个时代哲学发展的最高点。因此，关于郭象的哲学思想，历来是研究的热点，并且对其所创造的“自生”、“独化”说以及“玄冥”论，都做了极为深入的阐说。而中国哲学最终要解决的还是人性问题，尤其是魏晋玄学所讨论的物之有无的宇宙本体论，最终要归之于人性的揭示与安顿。例如，郭象注《庄子·大宗师》云：“虽天地之大，万物之富，其所宗而师者，无心也”，“知天人之所

---

① 汤一介《郭象》，台北东大图书公司1999年版，第46页。
② 房玄龄 等《晋书·阮籍传》，中华书局1974年版，第1360页。

为者，皆自然也，则内放其身而外冥于物，与众玄同，任之而无不至者也”。[①] 知天是为了知人。郭象注《庄子》，既是为了阐释《庄子》，同时也是借此来论述自己的思想。而在人性方面，他适应时代之变，明显地改变了庄子的思想，变庄子的“自然人性”为“人性自然”，建立起了他自己的人性理论。

一、老、庄的“自然”哲学

先秦道家哲学，被称为自然的哲学。“自然”在道家的哲学中是一个基本的概念，亦是其理论的核心。“自然”是道家哲学研究问题的出发点，也是其解决问题的归依，更是其人性观的理论基础。

老子（约前 571—前 471）之所以被称为道家，就在于他首先论“道”。然而，“道”只是统贯他哲学的名，其哲学的实质则是“自然”。《老子》朱谦之注说得好：

> 黄、老宗自然，《论衡》引《击壤歌》：“日出而作，日入而息，凿井而饮，耕田而食，帝力何有于我哉。”此即自然之谓也，而老子宗之。二十五章：“人法地，地法天，天法道，道法自然。”五十一章：“夫莫之命而常自然。”二十三章：“希言自然。”六十四章：“以辅万物之自然而不敢为。”观此知老子之学，其最后之归宿

① 郭庆藩《庄子集释》，中华书局 2013 年版，第 205 页。

乃自然也。故《论衡·寒温篇》曰："夫天道自然，自然无为。"①

老子使用"自然"这个概念，主要用来解释"道"。他认为，"自然"是道的核心内涵，道的本质即是自然，所以《老子》第二十五章云："人法地，地法天，天法道，道法自然。"②这里所说的"自然"，既不是指现代意义上的自然界、自然物，也不是指所谓的自然规律，而是指"道"的状态，一种非人力所为的自然而然的状态。"道"的本质即是这种自然无为的状态。故河上公注说："道性自然，无所法也。"③吴澄《道德真经注》："道之所以大，以其自然，故曰'法自然'。非道之外，别有自然也。自然者，无有无名是也。"④《老子》第五十一章云："道之尊，德之贵，夫莫之命而常自然。"⑤道之所以受尊崇，就在于它不对万物加以干涉，而是一任万物在自然无为的状态中生长，"以辅万物之自然而不敢为"。⑥

《老子》全书谈到"自然"的地方有五处，除上引的三处外，还有第十七章："功成事遂，百姓皆谓我自然。"⑦吴澄《道德真经注》："然，如此也。""百姓皆谓我自如此"。⑧

---

① 《老子校释》，第71页。

② 任继愈《老子绎读》，北京图书馆出版社2006年版，第56页。

③ 《老子道德经河上公章句》，中华书局1993年版，第103页。

④ 吴澄《道德真经吴澄注》，华东师范大学出版社2010年版，第35页。

⑤ 《老子绎读》，第112页。

⑥ 同上书，第143—144页。

⑦ 同上书，第38页。

⑧ 《道德真经吴澄注》，第22页。

又，第二十三章："希言自然。"[①] 车载《论老子》说："《老子》全书谈及'自然'一辞的文字，计有五处……《老子》书提出'自然'一辞，在各方面加以运用，从来没有把它看成是客观存在的自然界，而是运用自然一语，说明莫知其然而然的不加人为任其自然的状态，仅为《老子》全书中心思想'无为'一语的写状而已。"[②] 其说颇有道理。老子的哲学被称为"自然"的哲学。所谓"自然"，就是不施以外力，事物按照自身的性质、状态存在和发展，尤其是不加以人为的干预。自然界是如此，对待社会事物也是如此。第二十三章所说的"希言"，主要是主张政令的清静无为。蒋锡昌《老子校诂》解此语曰："'多言'者，多声教法令之治；'希言'者，少声教法令之治。故一即有为，一即无为也。"[③] 由此可见，"希言自然"，就是不以苛政扰民。不仅如此，更进一步说，甚至连礼义等社会规范也不需要，使人民回到远古时代素朴的生活中去。所以，与自然相关的是无为、虚静。第五十七章："我无为而民自化，我好静而民自正，我无事而民自富，我无欲而民自朴。"[④] 第十六章："夫物芸芸，各复归其根，归根曰静，是谓复命。"[⑤] 第三十七章："不欲以静，天下将自定。"[⑥] 无为、无事、无欲，就是清静，消解外

---

① 《老子绎读》，第 50 页。
② 车载《论老子》，上海人民出版社 1962 年版，第 2—3 页。
③ 蒋锡昌《老子校诂》，成都古籍书店 1988 年版，第 156 页。
④ 《老子绎读》，第 125 页。
⑤ 同上书，第 35—36 页。
⑥ 同上书，第 83 页。

在的意志对事物的干扰，让事物自然存在和发展。归根则是回到事物之始，即回归于道，而道的性质就是无为，无为曰静。

庄子（约前369—前286）的哲学是自然主义的哲学，自然是庄子思考问题的理论出发点，也是庄子思想的核心。《庄子》书中提到“自然”一词不过十条，如《德充符》篇中的“常因自然而不益生”,[①]《应帝王》篇中“顺物自然而无容私焉”,[②]《田子方》篇“无为而才自然矣”。[③] 并不像《老子》一书对“自然”有专门的描述。但是，《庄子》一书的核心理论就是建立在他的自然观基础之上的，所以庄子对于老子的自然说有了延展与深化。如果说老子的自然之说着眼于对道的一般属性的解说，并把重点放在对社会政治的考察上，那么，庄子的自然之说则在此基础之上对道的自然属性给以深化，并且加之以物与人的自然之性和人应体法自然而行的人生及处世态度。

庄子论道，首先明确道的不可把握性。《庄子·知北游》说：“道不可闻，闻而非也；道不可见，见而非也；道不可言，言而非也。知形形之不形乎？道不当名。”[④]《天道》篇说：“夫道，于大不终，于小不遗，故万物备，广广乎其无不容也，渊渊乎其不可测也。”[⑤] 正因为道不可道，所以庄子

---

① 《庄子集释》，第202页。

② 同上书，第268页。

③ 同上书，第632页。

④ 同上书，第667页。

⑤ 同上书，第435页。

着力描述道的形态，核心在于揭示道本自然的属性。《齐物论》篇云：

> 道行之而成，物谓之而然。恶乎然？然于然；恶乎不然，不然于不然。物固有所然，物固有所可。无物不然，无物不可。故为是举莛与楹，厉与西施，恢诡谲怪，道通为一。其分也，成也；其成也，毁也。凡物无成与毁，复通为一。唯达者知通为一，为是不用而寓诸庸。庸也者，用也；用也者，通也；通也者，得也；适得而几矣。因是已。已而不知其然，谓之道。[①]

物之可与不可，然与不然，皆其“自”也，即为自然如此，从道的自然属性来看，物之分别，皆为自然。在《德充符》篇里说：“自其异者视之，肝胆楚越也；自其同者视之，万物皆一也。”[②] 所谓“同”者，也是在讲从物的自然而然的属性而视之。在《大宗师》篇里，庄子重点揭示道的“自本自根”性：

> 夫道，有情有信，无为无形；可传而不可受，可得而不可见；自本自根，未有天地，自古以固存；神鬼神帝，生天生地；在太极之先而不为高，在六极之下而不为深，先天地生而不为久，长于上古而不为老。[③]

这个“自本自根”，就是自己如此，没有第二个力量或原因

---

① 同上书，第68页。
② 同上书，第176页。
③ 同上书，第225页。

使然，并且是由来如此。诚如《知北游》篇所说：“天不得不高，地不得不广，日月不得不行，万物不得不昌，此其道与。”[①] 而所谓“不为”，仍然强调的是道的自然性，因为是自然如此，所以，在高不自以为高，在低不自以为低，在久而不自以为久，在老而不自以为老。亦犹此篇前段所讲，“天地有大美而不言，四时有明法而不议，万物有成理而不说”。[②] 之所以天地有大美而不言，就是因为它不自以为美，美是自美；四时有明法而不议，也是因为不自以为法，法是自然的存在；万物有成理而不说，其道理也是如此。而在人之视道，亦应如是看。实则就是不知其所以然，“已而不知其然谓之道”。在《知北游》篇，也有类似的表述：

> 今彼神明至精，与彼百化，物已死生方圆，莫知其根也，扁然而万物自古以固存。六合为巨，未离其内；秋毫为小，待之成体。天下莫不沉浮，终身不故；阴阳四时运行，各得其序。惛然若亡而存，油然不形而神，万物畜而不知。此之谓本根，可以观于天矣。[③]

事物小大的由来，四时运行的秩序，皆不自知，皆本然如是，这就是本根。又，《在宥》篇曰：“万物云云，各复其根。各复其根而不知；浑浑沌沌，终身不离；若彼知之，乃是离之。无问其名，无窥其情，物固自生。”[④] 所谓“复其根”，即是

① 同上书，第654页。
② 同上书，第649页。
③ 同上书，第649页。
④ 同上书，第355页。

复其本然，回到“物固自生”的原初状态。老子谓之“复命”：“夫物芸芸，各复归其根。归根曰静，是曰复命。复命曰常，知常曰明。”[①] 王弼注认为，“归根”就是“各返其所始也”[②]，即回到它的原初；而“复命”就是“得性命之常”[③]，也就是得其自然本性，即静而无为的本然状态。这个本然，就是庄子说的“自生”，所以不自知。由此观之，方可以知天道。可见，本根近于自根，都是讲的物的自然之性。

二、庄子论物与人的自然之性

在《庄子》中，谈得最多的是物的自然之性、人的自然之性以及人顺应自然的态度。

庄子谈物的自然之性，主要还是针对人的活动以及对物性的改变而来的；所以，他讲物性，集中讲物的自然之性，就是它不为人类所改变的本然之性、必然之性。《天道》篇云：“天尊，地卑，神明之位也；春夏先，秋冬后，四时之序也；万物化作，萌区有状，盛衰之杀，变化之流也。”[④]“天地固有常矣，日月固有明矣，星辰固有列矣，禽兽固有群矣，树木固有立矣”。[⑤] 这就是天下的自然状态，也是它的

---

① 《老子绎读》，第 35 – 36 页。

② 楼宇烈《王弼集校释》，中华书局 1980 年版，第 36 页。

③ 《王弼集校释》，第 36 页。

④ 《庄子集释》，第 421 – 422 页。

⑤ 同上书，第 429 页。

自然之性。《齐物论》篇讲什么是天籁："夫吹万不同，而使其自已也，咸其自取，怒者其谁邪？"[①] 物性都是自己形成的，如同大大小小孔窍发出的不同声音，非由外力，是自己如此，"风窍不同，形声乃异"，[②] 故曰天然。又，《秋水》篇云："牛马四足，是谓天。落马首，穿牛鼻，是谓人。"[③] 何谓"天"？《天地》篇云："无为为之之谓天。"[④] 郭象注："不为此为，而此为自为，乃天道。"[⑤] "此为自为"，是物的自然之性；而"不为此为"，就是顺从物的自然性。

物的各种存在，都是天然的，它们有自己的"性"、"命"。《天运》篇借老子之口说：

> 夫白鶂之相视，眸子不运而风化；虫，雄鸣于上风，雌应于下风而风化；类自为雌雄，故风化。性不可易，命不可变，时不可止，道不可壅。苟得于道，无自而不可。失焉者，无自而可。[⑥]

这个"性"、"命"，就是物的自然之性。当然，"性"与"命"又有不同，《庄子·天地》篇云："未形者有分，且然无间，谓之命。"[⑦] 可见，"命"似为物将形未形之前、对物的属性有着决定意义的先天性的存在条件。什么是"性"

① 同上书，第50页。
② 同上书，第51页，成玄英疏。
③ 同上书，第524页。
④ 同上书，第368页。
⑤ 同上书，第369页。
⑥ 同上书，第474页。
⑦ 同上书，第382页。

呢？《庚桑楚》篇云："性者，生之质也。"[①] 性，即自然之性，它决定了物的本质。《天地》篇说："形体保神，各有仪则，谓之性。"[②] 此处所说的仪则，应该指形体和精神的天然禀赋。

物的这种自然之性，庄子又把它称为"真"。《渔父》篇说："真者，所以受之于天也，自然不可易也。"[③] 在庄子那里，天不是一种有意志的神，而是一种必然的存在，因此，物的无为的自然属性应该是必然的存在。在《秋水》篇中，庄子把不改变牛马的天性称为返真："故曰，无以人灭天，无以故灭命，无以得殉名，谨守而勿失，是谓反其真。"[④] 在《天道》篇中，对物的自然之性还有过一句最为简洁的表述："虚静恬淡寂寞无为者，万物之本也。"[⑤] 虚静、恬淡、寂寞、无为，其实都是物的自然之性的一种表达形式。虚静、寂寞、恬淡，就是在描述物的本然状态。当然，天地万物也是有秩序的，但是这种秩序不是有一种来自于天地万物之外的外力安排或改变的，而是自然生成的。"天无为以之清，地无为以之宁，故两无为相合，万物皆化。……万物职职，皆从无为殖。故曰天地无为也而无不为也。"[⑥] 一切皆为自然。

正因为物的自然属性是一种天然也是必然的存在，所以

---

① 同上书，第 713 页。
② 同上书，第 382 页。
③ 同上书，第 906 页。
④ 同上书，第 524 页。
⑤ 同上书，第 411 – 412 页。
⑥ 同上书，第 544 页。

庄子主张“无以人灭天”，反对人干预自然。《知北游》篇云：“圣人处物不伤物，不伤物者，物亦不能伤也。唯无所伤者，为能与人相将迎。”[①] 所谓不伤物，就是不改变物的自然之性。与物无为相处，万物会自司其职，因此，人以无为为贵。这里最为关键的是，与物相处时，要尊重物各有差异的自然之性，而不是以人为本，自作主张地试图改变物性。《至乐》篇借孔子的话说：

> 且汝独不闻邪？昔者海鸟止于鲁郊，鲁侯御而觞之于庙，奏《九韶》以为乐，具太牢以为膳。鸟乃眩视忧悲，不敢食一脔，不敢饮一杯，三日而死。此以己养养鸟也，非以鸟养养鸟也。夫以鸟养养鸟者，宜栖之深林，游之坛陆，浮之江湖，食以鳝鲦，随行列而止，委蛇而处，彼唯人言之恶闻，奚以夫譊譊为乎。《咸池》《九韶》之乐，张之洞庭之野，鸟闻之而飞，兽闻之而走，鱼闻之而下入，人卒闻之，相与还而观之。鱼处水而生，人处水而死，彼必相与异，其好恶故异也。故先圣不一其能，不同其事。[②]

物各有其自然之性，这是其生存之本，因此，人不能主观地认为人之性就是物之性，而是以物之性对待物之性。

庄子强调物的自然本性，落脚点在于讨论人的自然性，这可以从庄子所描写的“至德之世”窥其内涵。《马蹄》篇

---

① 同上书，第674页。
② 同上书，第551－552页。

说："夫至德之世，同与禽兽居，族与万物并，恶乎知君子小人哉？同乎无知，其德不离，同乎无欲，是谓素朴。素朴而民性得矣。"[①] 素朴之性，就是自然人性，即人的天性。它没有知性，没有欲望；同时，不知有君子小人之分，甚至不知与群兽分。《天地》篇云："至德之世，不尚贤，不使能；上如标枝，民如野鹿；端正而不知以为义，相爱而不知以为仁，实而不知以为忠，当而不知以为信，蠢动而相使，不以为赐。是故行而无迹，事而无传。"[②] 至德之世的人行仁义忠信之实，却不知仁义忠信之义；上如高枝恬淡无为，下如野鹿淳朴，一切皆按其本性而动。《盗跖》篇说："神农之世，卧则居居，起则于于，民知其母，不知其父。与麋鹿共处，耕而食，织而衣，无有相害之心，此至德之隆也。"[③]从上面的描述可知，至德之世仍是一个未被开化的淳朴世界。这个世界里的人民，仍保留着人的自然天性。而这样的人性，是不分君臣、不知仁义道德的人性。概括说来，就是未被道德伦理化，未被贪欲机心所污染的人性。

《庄子》一书，一个最基本的倾向，就是反对改变自然人性。《天地》篇除了讨论"性"，又曾论述"失性"："且夫失性有五：一曰五色乱目，使目不明；二曰五声乱耳，使耳不聪；三曰五臭薰鼻，困惾中颡；四曰五味浊口，使口厉爽；五曰趣舍滑心，使性飞扬。此五者，皆生之害也。"[④]目

① 同上书，第 307 页。
② 同上书，第 400 页。
③ 同上书，第 872 页。
④ 同上书，第 407 页。

之视物，耳之听声，鼻之嗅气，口之品味以及作为人的精神活动的心，皆是人先天带来的自然属性；然而，人类的过度文明化，使社会失去了自然的声色，充斥着人为的诱惑，造成了对人的自然天性的损害。因此，庄子主张要限制人的行为，人要顺应自然，无所作为。那么，人如何才能做到保性？《庄子》书中多有讨论。如《德充符》篇讲“才全”：

> 死生存亡，穷达贫富，贤与不肖毁誉，饥渴寒暑，是事之变、命之行也。日夜相代乎前，而知不能规乎其始者也。故不足以滑和，不可入于灵府。使之和豫，通而不失于兑；使日夜无郤，而与物为春，是接而生时于心者也，是之谓才全。①

陈鼓应注引释德清语：“才全者，谓不以外物伤戕其性，乃天性全然未坏，故曰全。”②才全，就是保住天性。人的一生，既有生死存亡和穷达贫富的命运，也有是非毁誉和饥渴寒暑的际遇。这是改变人的天性的外在条件。而才全之人，则淡然面对这一切，随变任化，不因此而乱了本性。《德充符》篇曾用一句话概括：“吾所谓无情者，言人之不以好恶内伤其身，常因自然而不益生也。”③《马蹄》篇云：“同乎无知，其德不离；同乎无欲，是谓素朴；素朴而民性得矣。”也正是因为这个原因，庄子主张不要干预他人或改变他人的天性，对社会实施无为而治。对此，《庄子》一书多有论述。

---

① 同上书，第 195 页。

② 《庄子今注今译》，第 187 页。

③ 《庄子集释》，第 202 页。

《在囿》篇说："君子不得已而临莅天下，莫若无为。无为也而后安其性命之情。"①《天道》篇里有更详细的讨论：

> 夫帝王之德，以天地为宗，以道德为主，以无为为常。无为也，则用天下而有余；有为也，则为天下用而不足。故古之人贵夫无为也。上无为也，下亦无为也，是下与上同德，下与上同德则不臣。下有为也，上亦有为也，是上与下同道，上与下同道则不主。上必无为而用天下，下必有为为天下用，此不易之道也。②

无为而治的基本出发点，就是"安其性命之情"，即保住人的天性。

出于保护人的天性，庄子反对人独立于自然。庄子认为，人与万物同为一体，"天地与我并生，而万物与我为一。"③因此，人不应独立于物之外。《大宗师》篇讲了一个故事："今一犯人之形而曰：'人耳，人耳'，夫造化者必以为不祥之人。今一以天地为大炉，以造化为大冶，恶乎往而不可哉！"④这里所讲的就是反对人有独立于大自然的人的意识。"吾在天地之间，犹小石小木之在大山也"。⑤"号物之数谓之万，人处一焉。"⑥人只是万物之一而已，所以人应回归自然，作为自然的一个组成部分，这纔能不失去其自然之性。

---

① 同上书，第338页。
② 同上书，第417页。
③ 同上书，第77页。
④ 同上书，第239页。
⑤ 同上书，第500页。
⑥ 同上书，501页。

三、郭象对庄子自然之性本质的改造

在魏晋南北朝时期，玄学家所说的“自然”，就字义上说仍指自然而然、天然无为之意。王弼注《老子》第二十五章云：“道不违自然，乃得其性。法自然者，在方而法方，在圆而法圆，于自然无所违也。自然者，无称之言，穷极之辞也。”[①]又，注《老子》第五章：“天地任自然，无为无造。”[②]《老子》第二十五章提出了宇宙“四大”，即人、地、天、道，而在“四大”之中，人取法地，地取法天，天取法道，道的本质即为自然。自然是极点，是不可名称的。王弼认为：法自然，就是不违背自然，只有如此，才保全了道的本性。可见，自然是道的本体。正因为如此，魏晋人径言：“自然者，道也。”[③]“故不通于自然者不足以言道。”[④]把“道”与“自然”合二为一。而所谓“自然”，就是在方为方，在圆为圆，无为，无造，即任自然而行，保存其天然的状态。诚如王弼注《老子》第二十九章所云：“万物以自然为性，故可因而不可为也。”“圣人达自然之至，畅万物之情，故因而不为，顺而不施。”[⑤]顺其自然，不加以主观意

---

① 《王弼集校释》，第 65 页。

② 同上书，第 13 页。

③ 《列子集释》，第 116 页，张湛注引何晏《无名论》。

④ 阮籍《大人先生传》，陈伯君《阮籍集校注》，中华书局 1987 年版，第 171 页。

⑤ 《王弼集校释》，第 77 页。

志，不人为地去改变事物。

郭象注《庄子》，也常谈及“自然”。在他那里，“自然”仍皆自然、无为的意思。其注《逍遥游》篇说：“天地者，万物之总名也。天地以万物为体，而万物必以自然为正。自然者，不为而自然者也。”① 万物体现了自然，万物以自然为归依，自然就是万物的自然存在的状态。又，注《齐物论》篇说：“自己而然，则谓之天然。”②“物各自然，不知所以然而然。”③郭象所说的“自然”，既有自然无为的意思，又有自然如此的意思。阮籍《达庄论》亦云：“天地生于自然，万物生于天地。自然者无外，故天地名焉。天地者有内，故万物生焉。”④万物生于天地，天地生于自然，则天地、万物同在自然之内，处于自然而然的状态。由此可见，自然不是处于天地、万物之外，而是就在天地、万物之中的。可见，魏晋玄学家对天地自然的认识，基本上本于庄子的自然观。

情况虽然如此，然而在魏晋玄学家那里，用“自然”来解释人性却发生了分歧。

一些人仍坚持以“自然”指人的天性。东晋著名诗人陶渊明（352—427）的《归园田居》有“久在樊笼里，复得返自然”句，今人对“自然”或不注，或解为“大自然”；然而，陶渊明此诗所说的“自然”，实为自然天性之意。闻人倓《古诗笺》注此句诗，引《老子》第二十五章“道法自

① 《庄子集释》，第 21 页。
② 同上书，第 51 页。
③ 同上书，第 55 页。
④ 《阮籍集校注》，第 138 页。

然”解“自然”，是很有道理的。查慎行（1650—1727）的《初白庵诗评》卷上云：“返自然，道尽归田之乐，可知尘网牵率，事事俱违本性。”[①]“本性”解为“自然”，也符合诗的本义。陶渊明《归去来兮辞·并序》云：“彭泽去家百里，公田之秫，过足为润，故便求之。及少日，眷然有归欤之情。何则？质性自然，非矫励所得；饥冻虽切，违己交病。”[②]因本性自然，不能造作勉强以违本性，因此，陶渊明宁弃彭泽令之职，忍饥受冻，以归田园。这里的“自然”，显然是指人的本性。此例也足以证明，“久在樊笼里，复得返自然”的“自然”，就是诗人重新获得的自然本性。

其实，用“自然”解释人性的不始于陶渊明，魏晋的玄学家早就论及自然天性的问题。嵇康提出的著名“越名教而任自然”的思想，所主张的就是任自然之性、任自然之心，其《释私论》云：“夫气静神虚者，心不存于矜尚；体亮心达者，情不系于所欲。矜尚不存乎心，故能越名教而任自然；情不系于所欲，故能审贵贱而通物情。物情顺通，故大道无违；越名任心，故是非无措也。”[③]嵇康所说的“任自然”，就是指超越名教的束缚，摆脱情欲矜尚的牵累，使心性回到气静神虚的自然状态。所以，很明显，“任自然”就是任自然之本性、自然之心态。

就人的自然之性来说，“自然”又可称为“真”或

---

① 查慎行《初白庵诗评》卷十八，清乾隆四十二年张氏涉园欢乐堂本。

② 袁行霈《陶渊明集笺注》，中华书局2003年版，第460页。

③ 《嵇康集校注》，第234页。

“本”，东晋张湛的《列子·黄帝》注：“至真至纯，即我之性分，非求之于外。”[①]《列子·仲尼》注：“夫心，寂然无想者也，若横生意虑，则失心之本矣。”[②]前条注是说：人一生下来就赋得了至真至纯的本性，而后条注则由本人的性分扩展到人的思想性情。张湛认为：人心本来就是寂然无想的，因此，要保持这种本然之心，最好就是“顺心”，即保持心之本然状态。由此可见，这仍然是庄子任自然思想的一种反映。

然而，也有玄学家开始改造老庄的自然观，其代表人物就是郭象。就人而言，如果说庄子强调的是自然人性的话，郭象的《庄子注》则把“自然人性”修改为“人性自然”。先秦道家的生命自然观，是建立在人的自然性即无欲无求，也就是赤子之心的认识之上的，因此否定人性的社会性，主张要把人从社会中解放出来，回归到无欲无求无伪的自然人性。而郭象的生命自然观恰恰相反，它立足于有情有欲乃是人的自然本性的认识基础之上。在这一认识之上，再来讨论如何把人从自我与社会的双重约制中解放出来。这一变化，其实是对庄子自然观的本质修正。

郭象对《庄子》的改造，首先是从物性开始的。“性者，生之质也”，性是生命的本根。《庄子·马蹄》说：“马，蹄可以践霜雪，毛可以御风寒，龁草饮水，翘足而陆，此马之

① 《列子集释》，第47页。

② 同上书，第135页

真性也。”[①]《庄子·秋水》说：“牛马四足，是谓天。”庄子说的真性，乃指事物的自然之性，它决定了事物之所以是此事物而非它事物，是天生的物性。因此，庄子重视物性，主张保住物之本性。郭象注物性，从表面看，与庄子没有什么不同。注《山木》篇说：“凡所谓天，皆明不为而自然。”“自然耳，故曰性”。[②]他认为，物性就是自然而然，即自然如此。“大鹏之能高，斥鷃之能下，椿木之能长，朝菌之能短，凡此皆自然之所能，非为之所能也。”[③]物所以有高下长短之分，皆自然如此，即物性是天然形成的。但是，郭象的注释并不如此简单。如果说庄子讲物性，论证的是物性差异中的同一性：“物固有所然，物固有所可。无物不然，无物不可。故为是举莛与楹，厉与西施，恢诡谲怪，道通为一。”虽然“计物之数，不止于万”，[④]而且“万物殊理”，[⑤]差异性很大，但是从道的根本视点来看，大千世界是齐一无别的。然而，郭象所强调的是物的“性分”：“性各有分。”[⑥]“天性所受，各有本分，不可逃，亦不可加”。[⑦]即物的差异性的合于自然性。郭象认为，物各有其本性，即有其先天的规定性，或大或小，或美或丑，都是自然不可改变的。所以，他的真实意图不在于讲物的自然之性，而是讲物性自然。郭象把庄

---

① 《庄子集释》，第301页。
② 同上书，第614页。
③ 同上书，第21页。
④ 同上书，第801页。
⑤ 同上书，第799页。
⑥ 同上书，第59页。
⑦ 同上书，第120页。

子的自然物性，阐释成物性自然如此，大物必然生于大处，小物必然居于小处，理固自然。即把“自然物性”变为“物性自然”，对庄子的物性说作了根本性的改变。

郭象对庄子物性改造并未到此止步。本来，郭象言之凿凿地说物性“皆自然之所能，非为之所能”，但他似乎觉得这样还是束缚了他的物性论，从而把不为而自然，改为有为而自然。注《大宗师》篇说：“天下之物，未必自成也。自然之理，亦有须冶锻而为器者耳。”①这样论来，郭象的物性自然论，不仅远离了庄子的自然物性，而且可以说是已经背道而驰。庄子的自然物性是完全先天的，“所以受之于天也”。但在郭象那里，物性并非自然如此了，也可加以改造，也就是说物性并非完全是天性，也可以有后天的冶炼。这就把他自己“非为之所能”的理论推倒了。顺着这个逻辑，郭象对庄子所认识的马的天性，做了新的批注。他的注《马蹄》篇说：“马之真性，非辞鞍而恶乘，但无羡于荣华。”②注《秋水》篇说：

> 人之生也，可不服牛乘马乎？服牛乘马，可不穿落之乎？牛马不辞穿落者，天命之固当也。苟当乎天命，则虽寄之人事，而本在乎天也。③

与庄子不同，郭象把庄子的“天性”偷换为“天命”。一字之改，却对庄子的思想有了根本性的颠覆。郭象认为，马的

① 同上书，第 255 页。
② 同上书，第 302 页。
③ 同上书，第 524 页。

真性不仅仅在于它的自然习性，还有让人骑乘的天命。庄子反对“落马首，穿牛鼻”，认为这违背了牛马的天性；而郭象不仅把人强加给牛马的服乘也视为它们的真性，还认为这是天命，虽然有了人为的成分，但仍旧是它的性分所在，仍然合于天。由此可见，郭象讨论物性，不再局限于物的自然性，还注意到物在人类社会中的实用性。他把这两个方面统统归之为物性，统统视为自然如此。

郭象打破庄子自然物性理论，目的乃在于建立他的人性论。庄子重视人的本性的保护，讲“安其性命之情”，反对“易性”和“伤性”。在庄子看来，自然人性是无知无欲的。只有无知无欲，人才能“形体保神，各有仪则”，如果求知有欲，就会失去人之本性；《天地》篇说的五种失性并不是要人们不视不听，这里所说的五色、五声、五味并非有些人所理解的自然声色，而是指经过人加工过的声色，也就是“人文化”的声色，在此用来指代会改变人的素朴本性的文化。庄子主张，对于这样的声色，要“目无所见，耳无所闻，心无所知”，[①] 如此才能神形相守，保住本性，无知无欲；再抽象一些，就是虚静无为。“居无思，行无虑，不藏是非美恶”，不以身殉名利以及天下，“堕尔形体，吐尔聪明……解心释神，莫然无魂”[②]，万物不足以扰其心，进而达到“外天地，遗万物”。[③] 庄子把人的先天禀赋称为“性”，

① 同上书，第347页。
② 同上书，第354－355页。
③ 同上书，第435页。

而把人自己不能决定的后天遭际称为“命”，《达生》：“不知吾所以然而然，命也。”《德充符》：“死生存亡，穷达贫富，贤与不肖毁誉，饥渴寒暑，是事之变、命之行也。”

但是，郭象所阐释的人性，已经不是庄子所说的不分君子与小人、甚至与野兽及万物不分的无知无欲的素朴本性，而是把后天的人的一切都纳入人性之中，即把庄子的性、命混为一体：“夫我之所生也，非我之所生也。则一生之内，百年之中，其坐起行止，动静趣舍，性情知能，凡所有者，凡所无者，凡所为者，凡所遇者，皆非我也，理自尔耳。”①郭象所说的人性，不仅包含了先天的禀赋，而且还有后天个人行为。而且，他这里所说的“理自尔”，显然已经不是自然如此，而是命运如此。

郭象所讲的人性中，已经远远超出了先天禀赋的自然资质，甚至包含有君臣等级和贤愚之别：“性各有分，故知者守知以待终，而愚者抱愚以至死，岂有能中易其性者也？”②“夫仁义者，人之性也。”③ “夫仁义自是人之情性，但当任之。”“恐仁义非人情而忧之者，真可谓多忧也。”④ 而且认为，这都是“天性所受，各有本分，不可逃，亦不可加”⑤ 的。

在郭象那里，不仅人的后天的身份也成了本性，还有，

---

① 同上书，第184页。
② 同上书，第59页。
③ 同上书，第463页。
④ 同上书，第289页。
⑤ 同上书，第120页。

即使是人伤害本性，只要能改正，也是不违自然的，注《大宗师》篇就传达了这样的观点："夫率性直往者，自然也；往而伤性，性伤而能改者，亦自然也。"[①] 在这样的阐释下，人性已经远离了庄子所说的自然性，大大融入了社会性。

与物性密切相关的还有"无为"和"有为"的认识。庄子主张无为："夫恬淡寂寞，虚无无为，此天地之平而道德之质也。"[②] 无为是道的自然本质的体现："故君子不得已而莅临天下，莫若无为，无为也而后安其性命之情。"[③] 而对于物性而言，所谓无为，就是不人为地改变物性，任性而动，如《骈拇》篇所言："彼正正者，不失其性命之情。故合者不为骈，而枝者不为跂，长者不为有余，短者不为不足。"[④]"且夫待钩绳规矩而正者，是削其性者也；待绳约胶漆而固者，是侵其德者也；屈折礼乐，呴俞仁义，以慰天下之心者，此失其常然也。天下有常然。常然者，曲者不以钩，直者不以绳，圆者不以规，方者不以矩，附离不以胶漆，约束不以纆索。故天下诱然皆生而不知其所以生，同焉皆得而不知其所以得。"[⑤] 方圆曲直，皆循物性，不人为地改变它。而对于个人之人性而言，无为就是保持人无知无欲的自然人性。所以庄子推崇的圣人，都是无凭无待、逍遥浮世、不为世累的人。郭象注《庄子》，从表面上看接受了《庄子》无为的思

① 同上书，第256页。
② 同上书，第479页。
③ 同上书，第338页。
④ 同上书，第288页。
⑤ 同上书，第291－292页。

想，主张任物之性。一是物自任其性："物任其性，事称其能，各当其分，逍遥一也。"[①]，大鹏有负天之力，一飞半岁，放九万里之遥，这是达到了它的本性之极；而燕雀"一飞半朝，抢榆枋而止"，也同样达到了它的性分之极。燕雀如果羡慕大鹏，那就是有为，不羡慕大鹏，只是尽己之能，就是无为。二是任物之性，把对物的施为限制在物性的范围内，以得性为至：

> 夫善御者，将以尽其能也。尽能在于自任。而乃走作驱步，求其过能之用，故有不堪而多死焉。若乃任驽骥之力，适迟疾之分，虽则足迹接乎八荒之表，而众马之性全矣。而惑者闻任马之性，乃谓放而不乘，闻无为之风，遂云行不如卧，何其往而不返哉！斯失乎庄生之旨远矣。[②]

但这段话，明显偷换了《庄子》关于马的天性的内涵。

郭象这样讲任物之性，落脚点乃在于统治之术。郭象认为，无为之治的根本在于任民之性、用人之能，而不是亲力亲为，甚至越职而为："夫民之德，小异而大同。故性之不可去者，衣食也；事之不可废者，耕织也，此天下之所同而为本者也。守斯道者，无为之至也。"[③]"故善用人者，使能方者为方，能圆者为圆，各任其所能，人安其性"。[④]所谓无

---

① 同上书，第1页。
② 同上书，第304页。
③ 同上书，第305页。
④ 同上书，第325页。

为，就是各任其能，而且各司其职，君臣都不越职，如注《天道》篇说：

> 主上无为于亲事，而有为于用臣 。臣能亲事，主能用臣；斧能刻木，而工能用斧，各当其能，则天理自然，非有为也。若乃主代臣事，则非主矣；臣秉主用，则非臣矣。故各司其任则上下咸得，而无为之理至矣。[①]
>
> 夫无为之体大矣。天下何所不无为哉。故主上不为冢宰之任，则伊吕静而司尹矣；冢宰不为百官之所执，则百官静而御事矣；百官不为万民之所务，则万民静而安其业矣；万民不易彼我之所能，则天下之彼我静而自得矣。故自天子以下至于庶人，下及昆虫，孰能有为而成哉？是故弥无为而弥尊也。[②]

所以，郭象总结道："夫无为也，则群才万品各任其事而自当其责矣。故曰：巍巍乎！舜禹之有天下而不与焉，此之谓也。"[③] 舜和禹虽然坐了天下，贵为天子，但是因为他们能够使大臣百姓各任其事，所以虽有天下却不与其中，逍遥无为。基于这种认识，郭象对于庄子以拱默于山林为无为的观点，明确提出了反对的意见："若谓拱默乎山林之中而后得称无为者，此庄老之谈所以见弃于当途。"[④] 而郭象提出的理想圣人，则是既居统治高位，又游心江海的人："夫圣人虽在庙

---

① 同上书，第418页。
② 同上书，第414－415页。
③ 同上书，第413－414页。
④ 同上书，第25页。

堂之上，然其心无异于山林之中，世岂识之哉。徒见其戴黄屋，佩玉玺，便谓足以缨绂其心矣；见其历山川，同民事，便谓足以憔悴其神矣，岂知至至者之不亏哉。”① 君主既然不干预臣子的事，什么事情不必亲力亲为，所以，他才能够虽在庙堂之上，而能心游山林，达到逍遥的境界。

要之，郭象对《庄子》的改造，适应了魏晋士人的需要，通过改造《庄子》，为士人徘徊于“入世”与“出世”之间，创造了首鼠于儒道两端的理论。经过郭象的改造，《庄子》不再远离人间，远离士人，成为既能够维护君主权力，同时又不损害士人利益；既能给予士人享受荣华的理由，又能给士人的精神以回旋空间。此后，《庄子》才会被士人广泛接受。而晋代以后士人所接受的《庄子》，已经不完全是庄周的原始的《庄子》，即那个反仁义、反人文化、崇尚原始自然、追求绝对自由的《庄子》，而是加入了郭象阐释而改造过的《庄子》。这个《庄子》打着自然的幌子，却承认社会差别，承认名教，认为此差别与名教亦是自然；在此之上，建立起士人的自由，即在差别和名教之内的自由。“物物而不物于物”，既生活在世间，又不萦心禄位，超遥于行迹之外。

① 同上书，第29页。

布衣及其文化精神

布衣的本义，原指人的穿着。但是，细检文献，布衣一词几乎在指人的穿着的同时，又用以指人的身份，即身处下层的庶民。但是到了后来，尤其唐代，布衣几乎成为未仕士人的代名词，即所谓的布衣之士。布衣之士不同于普通的平民，他们是平民中的读书人。布衣之士虽身处贫贱，却以通经籍、明道义而自高，并且形成了士文化中的一种突出的现象：布衣精神。总结这些布衣精神，有助于我们深入了解中国古代的士人出处之道。

一、布衣小考

布衣之指衣着，原指粗劣衣服，《晏子春秋》卷六：“晏子布衣栈车而朝。”① 又卷七：“晏子相景公，布衣鹿裘以朝。公曰：‘夫子之家，若此其贫也，是奚衣之恶也。寡人不知，是寡人之罪也。’”张纯一注：“鹿布之衣，鹿即麤字之省，《庄子·让王篇》作苴布之衣，苴即麤字。此鹿裘亦谓麤裘。”② 据此可知，布衣乃粗麻布的衣服。《淮南子·精神训》：“而尧布衣掩形，鹿裘御寒。”③ 李善注《文选》曹植《杂诗》“毛褐不掩形”诗句引《淮南子·精神训》语，并云：“言贫人冬则羊裘短褐，不掩形也。”④ 明确说布衣是贫寒人所穿的粗衣。《大戴礼记·曾子制言中》：“布衣不完，疏食不饱，蓬户穴牖，日孜孜上仁。”⑤ 很显然，指布衣与贫寒有关。当然，穿粗衣的人未必全是平民庶士，也可能是卿相豪族，但凡出现布衣，多指一种平民化的简朴生活。如上所言晏子，又如东汉朱穆曾任冀州刺史，后拜尚书，但为官清廉，《后汉书》本传说他“禄仕数十年，蔬食布衣，家无余财”⑥，即指朱穆平民化的生活。又，刘宋时绥远将军晋寿太守郭启玄“身死之日，妻子冻馁”，宋文帝诏书称其“公奉私饩，纤毫弗纳，布衣蔬食，饬躬惟俭”⑦，也说的是郭启玄虽居太守之位，然过的却是平民一样的俭朴生活。

---

① 张纯一《晏子春秋校注》，世界书局 1935 年版，第 160 页。

② 同上书，第 202 页。

③ 《淮南子集释》，第 533 页。

④ 萧统编、李善注《文选》，上海古籍出版社 1986 年版，第 1363 页。

⑤ 王聘珍《大戴礼记解诂》，中华书局 1983 年版，第 93 页。

⑥ 范晔撰、李贤等注《后汉书》，中华书局 1965 年版，第 1473 页。

⑦ 严可均辑《全上古三代秦汉三国六朝文·金宋文》，商务印书馆 1999 年版，第 37 页。

查阅先秦至唐代文献，布衣之指人的穿着似较少见，“今夫天下布衣穷居之士，身在贫贱”，[①] 更多是指人或贫寒或居贱的身份。桓宽《盐铁论·散不足》云：“古者庶人耋老而后衣丝，其余则麻枲而已，故命曰布衣。”[②] 明确说明庶人因所穿之粗麻布衣而称布衣。《庄子·让王》：“魏牟，万乘之公子也，其隐岩穴也，难为于布衣之士，虽未至乎道，可谓有其意矣。”[③] 此处所说的“布衣之士”，即指平民。牟本为魏万乘之国的公子，他要隐居，比起平民百姓来还要困难。又《荀子·大略》：“古之贤人，贱为布衣，贫为匹夫。”[④] 也告诉我们布衣之指人的贫贱身份。

汉以后，“布衣”主要指人的平民身份。司马迁的《史记》里“布衣”一词出现了40余次，大都是这个意思。《史记·孔子世家》：“天下君王至于贤人众矣，当时则荣，没则已焉。孔子布衣，传十余世，学者宗之。”[⑤] 所谓布衣，是与君王相对而言，指孔子的平民身份。《萧相国世家》：“召平者，故秦东陵侯。秦破，为布衣，贫，种瓜于长安城东。”[⑥] 召平本为秦之东陵侯，秦破后就做了平民百姓。《淮阴侯列传》：“淮阴侯韩信者，淮阴人也。始为布衣时，贫无行。”[⑦] 也是指其平民的身份。

---

① 司马迁《史记·鲁仲连邹阳列传》，中华书局1963年版，第2476页。
② 桓宽撰、王利器校注《盐铁论校注》，中华书局1992年版，第350页。
③ 《庄子注疏》，第511页。
④ 《荀子集解》，第513页。
⑤ 《史记》，中华书局1963年版，第1947页。
⑥ 同上书，第2017页。
⑦ 同上书，第2609页。

汉高祖刘邦以平民起家，《史记》《汉书》《后汉书》中多以布衣称之。《史记·高祖本纪》：“吾以布衣持三尺剑取天下。”《留侯世家》：“留侯曰：陛下起布衣，以此属取天下。”《汉书·萧何曹参传》：“高祖为布衣时，数以吏事护高祖。”《汉书·叙传》：“世俗见高祖兴起于布衣，不达其故。”《后汉书·班彪列传》：“夫大汉之开原也，奋布衣以登皇极。”又《汉书》称布衣之人，尚有胶西于王刘端“数变名姓，为布衣，之它国。”[①] 主父偃“始为布衣时，尝游燕赵，及其贵，发燕事”，[②] 王兴、王盛“径从布衣登用”，[③] 等等。这些人虽统称布衣，但其出身实乃千差万别。刘邦“不事家人生产作业”，曾任主亭之吏。秦之李斯少时亦为“处卑贱之位”的郡小吏，王莽起用为卫将军的王兴曾为故城门令史。这些人是出身小吏。而同称为布衣的周勃，以织蚕箔为生业，黥布是一个受黥刑罚作苦役的犯人，韩信是一个贫而寄食者，王莽封的前将军王盛为卖饼的摊贩，则属于布衣中真正的既贫且贱的平民百姓。

晋宋之后的南朝时期，由于士族门阀制度的影响，士族高门与庶族寒门成为社会上两个对立的阶层。此一时期的布衣之士，多指出身于庶族寒门的人。宋武帝刘裕、齐武帝萧道成、梁武帝萧衍，皆称“布衣”。宋武帝刘裕出身于低级军官，“初为冠军孙无终习马”，其父为郡功曹，所以他称自

---

① 班固《汉书·景十三王传》，中华书局1964年版，第2418页。

② 《汉书·严朱吾丘主父徐严王贾传》，第2804页。

③ 《汉书·王莽传》，第4101页。

己为布衣。《宋书·王弘传》："高祖因宴集，谓群公曰：'我布衣，始望不至此。'"① 沈约评论刘裕说："高祖崛起布衣，非藉民誉，义无曹公英杰之响，又缺晋氏辅魏之基，一旦驱乌合，不崇朝而制国命，功虽有余，而德未足也。"② 而刘宋一朝之名臣如刘穆之、徐羡之、傅亮等，俱称布衣，"穆之爰自布衣"，"羡之起布衣"，"亮布衣儒生"，但细究起来，与汉时所称布衣有了很大的不同。刘穆之祖父曾任东安太守。刘穆之世居京口，博览多通，曾为府主簿。徐羡之祖为尚书吏部郎，父祚之为上虞令，羡之少为王雅太子少傅主簿。傅亮父瑗位至安成太守，亮博涉经史，初为建威参军。可见此时的布衣，除汉之平民之义外，又有了与世家大族相对的庶族寒人之义。

唐宋时期的"布衣"虽然仍有平民之义，但更侧重于士之未达之时了，在唐诗中，"布衣"多指此类，且与功名富贵对照。王维《寓言三首》："奈何轩冕贵，不与布衣言。"刘长卿《湖上遇郑田》："故人青云器，何意常窘迫。三十犹布衣，怜君头已白。"岑参《戏题关门》："来亦一布衣，去亦一布衣。羞见关城吏，还从旧路归。"白居易《读邓鲂诗》："嗟君两不如，三十在布衣。擢第禄不及，新婚妻未归。"刘驾《上马叹》："布衣岂常贱，世事车轮转。"此时的布衣，似不重在贫贱，主要是在士的不遇而穷，所以上引诗中多充满布衣不遇的牢骚与慨叹。在史书中，布衣虽亦作平

① 沈约《宋书》，中华书局 1974 年版，第 1313 页。

② 《宋书·王镇恶传》，第 1385 页。

民解，但着眼点却多在未仕时。《旧唐书·岑文本传》：“文本叹曰：‘南方一布衣，徒步入关，畴昔之望，不过秘书郎、一县令耳。’”[①]《陆贽传》：“与韦皋布衣时相善。”[②]《张裼传》：“于琮布衣时，客游寿春，郡守待之不厚。”[③] 从上可以看出，唐宋时期史书中所称之布衣，与唐诗相似，不是指人的贫寒微贱，主要指士未遇非达之时。与汉代相比，身份的意义淡化了，境遇的意义越来越大。

在这个时期，布衣已不再单指普通的平民，而习惯于指平民中的士人。这些士人，或博通经史，或有经济之策，只是因机会未到，无由一展抱负而已。一旦给予机遇，就可位至卿相，如前所说的韦皋、张镐、韦贯之、于琮等即属此类。如张镐廓落有大志，涉猎经史，好谈王霸大略，游京师，端居一室，不交世务，后自褐衣拜左拾遗，三年而位至宰相。而于琮则出身名门，登进士第，以门资为吏，并非真正意义上的布衣。所谓为布衣时，当指以门第为吏而久未见用之时。所以此时之布衣，指未仕之时，已不仅仅是指出身了。

如上所言，布衣虽然在一般意义上是指平民与寒士，但大多数场合里；是泛指一般的平民百姓，尤其对于那些口不离布衣的士人来说更是如此。在他们的心中，布衣绝不是普普通通的百姓，而是胸怀王霸之术、屈指可取公卿的人。唐代诗人高适二十岁时初游长安，写有《别韦参军》诗：

---

① 刘昫等《旧唐书》，中华书局 1975 年版，第 2538 页。

② 同上书，第 3800 页。

③ 同上书，第 4623 页。

> 二十解书剑，西游长安城。举头望君门，屈指取公卿。国风冲融迈三五，朝廷欢乐弥寰宇。白壁皆言赐近臣，布衣不得干明主。归来洛阳无负郭，东过梁宋非吾土。兔苑为农岁不登，雁池垂钓心长苦。①

所谓“解书剑”，即文武兼通，所以自负公卿唾手可取。高适另有《送蔡山人》诗：

> 东山布衣明古今，自言独未遇知音。识者阅见一生事，到处豁然千里心。看书学剑长辛苦，近日方思谒明主。斗酒相留醉复醒，悲歌数年泪如雨。丈夫遭遇不可知，买臣主父皆如斯。我今蹭蹬无所似，看尔崩腾何若为。②

也是称蔡山人为布衣，但此诗中，高适说得更为明白，他通古明今，看书学剑，以汉代名臣朱买臣和主父偃自比，自视甚高。朱买臣和主父偃都是汉武帝时擢自布衣的人。朱买臣家贫，却不治产业，好读书。四十岁时放言五十当富贵，但其妻不甘贫困而离去。后被武帝召见，说《春秋》，言楚辞，拜为中大夫。主父偃学长短纵横术、《易经》《春秋》及百家之言，家贫，客游甚困。但他直接上书朝廷，被武帝召见，言律令及伐匈奴事，武帝相见恨晚，拜为郎中，岁中四迁。由上二人可见，高适所言的布衣，实为未被朝廷征用的良才贤士，非一般平民可比。所以，自先秦以降唐代，所谓“布

---

① 高适撰、刘开扬笺注《高适诗集编年笺注》，中华书局1981年版，第10页。

② 同上书，第72页。

衣”，逐渐成为一个习惯名词，即指未仕的布衣之士。布衣之士当属平民百姓，但他们是平民中的读书人。他们以安邦济世的文化承载者自居，并且因此而自高。他们虽为一介书生，却胸怀济世之志，自任当世之责，平交王侯，蔑视权贵，循道践义，安贫守节，形成了中国古代社会特有的一种文化现象——布衣精神。

二、天下之志

以上布衣小考已经说明，布衣是未得志之士人。那么他们的志是什么？是天下之志，即平治天下、建功立业的怀抱。孔子曰：“苟有用我者，期月而已可也，三年有成。”① “如有用我者，吾其为东周乎。”② 孟子更是雄心勃勃：“夫天未欲平治天下也，如欲平治天下，当今之世，舍我其谁也。”③ “王如用予，则岂徒齐民安？天下之民举安”。（同上）“居天下之广居，立天下之正位，行天下之大道。得志，与民由之；不得志，独行其道。富贵不能淫，贫贱不能移，威武不能屈，此之谓大丈夫。”④ 对那些没有功名心、天下感的人，布衣是不欣赏的，诚如李白《赠韦秘书子春》诗云：“谷口郑子真，躬耕在岩石；高名动京师，天下皆藉藉。其人竟不起，

---

① 程树德《论语集释 · 子路》，中华书局1990年版，第908页。

② 《论语集释 · 阳货》，第1194页。

③ 焦循《孟子正义 · 公孙丑下》，中华书局1987年版，第311页。

④ 《孟子正义 · 滕文公下》，第419页。

云卧从所适。苟无济代心，独善亦何益！”① 所以布衣多有积极的干世之心。如孟子，学成于子思弟子后，即“游事齐宣王，宣王不能用，适梁”②，而当时时事，“天下方务于合从连衡”，孟子却“述唐虞三代之德”，梁惠王“以为迂远而阔于事情”而不用。孟子只能“退而与万章之徒序诗书、述仲尼之意，作《孟子》七篇”。所谓独善其身，也是退求其次之意。而对于孟子之世的多数士人而言，如太史公所言：“自邹衍与齐之稷下先生如淳于髡、慎到、环渊、接子、田骈、邹奭之徒，各著书言治乱之事，以干世主，岂可胜道哉。”（同上）

以天下为己任的布衣之志，说到底就是一种社会责任感和历史使命感。这种文化精神表现出了布衣之士关注社会、关注现实，并把改造社会、推进社会进步作为个人人生理想和人生价值实现的积极进取的人生观和价值观。

在中国古代社会，影响人的人生观和价值观的主要是儒家思想和道家思想，而布衣之士以天下为己任的文化精神则主要是受了儒家思想的影响。孔子本身就是布衣平民，他自己说：“吾少也贱”，可见其身世并非贵族，故后世多称其为布衣。③ 然而就是在那个肉食者谋的时代，孔子虽为一介布衣，却以天下为己任，表现出很强的功名心。孟子的学生周霄请教孟子：

① 詹锳主编《李白全集校注汇释集评》，百花文艺出版社 1996 年版，第 1318 页。

② 《史记·孟子荀卿列传》，第 2343 页。

③ 《吕氏春秋·季冬纪》：“孔、墨，布衣之士也。”

> “古之君子仕乎?”孟子曰:“仕。《传》曰:孔子三月无君,则皇皇如也。出疆必载质。士之失位也,犹诸侯之失国家也……士之仕也,犹农夫之耕也。”①

三个月没有君主任用孔子,孔子就十分焦虑,以至每离开一个国家,就准备好与另一个国家君主见面的贽礼。从孟子的话中,可以想见孔子对于出仕的渴望。因此,孟子感慨道,“仕之失位也,犹诸侯之失国家也”,“士之仕也,犹农夫之耕也”。为了恢复周王室的盛世统治,实现克己复礼的政治理想,孔子周游列国,到处碰壁,惶惶若丧家之犬,然而犹不改其志。“知其不可而为之”②,其人生观执着而又坚定。《论语·雍也》篇载:子贡说:“如有博施于民而能济众,何如?可谓仁乎?”孔子回答说:“何事于仁,必也圣乎!”由此可见孔子对济民的重视。正是出于以天下为己任的思想,孔子高度评价尧,《论语·泰伯》篇记载孔子的话云:

> 大哉尧之为君也!巍巍乎,唯天为大,唯尧则之。荡荡乎,民无能名焉。巍巍乎其有成功也,焕乎其有文章。

在同篇,孔子还高度评价了禹:

> 禹,吾无间然矣。菲饮食而致孝乎鬼神,恶衣服而致美乎黼冕,卑宫室而尽力乎沟洫,禹,吾无间然矣!

而对于长沮、桀溺这样逃避社会的隐士则大不以为然,《论

① 《孟子正义·滕文公下》,第420-426页。

② 《论语集释·宪问》,第1029页。

语·微子》篇记载子路向长沮、桀溺问渡口之事，桀溺认为天下皆是坏人，与其跟着孔子逃避坏人，还不如像他们那样逃避社会。孔子听了后，怃然曰："鸟兽不可与同群，吾非斯人之徒与而谁与？天下有道，丘不与易也。"关注社会，改造社会的信心毫不动摇。又《论语·学而》篇："道千乘之国，敬事而信，节用而爱人，使民以时。"这一直是孔子追求的目标。杨伯峻在《论语译注·试论孔子》中评价孔子说：

> 在春秋时代，除郑国子产等几位世卿有心救世以外，本人原在下层地位，而有心救世的，像战国时许多人物一般，或许不见得没有，但却没有一人能和孔子相比，这从所有流传下来的历史资料可以肯定。①

这种评价可谓抓住了孔子人生观的根本。孔子的这种人生观到了孟子，形成了"乐以天下，忧以天下"②和"穷则独善其身，达则兼善天下"③ 的儒家的出处观。

孔子是如此，在《孟子》中所描述的圣人贤者，也都具有以天下为己任的品格。《孟子·万章上》说商时的大臣伊尹，当其未仕时，种地于有莘国，而乐尧舜之道。汤开始派使者聘请他，他仍以乐在田野中而拒绝，几次聘请后，幡然改变态度，说："与我处畎亩之中，由是以乐尧舜之道，吾岂若使是君为尧舜之道哉？吾岂若使是民为尧舜之民哉？吾

① 杨伯峻《论语译注》，中华书局2009年版，第13页。

② 《孟子正义·梁惠王下》，第119页。

③ 《孟子正义·尽心上》，第891页。

岂若于吾身亲见之哉?”接受了汤之聘请。孟子于是感慨伊尹:“思天下之民匹夫匹妇有不被尧舜之泽者,若已推而纳之沟中,其自任以天下之重如此。”所以,在孟子看来,出仕并不在爵禄,而在推行自己理想中的道,使道行天下。同样的言论亦见于《孟子·离娄下》:

> 禹、稷当乎世,三过其门而不入。孔子贤之。颜子当乱世,居于陋巷,一箪食,一瓢饮,人不堪其忧,颜子不改其乐,孔子贤之。孟子曰:禹、稷、颜回同道。禹思天下有溺者,由己溺之也;稷思天下有饥者,由己饥之也,是以如是其急也。禹、稷、颜子易地则皆然。

桓宽《盐铁论·刺权》亦有类似的记载:“禹、稷自布衣,思天下有不得其所者,若已推而纳之沟中,故起而佐尧,平治水土,教民稼穑。其自任天下如此其重也,岂云食禄以养妻子而已乎?”① 在孟子和桓宽看来,禹、稷出来辅佐尧帝,平治水土,教民耕稼,并不是出自食禄以养妻子的一己之利,完全是一种责任,一种使所有天下人得其所哉的责任,一种若天下不治而自己就有沉重的负罪感的责任!可以说是天下之责使其产生了伟大的负罪感。孟子认为,禹、稷能做到,颜回也能做到,因为这种责任归根到底来自于布衣所守的道。很显然,孟子在描述先贤的事迹时都赋予了个人的色彩,写先贤,也是在写自己的兼济天下的理想。

这种以天下为己任的布衣精神,在汉代有至为突出的表

① 《盐铁论校注》,第121-122页。

现。如东汉时期与宦官势力斗争的名士陈蕃，当其未仕时，就有扫清天下的志向。《后汉书·陈蕃传》记载：

> 蕃年十五，尝闲处一室，而庭宇芜秽，父友同郡薛勤来候之，谓蕃曰："孺子何不洒扫以待宾客？"蕃曰"大丈夫处世，当扫除天下，安事一室乎！"勤知其有清世志，甚奇之。[①]

党锢之祸时的名士清流，也都有强烈的济世意识。如士人领袖李膺"高自标持，欲以天下名教是非为己任"。[②] 另一名士范滂被任为清诏使，"登车揽辔，慨然有澄清天下之志"。[③] 这些士人还在布衣之时，就有了以天下为己任的思想，所以在与宦官的斗争中，不惜舍身取义，其事迹惊天动地。正是这种天下之志，演变为后代的"先天下之忧而忧，后天下之乐而乐"（《范仲淹《岳阳楼记》）和"天下兴亡，匹夫有责"（顾炎武《日知录·正始》）的社会责任情怀。

但此种精神到魏晋南北朝时逐渐式微。这一时期的士人，又可分为两个阶段来看。魏晋时期，玄学盛行，加之政治环境极为险恶，士人思想内敛，情感外放，清谈、饮酒、服药、纵游山水，追求个人潇洒风流的生活状态和自由放任的生存状态，以追求个性与情感的解放来疏离社会或反抗社会。所以布衣之士，少有以天下为己任的记载。只有东晋谢安，当

---

① 《后汉书·陈蕃传》，第 2159 页。

② 刘义庆撰、余嘉锡笺疏《世说新语笺疏》，中华书局 2007 年版，第 7 页。

③ 《后汉书·党锢列传》，第 2203 页。

其为布衣时，高卧东山，游弋山水，而其一旦为苍生而起，就打败苻坚百万大军，为东晋打下了一个较长时间安定太平的政治局面。谢安也因此而成为后世布衣理想中的楷模，或诗或文多有歌颂。当然，这样的人在东晋已经不多了。

南朝是门阀士族政治的社会，士族子弟凭其门资，“平流进取，坐至公卿”，在朝中多任清要之职，但士族子弟多不关心事务，有志于天下的不多。南朝朝廷更迭频繁，士族对皇帝的变更，看惯了，也麻木了，他们更关心的是家族利益，“视君如贩”，更少有人关心朝政，关心天下百姓了。这一时期的庶族寒人势力兴起，宋、齐、梁三朝都被重用，但以天下为己任、渴望建功立业的人，亦少见记载。

到了唐代，尤其是盛唐时期，国势十分强盛，无论政治、经济、文化，都达到了空前的繁荣，这大大激发了士人的建功立业的社会理想。再加上唐代社会实行科举取士制度，无论高门望族还是寒素之士，都可以凭借个人的才能而走上仕途，这更激发了士人的政治进取心。如张镐本为布衣，然“风仪魁岸，廓落有大志，涉猎经史，好谈王霸大略”。[①] 他的友人萧昕看准了他的治国才能，向玄宗上表推荐：“如镐者，用之则为王者师，不用则幽谷一叟尔。”玄宗于是擢镐为拾遗，“不数年，出入将相”。[②] 这样的社会的确为士人、尤其是布衣之士提供了一个可以平步青云的环境。正是因为这些，唐代布衣都有非常之报负，功名心很重。如盛唐另一

---

① 《旧唐书·张镐传》，第3326页。

② 《旧唐书·萧昕传》，第3961页。

名相张九龄，其父以其将来必贵，赠广州刺史，“年十三，以书干广州刺史王方庆，大嗟赏之，曰：‘此子必能致远’”。[①] 十三少年，即知干谒，即行干谒，堪称代表。

当然，功业思想、功名心并不等同于以天下为己任的社会责任感和使命感，二者价值取向有所不同。以天下为己任的思想具有为他性，所以被人称为是一种公而忘私的价值观。而功业思想和功名心，却主要是倾向于个人生命价值的一种思想，既有为他性，又有为己性。但是唐代士人的功业思想和功名心，带有浓厚的社会使命感和国家荣誉感，功业思想与责在天下的思想常常结合得十分紧密。如伟大诗人杜甫就是典型。他是一个忧患天下的人，他的功名心就是辅佐朝廷，“大被天下”，成就圣贤事业，其《自京赴奉先县咏怀五百字》云：“杜陵有布衣，老大意转拙。许身一何愚，窃比稷与契。”[②] 稷辅佐尧，教民耕种，完全是为了天下百姓。其实这也正是杜甫的真实心理，也是盛唐许多诗人普遍的心理，在盛唐另一位伟大诗人李白的诗文中有着更为集中的反映，其《代寿山答孟少府移文书》云：“申管晏之谈，谋帝王之术，奋其智能，愿为辅弼，使寰区大定，海县清一。”[③] 他的志向是要像管仲、晏子一样辅佐帝王，既成就个人功名，又开出一个清平盛世。

布衣之士的社会责任感，不仅表现为如上所说的匡复社

① 《旧唐书·张九龄传》，第 3097 页。
② 仇兆鳌《杜诗详注》，中华书局 1979 年版，第 264 页。
③ 《李白全集校注汇释集评》，第 3982 页

稷，还表现为带有侠义色彩的解危救难济困，一诺千金。

一般认为，解危济困，一诺千金思想，与墨子思想有渊源关系。墨子主张兼爱，所以提倡“有力者疾以助人，有财者勉以分人，有道者劝以教人”。[①] 墨子同时又是一个力主实践的人，主张“言必信，行必果，使言行之合，犹合符节也”，[②]要言守信用，言行统一。墨子的思想更接近平民，反映了下层的意愿，所以对布衣文化精神的形成，当会有重要影响。解危济困思想不仅来自墨家，也来自儒家，孟子就主张救人之难如救己难，上面引的《孟子·离娄下》“禹思天下有溺者，由己溺之也；稷思天下有饥者，由己饥之也，是以如是其急也”，解危济困思想比墨子有更强的责任心和罪责感。

先秦时期，有许多布衣解难之士，尤以柳下惠、鲁仲连最为著名。柳下惠即展禽，据《说苑·奉使》：春秋时，齐国无故起兵攻打鲁国，鲁君闻布衣柳下惠之名，召来齐国，柳下惠为之见齐候，说服齐候，退兵三百里。[③] 柳下惠本为“布衣韦带”之士，却能解鲁之难，因此而成为布衣解危济困的典型。救人之难而不居功受赏的例子还有齐布衣鲁仲连，据《史记·鲁仲连列传》，鲁仲连“好奇伟俶傥之画策，而不肯仕宦任职”，他出游赵国，秦围赵，魏王派辛垣衍之赵国，叫赵国尊秦为帝。鲁仲连听到此事，去见辛垣衍，用秦

---

① 吴毓江《墨子校注·尚贤下》，中华书局2006年版，第98页。

② 《墨子校注·兼爱下》，第177页。

③ 按：《左传·僖公二十六年》与《说苑》所记异。

国称帝之害，说服了辛垣衍。秦将听到此事，退军五十里。又加上魏公子无忌夺晋鄙军击秦救赵，遂解赵国之围。事后，“平原君欲封鲁仲连，鲁连辞让使者三，终不肯受。平原君乃置酒，酒酣，起前以千金为鲁连寿”，鲁仲连笑着说：

> 所谓贵于天下之士者，为人排患、释难、解纷乱而无取也。即有取者，是商贾之事也，而连不忍为也。

于是向平原君告辞，终身不再见。为人排患、释难、解纷乱而无所取，最为准确地表达出布衣之士所崇尚的精神。司马迁对鲁连稍有保留，或与鲁连写书助齐田单下聊城有关，认为其“指意”“不合大义”，但是对于他的肆志独行的布衣行为，却给予赞扬：“余多其在布衣之位，荡然肆志，不诎于诸侯，谈说于当世，折卿相之权。”而李白却对这种精神至为赞赏，对鲁仲连的事迹及其排难解乱而无所取的精神给与了全面肯定，《古风》其九云：“齐有倜傥生，鲁连特高妙。明月出海底，一朝开光耀。却秦振英声，后世仰末照。意轻千金赠，顾向平原笑。吾亦澹荡人，拂衣可同调。”①

西汉时期，有所谓“布衣之侠”如朱家、郭解、剧孟等人②，这些人“其言必信，其行必果，已诺必诚。不爱其驱，赴士之厄困，既已存亡死生矣，而不矜其能，羞伐其德”③。但其成分已有很大差别，有的是读书之士，有的却是一介武

① 《李白全集校注汇释集评》，第 66－69 页。

② 《汉书·游侠列传》：“布衣游侠剧孟、郭解之徒驰骛于闾阎，横行于州域，力折公侯。”

③ 《史记·游侠列传》，第 3181 页。

夫，与柳下惠那样“少好学，长而嘉智”[①] 的读书之士相比，除言必信、行必果、赴人之厄困的侠义行为相同外，恐怕还有是否出于一种以天下为己任的“道”的自觉的区别。鲁仲连不肯受平原君之赏，就是担心把他出自“所贵于天下之士”的道义行为，变成一桩买卖，有损于其初衷。而一般的游侠却未必就有这样的思想。这些“不爱其躯，赴士之厄困”的游侠之士，多是受士为知己者死的观念的支配，你赏识我，我就甘愿为你而献身。此种献身，未必为了什么物质利益，就其实质而言还是为了个人生命价值的实现。你赏识我，就是承认了我的才能与品德，就是承认了我的价值，我因此而不惜牺牲生命，这是个人生命与个人生命价值的置换。而这种为了实现个人生命价值的解危释难行为与出于以天下为己任的社会责任的救难行为相比，是有明显差别的。

当然，我们也不能不看到，在许多布衣之士那里，都有士为知己者死的观念，“且布衣之交，犹有务信誓而蹈水火，感知己而披肝胆，徇声名而立节义者”，[②] 而且，这种为知己者死的观念，与以天下为己任的责任感往往是胶合在一起的，很难判分为彼此。如三国时蜀汉丞相诸葛亮为蜀国之事鞠躬尽瘁，死而后已，既是为了刘备三顾草庐之恩，同时也是出自他个人“兴复汉室”的历史责任意识。其《出师表》云：

① 刘向撰，向宗鲁校证《说苑校证》卷，中华书局1987年版，第299页。
② 《三国志·魏书·杜恕传》，第501页。

臣本布衣，躬耕于南阳，苟全性命于乱世，不求闻达于诸侯。先帝不以臣卑鄙，猥自枉屈，三顾臣于草庐之中，咨臣以当世之事。由是感激，遂许先帝以驱驰。……庶竭驽钝，攘除奸凶，兴复汉室，还于旧都，此臣所以报先帝，而忠陛下之职分也。[①]

诸葛亮在布衣之时，就有大志，许为卧龙，后得刘备三顾草庐，出来辅佐刘备成就帝业，这既报答了刘备知遇之恩，同时也满足了他个人的天下之志和救民复汉的情怀。应该说似诸葛亮这样的布衣，似诸葛亮这样的思想，在布衣之士中具有一定的普遍性。

唐代诗歌中，常有表现士为知己者而死思想的诗，如王维《送李睢阳》："布衣一言相为死，何况圣主恩如天。"[②]高适《宋中送族侄式颜时张大夫贬括州使人召式颜遂有此作》："不改青云心，仍招布衣士。平生怀感激，本欲候知己。"[③] 这种思想又表现为知音不遇的慨叹。沈彬《结客少年场行》："重义轻生一剑知，白虹贯日报仇归。片心惆怅清平世，酒市无人问布衣。"[④] 綦毋潜《早发上东门》："十五能行西入秦，三十无家作路人。时命不将明主合，布衣空染洛阳尘。"[⑤] 徐凝《自鄂渚至河南将归江外留辞侍郎》："一生所遇唯元白，天下无人重布衣。欲别朱门泪先尽，白头游子

① 《文选》，第 672 – 673 页。
② 王维撰、陈铁民校注《王维集校注》，中华书局 1997 年版，第 309 页。
③ 《高适诗集编年笺注》，第 102 页。
④ 彭定求等编《全唐诗》，中华书局 1999 年版，第 1372 页。
⑤ 同上书，第 8544 页。

白身归。”[①] 不管是士为知己者死的思想也好，还是知音不遇的感叹好，都反映了唐代布衣之士强烈的事业心和功名心。而这种功名事业心，如前所论，是带有浓厚的社会使命感的。

三、乐道安贫

乐道安贫是布衣之士在长时期的历史过程中而形成的可贵的精神气节。渴望遇合，达则兼济天下，救国难，解民困，建不朽之功、永世之业，这是布衣之士共同的理想目标。虽然在诸多布衣之士那里，把功成身退视为理想的结局，但无可否认，在他们的内心深处，亦有渴望乃至留恋荣华富贵的虚荣感和现世享受的功利观念。然而，在荣华富贵与道之间，布衣之士首先选择的还是道。因为在他们的思想中，出而为仕的主要目的是为了推行他们理想中的道，而荣华富贵是附着于上的次生品。当其与道不违时，他们可以而且也乐于接受。但是当其与道不合时，就会毫不犹豫地舍弃它。

在先秦儒家那里，守道是他们特别强调的道德操守。孔子说：“富而可求也，虽执鞭之士，吾亦为之；如不可求，从吾所好。”[②] 如果合于道，即使是去做给人执鞭的下人，也心甘情愿。否则就依旧按照自己的所好去做。所以，布衣的操守，首先就是守道。“守，孰为大？守身为大……守身，

① 同上书，第5418页。

② 《论语集释·述而》，第453页。

守之本也。"[1] 守身的实质就是守道。孔子说：

> 笃信好学，守死善道。危邦不入，乱邦不居。天下有道则见，无道则隐。邦有道，贫且贱焉，耻也；邦无道，富且贵焉，耻也。[2]

同样的记载，亦见《宪问》："宪问耻，子曰：'邦有道，谷；邦无道，谷，耻也。"同是富贵，国家有道，不能取之是耻辱，而国家无道时取之，也是耻辱。所以富贵与否不是关键，关键是否与道相合。孟子亦云："非其道，则一箪食不可受于人；如其道，则舜受尧之天下，不以为泰。"[3] 又云：

> 伊尹耕于有莘之野，而乐尧舜之道焉。非其义也，非其道也，禄之以天下，弗顾也；系马千驷，弗视也。非其义也，非其道也，一介不以与人，一介不以取诸人。[4]

如不合道，不肯受人一箪之食，更何况禄以天下？如果合于道，接受天下亦不为过分，更何谈区区俸禄？以道为旗帜，布衣之士以道自居，自然有了傲视王侯的资本和骄傲，同时也为自身的出处树立了一个可以衡量的标杆。

儒者如此，庄子之徒亦是如此。《史记·老子韩非列传》记载庄子故事：

---

① 《孟子正义·离娄上》，第524页。
② 《论语集释·泰伯》，第539－540页。
③ 《孟子正义·滕文公下》，第427页。
④ 《孟子正义·万章上》，第653页。

> 故自王公大人不能器之。楚威王闻庄周贤，使使厚币迎之，许以为相。庄周笑谓楚使者曰："千金，重利；卿相，尊位也。子独不见郊祭之牺牛乎？养食之数岁，衣以文绣，以入太庙。当是之时，虽欲为孤豚，岂可得乎？子亟去，无污我。我宁游戏污渎之中自快，无为有国者所羁，终身不仕，以快吾志焉。"①

此故事当来自《庄子·列御寇》："或聘于庄子，庄子应其使曰：'子见夫牺牛乎？衣以文绣，食以刍叔，及其牵而入于大庙，虽欲为孤犊，其可得乎？'"② 又《庄子·秋水》记载：

> 庄子钓于濮水，楚王使大夫二人往先焉，曰："愿以境内累矣。"庄子持竿不顾，曰："吾闻楚有神龟，死已三千岁矣，王巾笥而藏之庙堂之上。此龟者，宁其死为留骨而贵乎？宁其生而曳尾于涂中乎？"二大夫曰："宁生而曳尾涂中。"庄子曰："往矣，吾将曳尾于涂中。"③

这里，庄子没有说要守道，直接表达的是对隐居生活的坚守。而此时的庄子生活情况又是如何呢？《庄子·列御寇》记载宋人曹商眼中的庄子当是实况："夫处穷闾厄巷，困窘织屦，槁项黄馘者"，生活极为困窘。即使如此，重金厚禄，仍不能动摇其志。这里所反映的实则是庄子一生坚守的道，即宁

---

① 《史记》，第 2144－2145 页。

② 《庄子集释》，第 933 页。

③ 同上书，第 536－537 页。

受贫困之苦，亦不为外物所羁的自由精神。这同样也是布衣传统中的守道精神。

自建安时期思想解放大潮之后，布衣之士的守道精神逐渐表现为尚自然。坚守个体的自然人性，成为正始时期士人的突出特征。这一时期的士人尚自然，主要是用以对抗礼教。竹林名士越名教而任自然，重要的内容就是张扬个体人格，反抗礼教。嵇康就是典型。嵇康本性奚，会稽人，先人迁家至谯之銍县嵇山侧，改姓嵇。嵇康一生过的都是布衣生活。《晋书》本传云："初康居贫，尝与向秀共锻于大树之下，以自赡给。"[①] 后与魏宗室通婚，娶曹林女儿长乐亭主为妻，拜中散大夫，但他似乎仍过的是平民生活，灌园山阳，锻铁洛邑。嵇康不仅一生过的是布衣生活，而且从他身上强烈地表现出张扬自然人性、蔑视权贵、憎恨礼教的布衣之傲。据《三国志·魏书·王粲传》注引《魏氏春秋》："锺会为大将军所昵，闻康名而造之。会，名公子，以才能贵幸，乘肥衣轻，宾从如云。康方箕踞而锻，会至，不为之礼。康问会曰：'何所闻而来，何所见而去？'会曰；'有所闻而来，有所见而去。'会深衔之。"[②] 嵇康对锺会这位被大将军司马昭所宠近的名公子的慢待，就是对权势的蔑视。这一无礼之事，充分反映了嵇康高傲不羁的性格。当然，这一无礼之事，也正是建立在嵇康尚自然思想基础之上的。所谓尚自然，说到底就是对个体独立人格，对士人自由天性的尊崇与激扬。嵇康

① 《晋书》，第1373页。

② 《三国志》，第606页。

对权势的轻蔑，对礼教的批判，皆源自他的这一思想基础。也正是出于这种思想基础，嵇康写了著名的《与山巨源绝交书》，“因自说不堪流俗，而非薄汤、武。”书中所言的“七不堪”，把别人颇为自得的官场生活视为与己性格格格不入的俗不可耐的东西：

> 有必不堪者七，甚不可者二：卧喜晚起，而当关呼之不置，一不堪也；抱琴行吟，弋钓草野，而吏卒守之，不得妄动，二不堪也；危坐一时，痺不得摇，性复多虱，把搔无已，而当裹以章服，揖拜上官，三不堪也；素不便书，又不喜作书，而人间多事，堆案盈几，不相酬答，则犯教伤义，欲自勉强，则不能久，四不堪也；不喜吊丧，而人道以此为重，已为未见恕者所怨，至欲见中伤者，虽瞿然自责，然性不可化，欲降心顺俗，则诡故不情，亦终不能获无咎无誉，如此，五不堪也；不喜俗人，而当与之共事，或宾客盈坐，鸣声聒耳，嚣尘臭处，千变百伎，在人目前，六不堪也；心不耐烦，而官事鞅掌，机务缠其心，世故烦其虑，七不堪也。又每非汤、武而薄周、孔，在人间不止，此事会显，世教所不容，此甚不可一也；刚肠疾恶，轻肆直言，遇事便发，此甚不可二也。①

此“七不堪”贯穿一个核心精神，就是个体的自然人性与自由高于一切，诚如书中所言：“譬犹禽鹿，少见驯育，则服

① 《嵇康集校注》，第197－198页。

教从制，长而见羁，则枉顾顿缨，赴汤蹈火，虽饰以金镳，飨以嘉肴，愈思长林而志在丰草也。”嵇康因吕安事受牵连，锺会庭论嵇康之罪，颇切中嵇康思想性格：“而康上不臣天子，下不事王侯，轻时傲世，不为物用，无益于今，有败于俗。”虽为诬构之词，但也确实反映出了嵇康高自标持的布衣之节操。

布衣既以道义为怀，不肯苟取富贵，并且以才具自高，所以表现出不以贫贱为耻、乐道安贫、寂寞以守志的情操。早在先秦，儒、道二家就颇重乐道安贫的道德修养。孔子说：“饭疏食饮水，曲肱而枕之，乐亦在其中矣。不义而富且贵，于我如浮云。”[①] 又《论语·卫灵公》记载，卫灵公向孔子讨教排兵布阵之事，此与孔子之道颇不合，孔子曰，“俎豆之事则尝闻之矣，军旅之事，未之学也”，次日就离开了卫国。“在陈绝粮，从者病，莫能兴。子路愠见曰：‘君子亦有穷乎？’子曰：‘君子固穷，小人穷斯滥矣。’”他是把穷时能否固守其道，视为君子和小人的标准的。孔子的弟子也是如他的老师一样“忧道不忧贫”[②] 的，孔子的弟子曾参、颜回、原宪等都以安于穷困被布衣视为楷模。《庄子·让王》记载了原宪的故事：

原宪居鲁，环堵之室，茨以生草，蓬户不完，桑以为枢，而瓮牖二室，褐以为塞，上漏下湿，匡坐而弦歌。子贡乘大马，中绀而表素，轩车不容巷，往见原宪。原

---

① 《论语集释·述而》，第465页。

② 《卫灵公》，同上书，第1049－1050页。

> 宪华冠縰履，杖藜而应门。子贡曰："嘻！先生何病？"原宪应之曰："宪闻之，无财谓之贫，学而不能行谓之病。今宪贫也，非病也。"子贡逡巡而有愧色。原宪笑曰："夫希世而行，比周而友，学以为人，教以为己，仁义之慝，舆马之饰，宪不忍为也。"①

原宪辩贫、病之义，实表明自己不以贫困为耻，而耻于学而不行，不愿趋世而行。《庄子·让王》篇又记载了曾参的故事：

> 曾参居卫，缊袍无表，颜色肿哙，手足胼胝。三日不举火，十年不制衣，正冠而缨绝，捉衿而肘见，纳屦而踵决。曳縰而歌《商颂》，声满天地，若出金石。天子不得臣，诸侯不得友。故养志者忘形，养形者忘利，致道者忘心矣。②

曾参在卫国，絮衣破烂，面色浮肿，三天不开火，十年不置新衣，穷顿至极。尽管这样，天子却不能使他为臣，诸侯不能与他与友。当然，在《庄子》中，儒者的形象多经过了庄子及其后学的加工与改造，其故事不尽可信。但《庄子·让王》的记载，大致符合孔子弟子的事迹，《论语·子罕》云："衣敝缊袍，与衣狐貉者立而不耻者，其由也与？"又《雍也》："子曰：贤哉回也！一箪食，一瓢饮，在陋巷，人不堪其忧，回也不改其乐。"可见固穷安贫实是以孔子为代表的儒家所提倡的一种道德操守。《庄子》一书讲述和发挥儒家

① 《庄子集释》，第855－856页。

② 同上书，第856－857页。

固穷安贫故事，同时亦可看出庄子之徒也是欣赏困穷安贫的处世态度的。所不同的是，儒家固穷守道，是为了行仁义。《说苑》卷四引子路语：“士不能勤苦，不能恬贫穷，不能轻死亡，而曰我能行义，吾不信也。”（又见《韩诗外传》卷二）而道家却是为了忘形、忘利、忘心，守住自然之性。穷贱而不改其志，成为布衣之士所推崇的固穷安贫操守。

西晋时期，潘尼著《安身论》云：“寝蓬室，隐陋巷，披短褐，茹藜藿，环堵而居，易衣而出，苟存乎道，非不安也。虽坐华殿，载文轩，服黼绣，御方丈，重门而处，成列而行，不得与齐荣。”① 只要心中有道在，虽穷居陋巷蓬室，心中亦安，即使是荣华富贵也不能与其比荣。晋宋之际的著名诗人陶渊明秉承了儒、道二家固穷安贫的思想，把其作为坚持自然人格的一个精神支柱，同时也作为他行为的准则。他在《感士不遇赋》中说：

> 宁固穷以济意，不委曲而累己。既轩冕之非荣，岂缊袍之为耻？诚谬会以取拙，且欣然而归止。拥孤襟以毕岁，谢良价于朝市。②

陶渊明的固穷安贫，是为了不改变自己的自然本性。因此，他才能不为五斗米折腰，挂冠而去，去做一个亲身农耕稼穑以自给的农民。一般认为，陶渊明的生活有时是比较贫困的，但即使如此，他仍时时感受到自得之乐，《癸卯岁始春怀古

---

① 任继愈主编《汉魏六朝百三家集选》，吉林人民出版社 1998 年版，第 146 页。

② 《陶渊明集笺注》，第 433 页。

田舍》之二云："先师有遗训，忧道不忧贫。瞻望邈难逮，转欲志长勤。秉耒欢时务，解颜劝农人。平畴交远风，良苗亦怀新。虽未量岁功，即事多所欣。耕种有时息，行者无问津。日入相与归，壶浆劳近邻。长吟掩柴门，聊为陇亩民。"[①] 陶渊明虽然自言还达不到圣人"忧道不忧贫"的遗训，但在农村的陇亩生活中，他已经处处感受到了与自然相接触的欢乐了。这种欢乐既有"忧道不忧贫"的思想基础，又出自他生本爱丘山的自然之性。陶渊明还写有《咏贫士》诗七首，吟咏古代荣启期、原宪、黔娄、袁安、张仲蔚、黄子廉等贫士，以这些古人"朝与仁义生，夕死复何求"、"贫富常交战，道胜无戚颜"的精神，鼓励自己坚守"量力守故辙，岂不寒与饥？"的生活，并通过践履这种困穷安贪的思想，把一袭布衣高洁的人格表现得淋漓尽致。

到了唐代，士人或穷或通，当其为布衣之时，其诗亦常常以古代那些固穷安贪之士为歌咏对象，或表现自己与他人的苦寒之境及固穷之志，或借以表达其不遇的慷慨不平。沈佺期《伤王学士》："原宪贫无愁，颜回乐自持。"以子思喻王学士，称赞他安贫乐道。王维《过沈居士山居哭之》诗："善卷明时隐，黔娄在日贫。"称颂沈居士生前似黔娄安贫自守。罗隐《秋寄张坤》："吾徒自多感，颜子自箪瓢。"诗人与颜回安贫乐道相比较，惭愧自己因贫困而感伤。韦应物《奉酬处士叔见示》："挂缨守贪贱，积雪卧郊园。"袁安是东汉时布衣，雪天困卧家中，宁忍饥饿也不肯出外乞援。韦应

① 同上，第203页。

物此诗即以袁安自比。总之，此类诗例不胜枚举，说明：即使在唐代那样的封建社会的鼎盛时期，士人比以往任何社会都更热衷于功名，但安贫守道，不以贫贱为耻，仍为布衣之士所推崇的一种人格修养。

四、平交王侯

布衣既为平民士人，又要以天下为己任，建功立业，实现个人生命价值，就不可能永远潜伏草野，他们有的要蓄其声名以受皇帝的征召及大臣的聘问，但也不乏主动游说甚至上干万乘之君者。这样，就必然与权力者发生交往。布衣之士对于他们与权力者交往的姿态、立场十分在意，并且以不屈己身，平交王侯[①]，作为他们所秉持的与权力者交往的立场。布衣之士重视功名，但是布衣更在乎的是个人的身份与人格。因此，布衣之士表现出视富贵如浮云，视权贵如粪土，不肯降低人格俯趋势利的处世原则。

“三军可夺帅也，匹夫不可夺志也”。[②]先秦儒家，自孔子起，就推崇坚毅的个体人格，而且认为个人的人格非权力可以动摇或改变。在孔子那里，不但要“臣事君以忠”，还要“君使臣以礼”。[③] 孔子的学生亦如是，他们入世为臣，不仅要看这个国家是否有道，还要看征聘的王侯能否待之以礼。

① 李白《冬夜于随州紫阳先生餐霞楼送烟子元演隐仙城山序》：“吾不滞于物，与时推移，出则以平交王侯，遁则以俯视巢、许。”

② 《论语集释 · 子罕》，第618页。

③ 《论语集释 · 八佾》，第197页。

《荀子·大略》云：

> 古之贤人，贱为布衣，贫为匹夫，食则饘粥不足，衣则竖褐不完，然而非礼不进，非义不受，安取此。子夏贫，衣若悬鹑。人曰："子何不仕?"曰："诸侯之骄我者，吾不为臣；大夫之骄我者，吾不复见。"①

荀子所说的古之贤人，即指子夏。子夏虽然贫穷，却义不苟进，不肯做以傲慢对待他的诸侯的大臣，不肯再见以傲慢对待他的大夫，个人的人格高于一切。所以对于子夏这样的布衣之士而言，仕与不仕，不是一种物质上的需要，而是决定于个人的独立人格是否得到尊重，作为布衣能否得到君王的礼遇。

在先秦儒家中，孟子更是一个重视个人人格的人。《孟子》一书中，孟子有多次与他的弟子讨论仕与不仕的问题，其中一个很重要的条件就是君能否以礼待之。《孟子·告子下》："陈子曰：'古之君子何如则仕?'孟子曰：'所就三，所去三：迎之致敬以有礼；言，将行其言也，则就之。礼貌未衰，言弗行也，则去之。其次，虽未行其言也，迎之致敬以有礼，则就之。礼貌衰，则去之。'"② 就职和去职，有两个条件，其一就是能不能以礼相待。布衣之士之所以如此骄傲，就在于他们自恃有道怀德，因此可以以此为资本，求得君主的礼遇，如不能遇之以礼，就要以道抗势。《孟子·尽心上》云："古之贤王好善而忘势，古之贤士何独不然?乐

① 《荀子集解》，第513页。

② 《孟子正义》，第863页。

其道而忘人之势，故王公不致敬尽礼，则不得亟见之。见且由不得亟，而况得而臣之乎？”[①] 无论你有什么样的权势，对待那些贤士都要恭敬尽礼，否则就不得相见，更不能使其为臣子。由此可见贤士对待权势的傲慢态度。在《尽心下》章中，孟子更直截了当说：“说大人，则藐之，勿视其巍巍然。……在彼者，皆我所不为也；在我者，皆古之制也，吾何畏彼哉？”[②] 要轻视那些诸侯，不要把其放在眼里。在《万章下》章中，孟子讲了一段鲁缪公访子思的故事：

> 缪公亟见于子思，曰：“古千乘之国以友士，何如？”子思不悦，曰：“古之人有言曰，事之云乎？岂曰友之云乎？”子思之不悦也，岂不曰：以位，则子君也，我臣也，何敢与君友也；以德，则子事我者也，奚可以与我友？千乘之君求与之友而不可得也，而况可召与？[③]

鲁缪公拜访子思，问以古代千乘之君与士人交友之事，子思听了却很不高兴。这是因为在子思看来，论地位，你是君主，我是你的臣民，但我的人格并不比你低下。如果论道德修养，我可以做你的老师，你哪里配得上与我交友？可见子思的价格观念中，道义、个人道德和个人人格高于权贵，而这正是子思傲视千乘之君、不肯与之为友的原因所在。在《战国策·齐策四》中记载了齐士颜斶见齐宣王故事：宣王召见颜斶，对颜斶说：“斶，前！”颜斶也说：“士，前！”宣王很不

① 同上书，第888页。
② 同上书，第1014－1017页。
③ 同上书，第721页。

高兴，大臣责怪颜斶说，宣王是人君，你是人臣，你怎么可以叫宣王到你的面前？颜斶回答说：我到王前为慕势，王到我前是趋士，与其使我为趋势，不如使王为趋士。宣王忿然作色说：“王者贵乎？士贵乎？”颜斶说：“士贵耳，王者不贵。”[①]这种士贵君轻思想成为布衣傲视王侯的思想传统。

东汉时期，布衣樊英与汉顺帝的对话，也颇能代表布衣之士重人格、傲禄而轻主的心态。据《后汉书·樊英传》，樊英习五经，善术数，隐于壶山，州郡前后礼请皆不应，公卿举贤良方正、有道，亦不行。汉安帝初征为博士，不至。顺帝征之，樊英又称病重固辞，顺帝“乃诏切责郡县，驾载上道。英不得已，到京，称病不肯起。乃强舆入殿，犹不以礼屈。”顺帝怒：“谓英曰：‘朕能生君，能杀君；能贵君，能贱君；能富君，能贫君。君何以慢朕命？’英曰：‘臣受命于天。生尽其命，天也；死不得其命，亦天也。陛下焉能生臣，焉能杀臣！臣见暴君如见仇雠，立其朝犹不肯，可得而贵乎？虽在布衣之列，环堵之中，晏然自得，不易万乘之尊，又可得而贱乎？陛下焉能贵臣，焉能贱臣！臣非礼之禄，虽万锺不受，若申其志，虽箪食不厌也。陛下焉能富臣，焉能贫臣！’”[②]樊英宁甘居布衣之贫，晏然自得，亦不肯立暴君之朝而求贵；宁布衣蔬食以合志，亦不肯受非礼之禄，表现出了贫贱生杀不能屈其志的气节。

先秦以来，布衣之士对王侯的期待与要求不仅仅是被王

---

① 《战国策》，上海古籍出版社1995年版，第407－408页。

② 《后汉书》，第2723页。

侯赏识，从而实现龙从云、风从虎的风云际会之梦，同时也期望能够得到王侯布衣之礼的礼遇。

布衣之礼主要是指一种特殊的君臣关系：君对臣平等相待如朋友，即把君臣的关系处理成了主客的关系。《史记·范雎蔡泽列传》秦昭王写给平原君信说："寡人闻君之高义，愿与君为布衣之友。君幸过寡人，寡人愿与君为十日之饮。"① 又《全晋文》卷三十六庾亮《上疏乞骸骨》曰："且先帝谬顾，情同布衣。既今恩重命轻，遂感遇忘身。"② 《全晋文》卷一百五阎缵《又陈宜选择东宫师傅》："昔魏文帝之在东宫，徐幹、刘桢为友，文学相接之道并如气类。吴太子登，顾谭为友，诸葛恪为宾，卧同床帐，行则参乘，交如布衣，相呼以字，此则近代之明比也。"③ 《旧唐书·高祖二十二子传》："邓王元裕，高祖第十七子也……好学，善谈名理，与典签卢照邻为布衣之交。"④ 以上引文所说的布衣之交就是君待臣子如友。还有，《三国志·吴书·吴主五子传》说孙登："待接僚属，略用布衣之礼，与恪、休、谭等或同舆而载，或共帐而寐。"⑤ 《全梁文》卷三十九江淹《自序传》说自己："始安之薨也，建平王刘景素闻风而悦，待以布衣之礼。"⑥ 都是指如同朋友的平等的君臣关系。这对于君

---

① 《史记》，第2415页。

② 《全上古三代秦汉三国六朝文·全晋文》，商务印书馆1999年版，第371页。

③ 同上书，第1109页。

④ 《旧唐书》，第2433页。

⑤ 《三国志》，第1363页。

⑥ 《全上古三代秦汉三国六朝文·全梁文》，第416页。

王、太子、王侯等地位高的人来说，是礼贤下士；而对于地位低的士人来说，这样的交往，则是承认了他应有的地位，维护了他应有的尊严。所以，布衣之交无论对身份高和地位低的人来说都有特殊的意义。此处我们不拟讨论它对于君王的意义和价值，只讨论布衣之礼所体现的布衣的文化精神。布衣热衷于君王待之以平等的布衣之礼，不是对神圣君权的大胆挑战，它的意义并不在于削弱君王的权力，而在于确立布衣本身的社会地位，争得一个摆脱君臣依附关系的自由之身。对于布衣来说，布衣之礼，所反映的是他们要求和渴盼平等地位的心理。君王与布衣虽然是君臣关系，但对布衣而言，这种关系并不意味着是一种人身依附关系，而是既亲近又独立、既是君臣又是朋友的关系。他与君王是平等的，因而人身也是自由的。乐毅替魏出使燕国，适逢燕昭王屈己礼贤，延聘贤能之士，待乐毅以客礼，乐毅为其诚意所感动，屈为亚卿。乐毅之所以肯于在燕国为臣，是因为他受到了宾客之礼的礼待，昭王把他与乐毅的关系处理成了主客的关系。这种关系就是一种近于平等的关系。乐毅在赵燕两国，所居皆是客卿之职。客卿是请他国人为卿，其位置虽然为卿，却以宾客之礼待之。礼遇是很高的。不为势力所屈，要求君臣平等，最能反映这种精神品格的是东汉高士严光。据《后汉书·严光传》：严光本是光武帝刘秀的同学，刘秀即位后，严光隐居齐国牧羊，刘秀派人寻找到他，多次请他，才到京城。光武帝刘秀到他的住所：

光卧不起，帝即其卧所，抚光腹曰："咄咄子陵，不可相助为理邪?”光又眠不应，良久，乃张目熟视，曰:“昔唐尧著德，巢父洗耳，士故有志，何至相迫乎!”帝曰:“子陵，我竟不能下汝邪?”于是升舆叹息而去。复引光入……因共偃卧，光以足加帝腹上。明日，太史奏客星犯御坐甚急。帝笑曰:“朕故人严子陵共卧耳。”除为谏议大夫，不屈，乃耕于富春山。[①]

严光的故事在后代被广为流传，士人感兴趣的不是别的，就是严光不为刘秀所屈的骨气和品格，以及光武帝待严光以故人的态度。尤其是李白，在其诗中多次写到严光故事，“昭昭严子陵，垂钓沧波间。身将客星隐，心与浮云闲。长揖万乘君，还归富春山。清风洒六合，邈然不可攀”，[②] 所反映的正是这种含有两重意义的布衣文化精神。

布衣之礼的最高境界是布衣为王者师。即布衣之士能获得君王师事之。传说姜尚本为布衣，曾屠牛于朝歌，卖饮于孟津，年老贫困，隐于渭滨，以渔钓于周文王，文王载与俱归，立以为师。[③] 因此而成为布衣的榜样。又春秋时的政治家管夷吾，也曾受到类似的礼遇。他初助公子纠与公子小白(即后来的齐桓公）争夺君位，纠败，齐桓公听取了鲍叔牙的建议，不计前嫌，重用管仲，对内实行改革，对外推行“尊王攘夷”方略，助桓公九合诸侯，一匡天下，成为霸主。

---

① 《后汉书》，第2763－2764页。

② 《古风》其十二，《李白全集校注汇释集评》，第74－76页。

③ 《史记·齐太公世家》及司马贞《索引》引谯周语，《史记》，第1477－1478页。

而管夷吾亦被桓公尊为仲父。[①] 孟子因此而认为，“将大有为之君，必有所不召之臣”对于这样的士人，君王要先师事之，再以其为臣：“故汤之于伊尹，学焉而后臣之，故不劳而王；桓公之于管仲，学焉而后臣之，故不劳而霸。”[②] 而对于布衣之士来说，就是要加强仁义修为，取得为帝王师的资本。所谓“人伦明于上，小民亲于下，有王者起，必来取法，是为王者师也。”[③] 当然，从历史上看，如上所举是有一些布衣为王者师的例子，但更多的是布衣的一厢情愿，历史上不乏兔死狗烹之例。因此汉高祖时贵为留侯的张良感慨说：“今以三寸舌，为帝者师，封万户，位列侯，此布衣之极，于良足矣。愿弃人间事，欲从赤松子游耳。”[④] 所以，王者师是自古以来布衣所追求的人臣地位的最高目标，但多为理想，很难实现。

---

① 《史记·管晏列传》，第2131－2134页。

② 《孟子正义·公孙丑下》，第260页。

③ 《孟子正义·滕文公上》，第347页。

④ 《史记·留侯世家》，第2048页。

从志思蓄愤到遣兴娱情

——论六朝时期的文学娱情观

“诗言志”与“诗缘情”既是文学的本体论，也是文学的功能论。在我国文学理论中，文学本体论本不发达，也不纯粹，而且往往与功能作用搅到一起。“诗言志”与“诗缘情”尤其典型。本篇文章正是在功能论的角度来讨论“诗言志”与“诗缘情”的。中国古代对于文学的认识，首先是从文学的功能和作用开始的，而且从一开始，就把文学关注社会与政治教化、道德修养联系起来，形成了影响整个古代文学的“诗言志”的传统。后来，以屈原和司马迁为代表的作家，以其创作和理论，又创造了“诗缘情”的创作范例，经陆机总结形成了另一文学系统，作为诗言志的补充。过去的文学史和批评史都认为，“诗言志”和“诗缘情”，这是最有代表性的两种文学观念，基本上概括了古代对诗的功能与作用的认识。

但是这种认识不能说是准确而又完整地概括了中国古代关于文学功能与作用的基本认识。其实中国古代还有对于文学功能和作用的另一方面认识，即对文学的消遣和娱乐功能的认识。而且在六朝时期，这种认识形成了一种比较普遍的文学娱情观念，对文学创作产生了很大影响，以至产生了以消遣和娱乐为创作目的的潮流。可惜我们囿于旧的理论，忽视了文学的娱乐功能，因此也就不能发现并总结这一文学观念以及创作潮流。而对这一问题的总结和揭示，不仅可使我们重新认识六朝文学乃至整个中国古代文学，也有助于我们重新思考中国古代文学批评关于文学功能和作用的认识。

我们习惯于把六朝时期称之为“诗缘情”的时代。这不仅仅是因为陆机在《文赋》里提出了“诗缘情”的文学观念，更在于六朝文学所出现的任情倾向。但是这种提法实有些笼而统之。在六朝时期，无论文学观念与创作倾向都发生了很大变化。遣兴娱情的文学观念由弱到强，并且影响到了一个时代的文学创作。

一、言志与缘情的主流传统

中国古代对文学的认识，首先是从对诗的认识开始的。而诗在春秋战国时期，实际上有三种实用功能：一是史的功能。孟子说：“《诗》亡而后《春秋》作。”[①] 诗有记史的作用。二是语言的功能。春秋时期，使者在外交场合赋诗言志，

① 《孟子正义·离娄下》，第572页。

诗是充当着表意的成语的角色。其三是乐舞的歌词。正是从这三种实际功能中，总结出来“诗言志”的观念。在心为志，是从它的表意功能而来；发言为诗，是从语言功能而来；而观诗可以知史、知风俗，又是从它的史的功能而推论出来。诗乐舞三位一体，用于天子、诸侯、士大夫的各种礼仪场合。用于礼，也就必然承担了与乐舞同样的教化作用。所谓的“诗言志”，就是以上多种作用的综合体。

自先秦以来，“诗言志”一直是文学的主流观念，诗承担了沉重的政治教化、社会风化的功能。《尚书·尧典》：

> 帝曰：夔，命汝典乐，教胄子，直而温，宽而栗，刚而无虐，简而无傲。诗言志，歌咏言，声依永，律和声，八音克谐，无相夺伦，神人以和。[①]

从这段话可以知道，诗与乐在本质上是一体的，都是表达人的志向和怀抱的，歌与诗的不同仅仅是表达志的形式。诗是用语言表达，而歌则是拉长语言的声音，用吟诵的形式来表达志。而贵族子弟学习诗乐的目的就是为了培养他们的中和的性格。

史载孔子删过诗，但缺少更确切的文献记载。但他在教学过程中整理过诗是有可能的。他说“吾自卫返鲁……雅颂各得其所。”[②] 在那个时期，诗与乐仍然关系密切，说他仅仅整理了音乐，而没有整理诗，恐怕也缺少说服力。正因为他

---

① 皮锡瑞《今文尚书考证》，中华书局2004年版，第82－84页。

② 《论语集释·八佾》，第606页。

整理过诗，所以对诗的功能与作用的认识比起其他人更为全面、深刻。他对诗的功能和作用的认识，完全是从社会作用方面着眼的，《论语·阳货》：

> 小子何莫学夫诗？诗可以兴，可以观，可以群，可以怨，迩之事父，远之事君，多识于鸟兽草木之名。[①]

这就是著名的“兴观群怨”说。可以说，从一开始，人们对诗的认识，就主要集中在它的修身、治化上，但只有经过孔子，诗的政治教化功能和作用才得以确定下来，成为儒家诗学观的经典表述。

把儒家这种文学观发挥到了极致的是汉代的《毛诗序》：

> 故正得失，动天地，感鬼神，莫近于诗。先王以是经夫妇，成孝敬，厚人伦，美教化，移风俗。[②]

儒家的政治理念，是建立在伦理道德基础之上的。而夫妇之道又是伦理之道的基础，由夫妇，而人伦，而天下。而诗的功能与作用，就整个覆盖了由家庭到社会、由伦理到政治各个层面，其作用之大是无与伦比的。

自有文学史与批评史以来，对《典论·论文》关于文章的功能和作用的认识，就都给予了很高的评价，而其实“经国之大业，不朽之盛事”，并没有超出“诗言志”的范围。所不同的是它主要强调的是文学对于作家的个人的生命价值，人可以通过著述而使名声不死。

---

① 同上书，第1212页。

② 孔颖达《毛诗正义》，北京大学出版社1999年版，第10页。

关于“诗言志”与“诗缘情”的同异，历来就有争议，有的认为志中含情，有的认为志最初是不含情的。其实这种争论没有太大的意义。自孔子诗论以来，志中就不排除情。《论语·八佾》：“子曰：《关雎》乐而不淫，哀而不伤。”可见他认为诗有抒情的特征。到《毛诗序》“诗者，志之所之也，在心为志，发言为诗，情动于中而形于言。”就更达到了情与志的合一。但就两个不同的文学观念来看，它们又确实是两个完全不同的诗学传统。“诗言志”强调的是文学对社会的反映、对社会的作用；而“诗缘情”着眼的是文学对个人情感的抒发，对个人情感的宣泄与排遣作用。

“诗缘情”的观念，不是起自对《诗经》的认识，而是来自两位遭际不幸的文学家——屈原与司马迁。正是他们创造并提出了“发愤以抒情”[①] 的文学及文学观念。司马迁在《史记·屈原贾生列传》里总结屈原的诗歌创作，结合诗人的遭遇，提出了屈原“忧愁幽思而作《离骚》”、“屈平之作《离骚》，盖自怨生也”的判断。从表面看，是孔子“诗可以怨”的继承，而实则与孔子的文学观有了很大的不同。司马迁发愤以抒情的观念，是建立在个人与社会的矛盾冲突基础之上的，强调的是个人的遭际、个人的不公平待遇，这是文学作品之情产生的现实基础。而文人藉作品以抒情，所要表达的就是个人的情感态度，所要达到的就是情感的宣泄与排遣，并没有把社会教化作用考虑进去。这就是二者的区别。

尽管“诗言志”与“诗缘情”对诗的功能和作用的认识

---

① 《九章·惜诵》，洪兴祖《楚辞补注》，中华书局 1983 年版，第 121 页。

有所不同，但无论对社会还是个人，这两种观念都把文学创作视为十分严肃而又庄重的事情。就文学作品的创作情况（主要是诗赋）来考察，自《诗经》以来，《诗经》的比兴寄托，汉魏乐府的“饥者歌其食、劳者歌其事”，建安诗歌的慷慨以任气、磊落以使才，正始之音的嵇志清峻、阮旨遥深，玄言诗的因谈余气、流成文体，山水诗的声色大开，从先秦到南朝的刘宋时期，诗的内容确实是以言志与抒情为主的。

二、齐梁前的娱乐观念及创作

但是我们是否就可以说言志与缘情就是文学作品的全部了呢？是否就是文学观念的全部了呢？还不能这样说。我们也应看到，自先秦以来，文学创作就有娱乐和消遣的目的，就存在着文学的娱乐或游戏观念。这种观念虽然处于边缘，但却不绝如缕。

诗乐创作的娱乐目的决定于读者的心理需要，如郭象所言：“忧娱在怀，皆物情耳。”[①] 物情，即万物自有之情，是与生俱来的。所以自先秦以来，就有以诗书自娱和娱人的传统。《庄子·杂篇》：“鼓琴足以自娱。”[②] 枚乘《七发》：“练色娱目，流声悦耳。”[③] 司马相如《上林赋》：“鄢郢缤纷，

① 《文选》李善注范彦龙《赠张徐州稷》引，《文选》，第1218页。

② 《庄子集释》，第979页。

③ 《文选》，第1566页。

激楚结风。俳优侏儒，狄鞮之倡，所以娱耳目、乐心意者，丽靡烂漫于前，靡曼美色于后。”[①] 所谓的娱乐，都与声色相关。楚辞王逸注：“娱，乐也。”《说文解字》：“娱，戏也。”自娱和娱人都含有娱乐和游戏的含义在里面。

周以来的礼乐制度，主要是为了宗法等级的统治，《史记·乐书》：“夫上古明王举乐者，非以娱心自乐，快意恣欲，将欲为治也。”[②] 这当然是儒家正统的礼乐观。但就其实际情况而言，统治者之重乐亦含有观赏和消遣的目的在内，这一点从《墨子》和《庄子》非乐可以看出。《墨子》非乐，“非以大钟、鸣鼓、琴瑟、竽笙之声以为不乐也，非以刻镂华文章之色以为不美也”。[③] 所以演奏音乐并非如王公大人所说，为了国家，实有享受需要在内。然而这样的活动却使民耗财力、人力，稼穑失时。因此墨子反对音乐。《庄子》认为音乐是一种外在于人的东西，它作用于人的耳目，会使人丧失其自然本性。从他们反对音乐的理由可知，兴乐并不完全为了政治，还有消遣的目的。而这一期间孔子所反对的郑卫之音，实际上就是以追求娱乐为目的的作品。“郑声淫”，其音乐过于淫靡，而并不完全是因为作品中表现了男女之情。《史记·乐书》：“治道亏缺而郑音兴起……秦二世尤以为娱。”[④] 这也证明，在民间的确是存在以娱乐为目的的文学作品的。

---

① 同上书，第 375 页。

② 《史记》，第 1236 页。

③ 《墨子校注》，第 380 页。

④ 《史记》，第 1176－1177 页。

到了汉代，辞赋这种文体的兴起，给人们对文学的认识带来了很大的变化。汉代的辞人是以侍从文人的身份和面目出现于文坛的。他们写赋十分认真，而且受诗学观的影响，仍念念不忘讽谏。但无论从写赋献赋者来说，还是赏赋者来说，都带有了明显的观赏目的。尤其是赏赋的帝王，消遣之目的很清楚。汉宣帝就认为：

> 不有博弈者乎？为之犹贤乎已。辞赋，大者与古《诗》同义，小者辩丽可喜。譬如女工有绮縠，音乐有郑卫，今世俗犹皆以此虞悦耳目。辞赋比之，尚有仁义风谕，鸟兽草木多闻之观，贤于倡优博弈远矣。[①]

虽然认为辞赋优于倡优博弈，但基本上还是从辞赋的辩丽可喜、娱悦耳目的作用而肯定了它的价值。作为侍从文人，他们的创作必不可免的要受到主人好尚的影响，所以汉赋的丽靡文风，带着鲜明的观赏特点，既是自娱，又是娱人，在一定程度上带有投合帝王好尚的倾向。正因为具有这个特点，所以汉武帝读了司马相如的《上林赋》才有了飘飘凌云之志的效果。在追求作品观赏性的前提下，辞人“枚皋好曼戏”，东方朔亦喜戏谑，也就不足为奇。在汉代，主人出游、宴宾，常以写赋为娱。《后汉书·文苑列传》载，黄射大会宾客，“人有献鹦鹉者，射举卮于（祢）衡曰：‘愿先生赋之，以娱嘉宾。’”[②] 祢衡于是写了《鹦鹉赋》。《三国志·魏书》裴注

① 《汉书·王褒传》，第2829页。

② 《后汉书》，第2657页。

引阴澹《魏纪》载曹植赋："从明后而嬉游兮，登层台以娱情。"[①] 可见在汉末建安时期，仍有出外游玩，而以写赋娱情之风。据李善注《文选》傅咸《赠何劭王济》，曹植还写有《娱宾赋》，今收在曹植集中。这种风习一直沿袭到齐梁时期。

建安时期，文人关心现实，作品也最贴近现实。但是文学作品已经很少教化之义。鲁迅评曹丕《典论·论文》"诗赋欲丽"说："他说诗赋不必寓教化，反对那些寓训勉于诗赋的见解。"[②] 更为重要的是，曹操建都邺下，曹植、曹丕及七子多定居于此，有所谓的西园之游。这时候的创作，就带有了更明显的消遣、娱乐色彩。曹丕《与吴质书》："每至觞酌流行，丝竹并奏，酒酣耳热，仰而赋诗。"[③] 诗写于游乐之中，目的是为了给游乐助兴，如《文心雕龙·时序》所说："傲雅觞豆之前，雍容衽席之上，洒笔以成酣歌，和墨以藉谈笑。"[④] 写诗是为了有助于谈笑。在此写作目的下，文学创作出现一些新的现象。首先，是出现了直接描写游戏活动的作品。曹植、刘祯和应玚都写有《斗鸡诗》，刘作直接描写雄鸡的战斗雄威"利爪探玉除，瞋目含炎光"。而应作除了写斗鸡的场面，还写了观众的游戏之乐：

> 戚戚怀不乐，无以释劳勐。兄弟游戏场，命驾迎众

---

① 《三国志》，第558页。

② 《魏晋风度及文章与药及酒之关系》，《鲁迅全集》，人民文学出版社2005年版，第3卷，第526页。

③ 《文选》，第1897页。

④ 范文澜《文心雕龙注》，人民文学出版社1958年版，第673页。

> 宾……四座同休赞，宾主怀悦欣。博弈非不乐，此戏世所珍。[①]

写诗和斗鸡所起的作用是一样的，就是为了娱乐，解除劳累。这一目的，曹植诗里也说得很清楚：“主人寂无为，众宾进乐方。”其次，是酬酢之风的盛行。王粲、刘祯、应玚、阮瑀都写有《公筵诗》，主要是写宴饮之乐。沈德潜《古诗源》卷六评应玚《侍五官中郎将建章台集诗一首》云：“魏人公宴，俱极平庸，后人应酬诗从此开出。”[②] 这些诗除了称颂主人之外，多是佐欢之辞。如王粲的诗：“常闻诗人语，不醉且无归。今日不极欢，含情欲待谁？”[③] 刘桢的诗：“永日行游戏，欢乐犹未央。遗思在玄夜，相与复翱翔……生平未始闻，歌之安能详。投翰长叹息，绮丽不可忘。”[④] 应玚诗：“开馆延群士，置酒于新堂。辩论释郁结，援笔兴文章。”[⑤] 王粲诗还仅仅是写游戏之乐，而刘桢和应玚的诗，同时还透露了诗表达欢乐的内容和宴饮间写诗为文的目的。最后，文字游戏诗也最早出现在此时。孔融有《离合作郡姓名字诗》，实为离合之祖。《三国志·吴书》之十四载孙和的一段话，颇能说明以诗文为娱的风气：“夫人情犹不能无嬉娱。嬉娱之好，亦在于饮宴琴书射御之间，何必博弈然后为

---

① 俞绍初《建安七子集》，中华书局 2005 年版，第 173－174 页。

② 沈德潜《古诗源》，中华书局 2006 年版，第 114 页。

③ 《建安七子集》，第 89 页。

④ 同上书，第 188 页。

⑤ 同上书，第 171 页。

欢?"[1] 当然可以看出，孙和所说的琴书主要是指一种技艺，其实在建安时期，当同题共赋现象出现以后，也就开了写诗为赋比较技艺的先河。在宴饮的场合，诗文的作用与琴书射御不二。

在这样的情况下，文学的娱乐、消遣的功能也就得到了进一步的揭示。对文学，曹植一直认为与教化没有密切的联系，甚至连写文章对于个人的生命意义也不承认，所以他在《与杨德祖书》中说："辞赋小道，固未足以揄扬大义，彰示来世也。"[2] 曹植认为文学有两个作用，一是抒情，"慷慨有悲心，兴文自成篇。"[3] 另一个作用就是娱乐消遣，他在《与吴质书》中说："顷何以自娱，颇复有所述造否。"把写文章视为个人娱乐消遣的工具。当然，创作的动机、出发点和最终的作品并不完全等同，文人从消遣的动机出发去创作作品，未必完全都是游戏之作，有时也会产生严肃的作品。比如建安文人的游宴诗，也有一些作品，先写游宴之乐，但是有时会乐极生悲，产生对生命的思考，悲生命之短促，叹宇宙之无涯，作品里充满建功立业的急迫感。但是无庸置疑，出自消遣娱乐目的的作品，不会有沉重的教化内容，或对社会的严重关注。这一点把建安文人在邺下时期所写的诗与此前所写的诗对比就可以得到证实。建安文人所写的反映汉末战乱的诗，多产生于刘勰所说的"区宇未戢""文学蓬转"的时

---

① 《三国志》，第1369页。

② 《文选》，第1903页。

③ 同上书，第1118页。

期。而到了官渡之战以后，曹操平定了北方，有了比较巩固的根据地，文人们也过上了比较稳定的生活，七子围绕在曹氏父子周围，时常有游宴活动，而在游宴活动中，同时进行着文事活动，出自游戏消遣的唱和之作也随之产生。这些作品就很少有反映社会现实的题材。

两晋时期是玄学大行于世的时期，一百年间，文人的思想、生活作风深受玄学的影响。文人中出现了游戏人生、娱乐人生的倾向。耽游山水、热心谈玄、饮酒服药，都带着浓厚的逍遥浮世、游戏人生的意味。这一时期关于文学的认识，客观地分析，为文为了消遣娱乐的思想，在文人中虽然存在，但并不是十分盛行。《晋书·郭象传》说郭象："常闲居，以文论自娱。"①《晋书·张协传》："弃绝人事，屏居草泽，守道不竞，以属咏自娱，拟诸文士作《七命》。"②《晋书》虽为唐人所撰，但也说明了当时文人的一些实际情况。而就当时的文献，能反映这种思想的并不是很多。陆云《与兄平原书》："文章既自可羡，且解愁忘忧。"③ 比较直接地反映了文章用来娱情的观点。另有陶渊明的《饮酒诗序》：

> 余闲居寡欢，兼秋夜已长，偶有名酒，无夕不饮。顾影独尽，忽焉复醉。既醉之后，辄题数句自娱。纸墨遂多，辞无诠次，聊命故人书之，以为欢笑尔。④

① 《晋书》，第1397页。
② 《晋书》，第1519页。
③ 《全上古三代秦汉三国六朝文·全晋文》，第1078页。
④ 《陶渊明笺注》，第235页。

这里的自娱，乃是自我排遣情怀的意思，当然也有以之消遣娱乐的意思。

而就这时期的创作来说，明显的游戏之作有潘岳的《离合诗》，温峤的《回文虚言诗》，皮日休《松陵集杂体诗序》说："晋温峤有《回文虚言诗》云云，由是回文兴焉。"[①]

三、齐梁时期游戏娱乐观念在诗歌创作中的兴起

齐梁时期是中国古代文学发展史上一个比较特殊的时期。这一时期的永明体诗和宫体诗是齐梁最有代表性的作品，也是最有争议的两种诗体。前者因只注重文学作品艺术形式，后者因只写女性题材而遭到批评。关于这个时期的文学思想，一般认为主要是新变的文学思想。

但是在这个时期还有一个很重要的文学现象并没有引起治文学史者的注意，那就是游戏娱乐文学观念的盛行。而这种文学观念，无论对永明体诗，还是宫体诗的兴起，都有密切的关系。

我在《南朝诗歌思潮》里讲过这样的一个现象：齐梁文人在政治上多无所作为，少有经济之策和治平思想。可以这样说，他们是政治上碌碌无为、也不愿有为的人。但是他们对文事却很有兴趣，对前人视为雕虫小技的文学艺术十分投入，确实把它看作是人生的一大乐趣。钟嵘《诗品序》就说了这种很有意思的现象："才能胜衣，甫就小学"就"分夜

① 逯钦立《先秦汉魏晋南北朝诗》，中华书局1988年版，第871页。

呻吟”。重视文学，是否就如前人那样把文学视为“经国之大业、不朽之盛事”了呢？基本不是这样。在齐梁文人那里，文学与国事的关系越来越疏远，与教化也没有什么大的关系。对此萧纲《诫当阳公大心书》中有一句名言：“立身之道与文章异，立身先须谨重，文章且须放荡。”[①] 实则是说文章不要拘于礼义和风教。当然，萧统在《陶渊明集序》里也说过“有助于风教”的话，萧纲在《昭明太子集序》里也说“成孝敬于人伦，移风俗于王政”[②]，实际上他们的创作并没有这样做，尤其是萧纲。所以教化的话，多半是掩人耳目的装饰。那么，写诗为文是为了什么呢？在很大程度上是为了娱乐消遣，至少一些重要作家是这样认为的。江淹《自序》：“放浪之际，颇著文章自娱。”[③] 写文章是为了自娱。自娱有排遣之意，也包含了消遣解闷的作用。萧统《文选序》在谈文章时也特别提到文章娱耳悦目的功能：“譬陶匏异器，并为入耳之娱；黼黻不同，俱为悦目之玩，作者之致，盖云备矣。”文章如同音乐和花纹，可以娱悦人的感官。文章既然具有这样的功能，那么文人也就自然会用它来娱人或自娱了。徐陵编《玉台新咏》，其序中说得很清楚：

既而椒宫宛转，柘馆阴岑，绛鹤晨严，铜蠡昼静。三星未夕，不事怀衾，五日尤赊，谁能理曲。优游少托，

① 《汉魏六朝百三家集选》，第473页。

② 同上书，第474页。

③ 江淹撰、胡之骥汇注《江文通集汇注》，中华书局1984年版，第379页。

寂寞多闲。厌长乐之疏钟，劳中宫之缓箭。纤腰无力，怯南阳之捣衣；生长深宫，笑扶风之织锦。虽复投壶玉女，为观尽于百骁；争博齐姬，心赏穷于六箸。无怡神于暇景，惟属意于新诗。庶得代彼皋苏，微蠲愁疾。①

他编诗就是为了六宫粉黛在漫长的宫中生活里无聊解闷之用。编诗如此，写诗也是为了谈笑怡情，消减疲劳，解除愁烦。同是写宫体诗的陈后主在其《与詹事江总书》中说：

吾监抚之暇，事隙之辰，颇用谭笑娱情。琴樽间作，雅篇艳什，迭互锋起。每清风朗月，美景良辰，对群山之参差，望巨波之晃漾，或玩新花，时观落叶；既听春鸟，又聆秋雁，未尝不促膝举觞，连情发藻，且代琢磨，间以嘲谑，俱怡耳目，并留情致。②

写诗已经成为他们谈笑戏谑的一种形式。

消遣娱乐的文学观念，在诗歌创作之中首先体现为写诗成为一种竞技才艺的工具。齐梁时期，竞技才艺成为一种时尚。竞隶事、比博学、重音韵，相互唱和，成为风气。《南史·王俭传》载：萧道成与群臣宴集华林，“使各效伎艺，褚彦回弹琵琶，王僧虔、柳世隆弹琴，沈文季歌《子夜来》，张敬儿舞”。③ 又《南齐书·陆澄传》：

俭在尚书省，出巾箱机案杂服饰，令学士隶事，事

---

① 徐陵编、吴兆宜注《玉台新咏笺注》，中华书局 1999 年版，第 12 – 13 页。

② 《汉魏六朝百三家集选》，第 644 – 645 页。

③ 李延寿《南史》，中华书局 1975 年版，第 593 页。

> 多者与之，人人各得一两物。澄后来，更出诸人所不知事复各数条，并夺物将去。①

《南史·王谌传》：

> 尚书令王俭尝集才学之士总校虚实，类物隶之，谓之隶事，自此始也。俭尝使宾客隶事，多者赏之。事皆穷，唯庐江何宪为胜，乃赏以五花簟、白团扇。坐簟、执扇，容气甚自得。摛后至，俭以所隶示之，曰：卿能夺之乎？摛操笔便成，文章既奥，辞亦华美，举座击赏。摛乃命左右抽宪簟，手自掣取扇，登车而去。俭笑曰：所谓大力者负之而趋。②

诗的功能和作用有了很大的改变。诗本来就有用于文人互相交往的作用。这种作用最早来自赋诗言志。赋诗言志，原本是引用别人的诗表达自己的思想，但逐渐演变为自己写诗言志。主要形式表现为赠答、奉和等。如传为李陵、苏武的赠答诗以及魏晋的同一类型诗，基本以表达个人的志向怀抱、思想情感为主，其内容不出抒情言志的范围。但在齐梁时期，文人聚会，多以写诗为娱，或同题，或分咏，或酬酢，或联句，写诗的目的发生了很大变化，主要不是用来表达思想情感，而是表现为竞技才艺，看谁文思敏捷，看谁诗文写得漂亮，并以此为乐。目的的变化也带来内容的变化，题材比较单一，多以赋咏为主。

---

① 萧子显《南齐书》，中华书局1972年版，第685页。

② 同上书，第1213页。

从永明诗人群体来看，以赋咏竞技才艺已经成为他们聚会时主要娱乐方式。赋是赋得某诗题，多集中在乐府诗题，谢朓西邸之游时有《同沈右率诸公赋鼓吹曲名》，朓赋《临高台》，沈约赋《芳树》，范云是《常对酒》，王融是《巫山高》，刘绘为《有所思》。同是以上乐府，永明诸公又换题再赋，谢朓赋《芳树》，王融同赋《芳树》，另赋《有所思》，沈约赋《临高台》，刘绘赋《巫山高》，范云也赋《巫山高》。谢朓任宣城太守时还有一次与郡中僚友《同赋杂曲名》的赋诗活动。谢朓赋《秋竹曲》，陶功曹赋《采菱曲》，朱孝帘赋《白雪曲》，秀才檀约赋《阳春曲》，朝请江奂赋《渌水曲》。这样竞技才艺的赋诗活动在梁代宫体诗人那里得以继承下来，但所赋范围稍有拓展。萧纲写了12首赋得诗，有以乐府为题的赋得诗《赋得当垆》《赋乐府得大垂手》，也有所赋为眼前物事的诗，如《赋得桥诗》《赋得入阶雨诗》《赋得蔷薇诗》《赋乐器名得箜篌诗》等。而在萧绎的6首赋得诗中，除了赋得眼前物诗之外，又有以古诗为赋的诗《赋得兰泽多芳草》《赋得涉江采芙蓉诗》，另有《赋得蒲生我池中》，也应是以诗为赋的诗。在梁代诗人中，徐摛有《赋得帘尘诗》1首，庾肩吾有《赋得嵇叔夜诗》《暮游山水应令赋得碛字诗》等5首，刘孝绰有《赋得照棋烛诗刻五分成》《赋得遗所思》诗5首，刘孝威有《赋得香出衣诗》《赋得曲涧诗》3首。这些诗大多是在文人聚会的场合比试诗才的产物。而以乐府和古诗为题，不仅要和在场的同时文人相比，还要与前人比，竞技的目的更强，以文为娱的色彩更重。咏物是齐梁时期很时兴的诗体，也是文士聚会时经常开展的一种写作形式，与赋的形式比较接近，但又有所区别。赋诗的诗题多以乐府和古诗为主，到了梁代，也有了以眼前物作为赋题的诗。以眼前物为赋题的诗与咏物相同。咏物又有同咏一物和分咏异物之别。在谢朓集中有《同咏乐器》诗，王融咏《琵琶》，沈约咏《篪》，谢朓咏《琴》。又有《同咏坐上器》，沈约咏《竹槟榔盘》，谢朓咏《乌皮隐几》。另有《同咏坐上所见一物》，王融咏《幔》，虞炎咏《帘》，柳恽和谢朓同咏《席》，沈约和谢朓同作《咏竹火笼》。这种情况在梁代也比较普遍。在梁代诗人中，萧衍和萧纲都写有《咏舞》诗，王训有《应令咏舞》，刘孝仪有《和咏舞》，刘遵有《应令咏舞》，王训等三人的应令咏舞诗，当是萧纲为太子时三人的奉和诗。萧纲写了《咏美人看画诗》，庾肩吾就有《咏美人看画诗》和《咏美人看画应令诗》。萧纲写《咏风诗》，庾肩吾也有《咏风诗》。萧纲、萧绎和刘缓都有《看美人摘蔷薇》诗。齐梁时期，应诏、应令写诗也成为一种风气。这些诗都是在君臣聚会时的产物，都属于奉和诗的范畴，所写的内容也多为咏物事的一类，如沈约《咏梨应诏诗》、王训《应令咏舞诗》、刘遵《繁华应令诗》、刘孝绰《咏雁应令诗》、庾肩吾《咏主人少姬应教诗》、《咏胡床应教诗》、《和晋安王咏燕诗》等等。这些诗都属于同咏诗，从诗题反映的场景看，一般都可判定为在同一个场合时写的同题诗。

齐梁时以竞技才艺为目的的诗还有联句的形式。永明诗人中谢朓有与王融、沈约、江革、王僧孺、谢昊、谢缓《阻雪》联句。谢朓为宣城守时又与何从事、纪功曹、府君等人联句作《还途临渚》《纪功曹中园》《闲坐》《侍筵西堂落日望乡》《祀敬亭山春雨》《往敬亭路中》等多首。尤其是何逊联句之作留下最多，有 17 首，合作者有范云、刘孝绰、高爽、刘孺、江革、刘孝胜、何澄、刘绮、桓季珪等人。

以上这些诗有几个共同的特点：首先是多人在一起，面对同样的表现对象；其次是并非有感而发，为情而造文，恰恰相反，是先命题后作文，为文而造情；再次是通过作文比试才艺，提高才艺，同时也获得娱乐的目的。

齐梁消遣娱乐文学观念的盛行，还促使大量的游戏之作出现。游戏的作品在建安时期就已经出现了，两晋不绝如缕，刘宋时期作品越发多起来。鲍照流传下来的作品里，有《数名诗》《建除诗》各 1 首，3 首《字谜》诗。两首连句诗，一首是《与谢尚书三连句》，一首是《月下登楼连句》。后者是两韵一连，参加者除了鲍照之外，还有王延秀、荀原之、荀中书。鲍照不仅写了大量的游戏诗，还写了大量的咏物诗以及《夜听妓》那样的可称为宫体滥觞的诗。说明似鲍照这样的诗人，他既要用诗表现他身在寒素、遭受冷落的磊落不平，也要利用诗歌消愁解闷，游戏一下，开开心。

游戏诗的大量出现是在齐梁时期，其数量之多，作者之众，都是前代不能相比的 。严羽《沧浪诗话·诗体》讨论到杂体诗时说：

论杂体则有风人、藁砧、五杂组、两头纤纤、盘中、回文、反复、离合，虽不关诗之重轻，其体制亦古。至于建除、字谜、人名、卦名、数名、药名、州名之诗，只成戏谑，不足法也。[①]

齐梁诗坛的游戏诗主要有以下几类。州名诗：范云《州名诗》。县名诗：王融《奉和竟陵王郡县名诗》，萧绎《县名诗》。鸟兽名诗：萧绎《鸟名诗》《兽名诗》。植物名诗：萧绎《树名诗》《草名诗》。品物名诗：萧绎《船名诗》《车名诗》《屋名诗》《宫殿名诗》。卦名诗：萧纲《卦名诗》。色彩名诗：王融《四色诗》，范云《拟古四色诗》《四色诗》。姓名诗：沈约《和陆晓慧百姓名诗》，萧绎《姓名诗》《将军名诗》。统计一下，沈约和范云不过 3 首左右咏名诗，而到了梁代，萧绎就有了 15 首，是写咏名诗最为突出的诗人。回文诗，作品有：王融《春游回文诗》，萧绎《后园回文诗》，萧伦、萧纲都有《和湘东王后园回文诗》。离合诗，作品有：王融《离合赋物为咏火》，萧巡《离合诗赠尚书令何敬容》。重字诗，如萧绎《春日诗》："春还春节美，春日春风过。春心日日异，春情处处多。"[②] 重"春"字。这些诗如严羽所说，都没有什么意义，只是消遣游戏之作，但也有利用写作这样的作品来提高写作技巧的作用。

受娱乐消遣观念直接影响而产生的重要创作现象就是宫体诗。宫体诗的消遣娱乐目的十分明显。

梁代的宫体诗主要有两类题材，一类是咏物诗，一类是咏女诗。这两类诗都有一个共同点，那就是对描写的对象采

---

① 严羽著、郭绍虞校释《沧浪诗话校释》，人民文学出版社 1961 年版，第 100－101 页。

② 《玉台新咏笺注》，第 322 页。

取的是观赏玩味的态度。咏物以齐梁最盛，永明诗人中，萧衍有 4 首。范云 5 首，多有寄托。沈约最多，有 34 首，寄托甚少。到梁代，萧纲近 40 首，萧绎 16 首，基本上是消遣游戏之作。表现女性题材的作品，自《诗经》以来就有。但是，同是表现女性的题材，作者的创作动机却有很大不同，一般来说有三种倾向。其一是写实派，即通过直接描写女性的生活，或赞美女性对爱情的追求，如《有所思》《上邪》。或歌颂女性对爱情的坚贞，如《孔雀东南飞》。或同情女性的不幸遭遇，弃妇诗，闺怨诗多可归入此类。其二是比兴派，描绘女性生活，用以寄寓个人的身世遭际和情感。如曹植的《美女篇》。第三类是如宫体诗这样的作品，出于消遣，以观赏为目的来描写女性。

萧纲等宫体诗人描写女性，主要是出于观赏的动机来刻画女性的声色容貌，同他们在现实生活中玩赏歌女弄喉、侍姬作舞并没有什么实质的区别，带有很大的消遣娱乐、赏心悦目的性质。萧纲有首诗叫《咏美人观画》："殿上图神女，宫里出佳人。可怜俱是画，谁能辨伪真？分明净眉眼，一种细腰身。所可持为异，长有好精神。"① 诗以画中美人来衬托宫中佳人，再以宫中佳人来写画里美人，手法是很新颖的。但是我们这里探讨的主要不是艺术问题，而是作者写此诗时候的态度。萧纲把画中的神女与宫中的美女都作为画来看，实际上透露了他描写女性的目的和态度，他描写女性是抱着观赏的态度来写的，就如同在观赏玩味一幅画。其消遣玩味

① 《玉台新咏笺注》，第 301 页。

的态度昭然可见。宫体诗人描写女性，多是剪裁成一个画面，一个镜头，这个画面写好了，诗也就结束了。譬如内人昼眠、美人晨妆、看摘蔷薇、闺中照镜、美人采荷、观舞等等，所写的场景十分单纯，就好似特写镜头。诗歌描写女性生活的这种特点，完全取决于宫体诗人写作的目的和态度，那就是出于娱乐消遣的目的和玩味观赏的态度。萧纲的《美人晨妆》在这些诗里最为典型："北窗向朝镜，锦帐复斜萦。娇羞不肯出，犹言妆未成。散黛随眉广，燕脂逐脸生。试将持出众，定得可怜名。"① 诗着力表现美女的娇羞可人姿态，所以开篇就把视角对准可以看见闺房的北窗，人未见，娇羞的声音就已经出来了，而后写她黛眉横扫、燕脂精涂，由远及近，凝聚为美女经过认真化妆的脸，场面简单，也没有深的意蕴，只是写女性的娇羞美态。但是从描写中，诗人对描写对象的玩赏品鉴的态度，清清楚楚地表现出来，诗人写诗的消遣目的也很清楚。尤其是最后两句"试将持出众，定得可怜名"，更加赤裸裸地暴露出作者的玩赏心理。

四、余论

消遣娱乐是文学与生俱来的功能，文学的审美功能就是建立在消遣娱乐功能之上的，是它的进一步升华。事实上，中国文体的发展以及文学史的发展都与文学的这一功能有关。词是作为文人的佐酒之辞而兴起的，小说、戏曲之兴，更离

① 同上书，第299页。

不开读者消遣娱乐的需要。但是过去我们的文学史和批评史囿于文学功能作用的某些理论，屏蔽了对这一问题的认识与描述，以致造成了文学一些功能作用认识的缺失，这是我们必须补上的。

李白诗中的“自然”意识

唐前的“自然”概念，主要指自然无为、天然之意。而所谓“自然意识”，也应指人们对自然、无为的认识与体验。由于天地万物体法自然，自然意识当然关乎天地万物；又因为人有其自然本性，因此自然意识也关乎人性。魏晋南北朝时期，山水成为士人体悟自然、畅神适性的重要生活方式，自然意识中也有了山水这一必不可缺的内容。对于中国古代士人而言，“自然”意识与西方所说的自然意识有同有异，总体看来其内容比西方更为丰富。在西方，自然是与人的主体相对立的客体；而中国古代，自然既为客体，又在主体之中，情况远比西方复杂。对李白的自然意识亦当作如是观。

李白诗中的“自然”

李白诗中有多处提到“自然”，从诗的上下文看，“自然”的含义仍是传统的，主要指非人为的、天然的意思，有时候“自然”与“道”同义。从这些诗中可以看出，李白思想深受道家思想影响，并试图用老庄的自然之道来认识天地万物、指导人生。《月下独酌》其二诗云：

天若不爱酒，酒星不在天。地若不爱酒，地应无酒泉。天地既爱酒，爱酒不愧天。已闻清比圣，复道浊如贤。贤圣既已饮，何必求神仙！三杯通大道，一斗合自然。但得醉中趣，勿为醒者传。[①]

诗中所说的“自然”与“大道”可互置。诗义谓：天上既有酒星，地下复有酒泉，是天地亦爱酒，故人之爱酒，与天地相通，饮酒既合于自然，又与道相通。李白《草创大还赠柳官迪》也出现了“自然”一词：“天地为橐籥，周流行太易。造化合元符，交构腾精魄。自然成妙用，孰知其指的？”[②] 此处所说的“自然”，即自然而然之意。这几句诗是说天地造化有它奇妙的功用，它是自然的，无目的的。上二例说明，李白使用“自然”一词时，仍用的是唐前“自然”的含义。

在李白使用“自然”的诗里，《日出入行》一诗最应引起我们的注意，此诗反映出李白十分重要的自然观：

日出东方隈，似从地底来。历天又复入西海，六龙所舍安在哉？其始与终古不息，人非元气，安得与之久徘徊。草不谢荣于春风，木不怨落于秋天。谁挥鞭策驱

---

① 《李白全集校注汇释集评》，第3272页。

② 同上书，第1532页。

> 四运，万物兴歇皆自然。羲和，羲和，汝奚汩没于荒淫之波？鲁阳何德，驻景挥戈。逆道违天，矫诬实多。吾将囊括大块，浩然与溟涬同科。[①]

此诗首言天地，次言万物，贯穿了天地万物以自然运行的思想。古人对日出东方、西沉入海的天象有过种种解释。《淮南子·天文训》云："爰止羲和，爰息六螭，是谓悬车。"高诱注："日乘车，驾以六龙，羲和御之，日至此而薄于虞泉，羲和至此而回六螭。"[②] 此说亦见于屈原《离骚》："吾令羲和弭节兮，望崦嵫而勿迫。"王逸注："羲和，日御也。"[③] 可见羲和御日是古代关于太阳运行的较早的神话传说。《庄子》则认为，日月运行乃自然之道，《知北游》云：

> 天不得不高，地不得不广，日月不得不行，万物不得不昌，此其道也。[④]

这种理论以自然之道否定了自然界外还有任何超自然的神力的存在。此诗深受庄子思想影响，在描绘了日出日落、终古不息的天象之后，对六龙载日的传说提出了质疑：所谓六龙载日的说法，不过是妄语而已，哪里有什么六龙停留的地方？诗的第二段由天体运行而及自然界的四时变化。"草不谢荣于春风，木不怨落于秋天"，是互文。此段意谓：花草树木，每当春风吹来，就会生长，就会繁荣；每逢秋

---

① 同上书，第469－472页。

② 《淮南子集释》，第236页。

③ 《楚辞补注》，第27页。

④ 《庄子集释》，第654页。

天降临，就会凋落，就会枯萎。它们自生自衰，并非外力，既无须因新生而感谢春风，亦不应为衰落而怨恨秋天。这是因为时序的变迁，草木的荣歇，非由某超自然的外力主宰，它们与天体运行一样，皆乃自然之道，即“万物兴歇皆自然”也。

李白此诗由天道而推及人道，主张人亦应顺应自然而行。《淮南子·览冥训》载：“鲁阳公与韩构难，战酣，日暮，挥戈而㧑之，日为之反三舍。”① 李白以近乎嘲弄的口吻诘问道：羲和呀羲和，你不是驾驭六龙载着太阳行驶于天空的神吗？却又为何沉没到浩瀚无涯的大海里了呢？楚国的鲁阳公，你又有何德何能？举戈一挥，竟想叫太阳停止运行呢？日月运行，四季轮转，草木荣枯，既然皆出于自然，那么，所谓天道，就是自然。只有顺应自然，才合于天道。鲁阳公的传说，就在于妄想改变天宇运行的自然之道，“逆道违天”，是妄言而不足为信的。人的生命亦如此，既非化育万物的一元之气，也不能与太阳同寿，它自然而生，自然而死。人就是如此生生运转，以至无期。因此，人的最佳选择不是改变自然，而是顺应自然。正因为如此，李白在此诗的最后充满激情地高唱道：“吾将囊括大块，浩然与溟涬同科。”何谓“大块”？《庄子·齐物论》：“夫大块噫气，其名为风。”成玄英疏：“大块者，造物之名，亦自然之称也。”② 何谓“溟涬”？

① 《淮南子集释》，第447页。

② 《庄子集释》，第47页。

《庄子·在宥》:“大同乎涬溟。”司马彪注:“涬溟,自然气也。”[①] 可见“大块”与“溟涬”均为自然。李白要囊括大块,与溟涬同科,不是要与宇宙同生死,也不是要掌握什么自然规律,意在与自然融为一体。

李白与自然为一的思想仍来自庄子。《庄子·齐物论》云:“天地与我并生,而万物与我为一。”[②] 又《德充符》云:“与物为春。”[③] 庄子之意,并非真的与天地并生共存,而是主张从精神上打通人与宇宙有限与无限的分界,以人的自然合于宇宙天地万物的自然,即以天合天之意。李白高唱“囊括大块,浩然与溟涬同科”,与庄子意思相近,就是要使主体的精神与自然相合,即心任自然。

李白《日出入行》反映出的自然思想,论者多把其作为宇宙观看。这种认识固有道理,但似不全面。《日出入行》不仅反映出了李白的宇宙观,也表现出了他的人生观,亦可作为他的部分人生观来看。《日出入行》反映出的李白的人生观,就是任自然。任自然的实质是追求个人身心的最大自由,不受羁约,不受束缚,自由适意,保持个人的本性。李白早在出川后写的《代寿山答孟少府移文书》中,他就这样描述自己:

> 近者逸人李白自峨眉而来,尔其天为容,道为貌,

---

① 同上书,第354、355页。

② 同上书,第77页。

③ 同上书,第195页。

不屈己，不干人，巢、由以来，一人而已。[①]

这段描述，实际上表达了李白早年就已经形成的自然为人的品格。他是天地自然的儿子，所以他秉赋了自然的本性。在他以后的人生中，无论是追求功名，在长安供奉翰林，还是浪迹天下，“浮五湖，戏沧洲”，他都保持、坚守了自己的自然为人的品格。

“自然”与功名

李白极重功名，及早建功立业，清宁社稷，大济苍生，是他一生的奋斗目标，也是他的诗中反复出现的主题，不断咏叹的一个情结。而李白之求取功名，是其个体生命意识觉醒后为实现个人生命价值而生成的自然要求。李白《将进酒》云：“天生我材必有用”。生命之来，必有其用，功名即其用之一。取得了功名，就是实现了个人的生命意义和价值。因此，功名不是自身之外的力量强加的，功名也就成为个人的一种自然的需要，而非生命之外的什么尘累。

就此而言，功名和山林之志并无实质性的冲突，诚如李白《对雪奉饯任城六父秩满归京》诗写的那样：“独用天地心，浮云乃吾身。虽将簪组狎，若与烟霞亲。”[②] 他的心是天地自然之心，行迹亦如浮云，自由来去于功名与山林之间。求取功名是为了满足诗人实现生命价值的本然需要，栖隐山

① 《李白全集校注汇释集评》，第3982页。

② 《李白全集校注汇释集评》，第2324页。

林也是为了生命的本然需要。正因为这样，求取功名和栖隐山林构成了李白人生理想的两个阶段。对这两个阶段，李白一生从不掩饰，并形成了功成身退这一一以贯之的生命理想模式：

> 申管晏之谈，谋帝王之术，奋其智能，愿为辅弼。使寰区大定，海县清一。事君之道成，荣亲之义毕，然后与陶朱留侯，浮五湖，戏沧洲，不足为难矣。①
>
> 愿一佐明主，功成还旧林。②
>
> 功成谢人间，从此一投钓。③
>
> 功成身不居，舒卷在胸臆。④

本来儒家的出与处是与人生境遇有关的，“达则兼济天下，穷则独善其身”，出与处决定于遇与不遇。然而到了李白这里却改造成了人生实现个人生命价值的两个阶段，这两个阶段的出与处不在境遇，而在于个人的主观性情，“舒卷在胸臆”，“卷舒固在我，何事空摧残”⑤，舒卷出处决定于个人主观的需要与适意。这样，李白就用道家的自然观囊括并改造了儒家“兼济天下”与“独善其身”的政治理想，使其成为个人生命的自然需要。他用自然、适意泯灭了出与处的差异：

---

① 《代寿山答孟少府移文书》，同上书，第 3982 页。
② 《留别王司马嵩》，同上书，第 2131 页。
③ 《翰林读书言怀呈集贤院内诸学士》，同上书，第 3470 页。
④ 《商山四皓》。同上书，第 3163 页。
⑤ 《秋日炼药院镊白发赠元六兄林宗》，同上书，第 1455 页。

> 留侯将绮季，出处未云殊。终与安社稷，功成去五湖。①
>
> 吾不滞于物，与时推移，出则以平交王侯，遁则以俯视巢、许。朱绂狎我，绿萝未归。恨不得同栖烟林，对坐松月。②

“物”指相对于诗人主观性情的入世与出世，“不滞于物，与时推移”，就是任自然。但是，这里所说的任自然不是指顺物之自然，而是顺性情之自然。顺性情之自然，就是“舒卷在胸臆”，即人们常说的任性与适意。李白认为，对于任性与适意而言，出世与入世本没有差异，只要合于性情的自然，出世亦可，入世亦可，因此不必拘执于出与处之间。

当然，这是从道理上来说，而事实上，一旦入世建功立业，就必然要与社会发生这样那样的关系。离不开君主，离不开大臣，离不开制度，也离不开世风。所以，功业理想不可能不与任自然的性情产生抵牾冲突。而一旦冲突，李白义无反顾地选择后者，抛弃前者。“功名富贵若长在，汉水亦应西北流”③，“安能摧眉折腰事权贵，使我不得开心颜!”，这也许就是李白辞京还山的主观原因吧？因此，长安放还后，李白写诗道：

> 松柏本孤直，难为桃李颜。昭昭严子陵，垂钓沧波

① 《赠韦秘书子春》，同上书，第1324页。

② 《冬夜于随州紫阳先生餐霞楼送烟子元演隐仙城山序》，同上书，第4148页。

③ 《江上吟》，同上书，第990页。

> 间。身将客星隐，心与浮云闲。
>
> 长揖万乘君，还归富春山。清风洒六合，邈然不可攀。使我长叹息，冥栖岩石间。[1]

严光，字子陵，会稽余姚人。据《后汉书·严光传》："少有高名，与光武同游学。及光武即位，乃变名姓，隐身不见。帝思其贤，乃令以物色访之。后齐国上言，有一男子，披羊裘，钓泽中。帝疑其光，乃备安车玄纁，遣使聘之。三反而后至。……车驾即日幸其馆，光卧不起。……于是升舆叹息而去。复引光入，论道旧故，相对累日。……因共偃卧，光以足加帝腹上。明日，太史奏客星犯御座甚急。帝笑曰：'朕故人严子陵共卧耳。'除为谏议大夫，不屈，乃耕于富春山。"[2] 上诗由衷赞叹严子陵事迹，且以严子陵自况，可见李白供奉翰林，是以玄宗朋友身份自居的，他并不想改变自己孤直的本性，似桃李一样投人所好。当他一旦发现自己所期望的严子陵与汉光武帝的关系不过是自己的一厢情愿时，他就长揖万乘之君，遗弃功名，离开长安，去寻找自己"心与浮云闲"的生活了。

正因为李白的功名思想带有很强的自然意识，所以，李白的求仕、入仕就走了一条与常人不相同的道路。

唐代以科举取士，科举是一般士子的晋身之阶，《唐摭言》卷九说："三百年来，科举之设，草泽望之起家，簪绂

---

① 《古风五十九首》其十一，《李白全集校注汇释集评》，第 74－76 页。
② 《后汉书》，第 2763－2764 页。

望之继世。孤寒失之，其族馁矣；世禄失之，其族绝矣。”[①]科举是庶族寒门士子取得政治地位的重要途径，也成为世袭士族保其门第的重要手段。故唐代士子趋之若鹜。唐代科举制的实行，是封建社会铨选官员制度的一大改革与进步，它结束了南北朝时期的门阀世袭统治，使士族与庶族寒门出身的士子，有了平等竞争的机会，极大地解放了人才。但是，科举制也有其戕害士人心灵、扭曲其人格的弊端。据《通典·选举》：“开元以后，四海晏清，士无贤不肖，耻不以文章达。其应诏而举者，多则二千人，少犹不减千人，所收百才有一。”[②] 据傅璇琮先生《唐代科举与文学》介绍：

> 唐代进士科所取的人数，前后期有所不同，但大致在三十人左右。据唐宋人的统计，录取的名额约占考试人数的百分之二、三。明经科较多，约一百人到二百人之间。进士、明经加起来，也不过占考试者总人数的十分之一。可以想见，风尘仆仆奔波于长安道上的，绝大部分是落第者。[③]

这些失意落第的士子尝尽了科举的苦辛与落第的悲哀。而对于那些一旦金榜题名，“春风得意马蹄疾，一日看遍长安花”的士人来说，其中举前，亦潜隐着人所不知的辛酸和人性的扭曲与压抑。

---

① 王定保撰、姜汉椿校注《唐摭言校注》，上海社会科学院出版社 2003 年版，第 180 – 181 页。

② 杜佑《通典》，中华书局 1988 年版，第 357 页。

③ 傅璇琮《唐代科举与文学》，陕西人民出版社 2003 年版，第 5 页。

对于应科举试这一普遍的入仕道路，李白是不屑择取的。李白不屑于科举，主要有两个原因。其一，他认为自己有超乎常人的才能，不屑于走常人的科举之路，他要像吕尚、张良、诸葛亮、谢安等历史名人一样，受帝王礼遇，起于东山，为帝王师佐，以建不朽的功业。其二，李白对科举戕害人性情的弊病有清醒的认识，他写有著名的《嘲鲁叟》一诗：

> 鲁叟谈五经，白发死章句。问以经济策，茫如坠烟雾。足著远游履，首戴方山巾。缓步从直道，未行先起尘。秦家丞相府，不重褒衣人。君非叔孙通，与我本殊伦。时事且未达，归耕汶水滨。①

此诗批评儒生刻薄尖锐，旧说多把其视为李白对待儒家的态度。其实，此诗所反映的恰恰是李白对待科举的认识。唐代科举，作为常贡之科有六科，即秀才、明经、进士、明法、明字、明算，但主要是明经和进士二科。“明经者，仕进之多数也。”② 而明经考试的主要特点是要求应举士人精熟儒家经典，关键是要记诵经书及其注疏文字。因此才造成了应试经生只知经文，不通经义，更不知治国之术的迂腐。这样的人是与李白格格不入的，而造成这种迂腐之人的考试制度与李白的性格也是格格不入的。他不愿潜晦自己的辅弼之志、帝王之术，去“修养慎行，虽处子之不若”；也不会似鲁生一样褒衣博带，循规蹈矩，徒务章句之学。总之，他不愿违

---

① 《李白全集校注汇释集评》，第 3609 – 3610 页。

② 权德舆《答柳福州书》，权德舆《权德舆诗文集》，上海古籍出版社 2008 年版，第 628 页。

背自己的自然之性，让科举束缚了个人的自由，或改变了个人的性情。

因此，李白虽是唐代人，却坚定不移地效法吕尚、诸葛亮、谢安等古代名臣贤相，走上一条古老的入仕道路：蓄其高名，以达明主，通过征召，致身卿相。李白晋身朝廷，正是走了这样一条非常之路。如李阳冰《草堂集序》所记：“天宝中，皇祖下诏，征就金马，降辇步迎，如见绮皓。以七宝床赐食，御手调羹以饭之。谓曰：‘卿是布衣，名为朕知，非素蓄道义，何以及此？’置于金銮殿，出入翰林中，问以国政，潜草诏诰，人无知者。”① 李白《为宋中丞自荐表》亦言：“天宝初，五府交辟，不求闻达，亦由子真谷口，名动京师。上皇闻而悦之，召入禁掖。既润色于鸿业，亦间草于王言。雍容揄扬，特见褒赏。”② 对于这样的入仕之经历，李白是十分得意的，离开长安前后，他还常常动情地回忆起这段不同寻常的经历，还要津津乐道于玄宗对他的礼遇。如《玉壶吟》：

> 凤凰初下紫泥诏，谒帝称觞登御筵。揄扬九重万乘主，谑浪赤墀青琐贤。朝天数换飞龙马，敕赐珊瑚白玉鞭，世人不识东方朔，大隐金门是谪仙。③

《走笔赠独孤驸马》：

> 是时仆在金门里，待诏公车谒天子。长揖蒙垂国士

---

① 《李白全集校注汇释集评》，第 1 页。

② 同上书，第 3966 页。

③ 同上书，第 1003 页。

恩，壮心剖出酬知己。①

又《赠崔司户文昆季》：

惟昔不自媒，担簦西入秦。攀龙九天上，别忝岁星臣。布衣侍丹墀，密勿草丝纶。②

《赠从弟南平太守之遥》其一：

汉家天子驰驷马，赤车蜀道迎相如。天门九重谒圣人，龙颜一解四海春。彤庭左右呼万岁，拜贺明主收沉沦。翰林秉笔迴英眄，麟阁峥嵘谁可见？承恩初入银台门，著书独在金銮殿。龙驹雕镫白玉鞍，象床绮席黄金盘。当时笑我微贱者，却来请谒为交欢。③

对于这些诗，有些学者颇有微词，认为李白虽自视甚高，仍不免以长安之生活自我标榜。其实，李白之所以把这一段生活看得如此重要，自吹自擂，并不是李白的浅薄。一提起长安待诏，李白就不无得意，是因为李白如吕尚、诸葛亮一样，以高名而获皇帝的征召与恩遇，这是一种布衣之傲。他不屈己，不干人，既不曾屈就自己的傲性，又未曾改变或潜隐自己的天然之性，更不似一般士子那样“五十少进士，三十老明经”，就走进了朝中。他得意的是自己的入仕之路，得意的是舒卷在自己的主动与自由，说到底，还是李白的自然意识在起作用。

---

① 同上书，第 1435 页

② 同上书，第 1548 页。

③ 同上书，第 1738 页。

“自然”与山水

研究李白的自然意识，我们不能不把主要注意力集中到李白的山水诗。这不仅仅是因为李白“一生好入名山游”，对山水情有独钟，纵浪于山水之中，写下大量的名垂千古的山水诗，山水成为李白诗歌题材的重要组成部分；更为重要的是，李白的自然意识在他的山水诗中有比较集中的体现。

李白为什么热爱山水？为什么投身大自然，写下大量优秀的山水诗？今之论者有种种解释，概括起来，不外有四种：其一，李白生性热爱山水；其二，李白政治抱负不得实现，山水成为他挥斥幽愤的所在；其三，李白“云卧三十年，好闲复爱仙”①，“五岳寻仙不辞远，一生好入名山游”，李白游览山水，是为道教的神仙信仰所驱动；其四，笔者提出，山水是李白排遣生命苦闷，解脱和安顿灵魂的一种形式。② 此外，李白山水之游，亦来自他的自然意识。

李白自青少年时就喜登临，钟情山水。开元间在蜀中时，就写有《访戴天山道士不遇》《登锦城散花楼》《登峨眉山》等诗。出蜀途中，又写有《峨眉山月歌》《渡荆门送别》《秋下荆门》等脍炙人口的山水诗。出川后，李白漫游了洞庭、苍梧、金陵、会稽等地。此后寓居安陆，又以安陆为中心，漫游了嵩山、洛阳和太原等地。出川后，李白目不暇接的是

① 《安陆白兆山桃花岩寄刘侍御绾》，同上书，第1880页。

② 《李白诗歌的生命意识》，《东方丛刊》1997年第1期。

与川内完全不同的俊秀山水，尤其是吴越之地素为风景奥区，更加激发了诗人纵览山川的豪兴。在饱览了祖国的壮丽河山后，李白写下了《望天门山》《金陵城西楼月下吟》《夜下征虏亭》《别储邕之剡中》《望庐山瀑布》等名篇。这些诗多实写山川风景，清新俊朗，表现出诗人对山林的热爱。李白天宝初入长安，此时他写下了《蜀道难》这篇著名的诗。据詹锳先生《李白诗文系年》考证，此诗与《送友人入蜀》为同时之作，当是天宝初李白在长安送友人王炎入蜀而作。这首诗一改此前山水诗的写实笔法，运神思于山水，融神话、传说为一体，想象雄奇，气势磅礴，意气豪纵，开创了山水诗新的一体。长安放还后，李白又开始了他人生的第二次漫游，足及梁宋、齐鲁，然流连之处，仍在江南，集中在金陵、秋浦、宣城诸地。安史之乱中，李白因从永王璘而获罪流放夜郎，中途遇赦，回到江夏，后又重游宣城等地。《西岳云台歌送丹丘子》《梦游天姥吟留别》《秋登宣城谢朓北楼》《清溪行》《庐山谣寄卢侍御虚舟》等山水名篇即写于这两个时期。这些山水诗仍分二体：一类诗如《清溪行》《秋登宣城谢朓北楼》，仍为实写山水；一类诗则似《梦游天姥吟留别》《庐山谣寄卢侍御虚舟》《西岳云台歌送丹丘子》，体同《蜀道难》，并不拘泥于山水实境，而是虚实结合，大胆想象，创造山水诗境，别开山水生面。

李白浪游山水，主要是出自对山水的兴致，他的《秋下荆门》诗云："此行不为鲈鱼脍，自爱名山入剡中。"《金陵江上遇蓬池隐者》亦云："心爱名山游，身随名山远。"李白游赏山水，是出自他对山水的热爱，山水对李白有不可遏止的吸引力，使他一见山水便兴致勃勃，产生感发和冲动。他的山水诗中经常谈到“兴”和“兴趣”，《庐山谣寄卢侍御虚舟》云：“好为庐山谣，兴因庐山发。”《下浔阳城泛彭蠡寄黄判官》云：“名山发佳兴，清赏亦何穷。”《江上寄元六林宗》云：“幽赏颇自得，兴远与谁豁?”《秋夜宿龙门香山寺奉寄王方城十七丈奉国莹上人从弟幼成令问》云：“兴在趣方遥，欢余情未终。”《送杨山人归天台》云：“兴发登山屐，情催泛海船。”《送韩准裴政孔巢父还山》云：“时时或乘兴，往往云无心。”诗中所说的“兴”，实际上就是李白对待山水的一种审美的冲动。正是这种审美的冲动，使李白完全进入审美的境界。而李白的这种审美态度产生的基础则是诗人审美主体与山水审美客体的契合，更具体些说，是李白尚自然的性情在山水中找到了对应，山水的自然之态因此而与李白的热爱自由的性情实现了同构与融合。

审美的境界，实质上就是心灵的自由得到最大释放的生理和心理体验。前文言及，李白的山水诗中，有一类是不拘于实境、飞驰艺术想象创造出的山水诗境。这样的山水诗境多为雄奇的诗境，而这种雄奇的诗境就是李白豪放超逸的自由天性的释放。请看《西岳云台歌送丹丘子》和《庐山谣寄卢侍御虚舟》中描写山水的诗句：

西岳峥嵘何壮哉！黄河如丝天际来。黄河万里触山动，盘涡毂转秦地雷。荣光休气纷五彩，千年一清圣人在。巨灵咆哮擘两山，洪波喷流射东海。三峰却立如欲

> 摧，翠崖丹谷高掌开。白帝金精运元气，石作莲花云作台。①
>
> 庐山秀出南斗傍，屏风九叠云锦张，影落明湖青黛光。金阙前开二峰长，银河倒挂三石梁。香炉瀑布遥相望，迴崖沓嶂崚苍苍。翠影红霞映朝日，鸟飞不到吴天长。登高壮观天地间，大江茫茫去不还。黄云万里动风色，白波九道流雪山。②

华山和庐山自然高峻，但诗中突出的是二山的超拔和峥嵘，即华山和庐山不受天宇掩压的摧天凌云之势。自然界的黄河自有其汹涌流长的特点，但诗中强调的则是黄河擘山喷流、一泻万里，即黄河不受阻约的撼地之威。李白这样写华山、庐山和黄河，无论是潜意识还是显意识，都是要释放他不受束缚和约制的自由天性，华山、庐山和黄河等山川不为一切所迫压的自由之态和纵逸之势，使李白豪放纵任的天性找到了可以释放、可以表现、可以宣泄的自然物。《庐山谣寄卢侍御虚舟》写于李白流放夜郎中途遇赦、返回江夏、重游庐山之时。至德二载（757）夏秋之间，李白坐从永王磷罪系浔阳狱，幸得宋若思营救出狱，开元元年（758）流放夜郎，开元二年遇赦得还。这二年间，李白过的是“独幽怨而沉迷”的生活，豪纵自由的天性受到了无情地压抑。因此，一旦来到了庐山，李白纵任狂放的性情遂被雄奇的山水所唤醒，并借描写山水得到了尽情的释放。同样，李白的另一雄奇的

---

① 《李白全集校注汇释集评》，第1024－1026页。

② 同上书，第2001页。

山水名篇《梦游天姥吟留别》也是李白自由的天性遭到屈曲而复得解放后所作。李白天宝初入长安，后得赐金放还，此诗即写于放还之后的天宝五载（746）。此诗穷极笔力，创造出奇山幻境。梦中天姥，势拔五岳压倒赤城与天台。同是借梦写山，实写不足，继之以仙，山林变幻奇景，仙境瑰丽神奇。而从诗人梦醒后长嗟的“安能摧眉折腰事权贵，使我不得开心颜”看，李白创造的超拔宏伟的天姥之境，是有意识的。他写天姥，正是要释放他曾经在长安遭到压抑的自由天性。天姥的横天之势，我们是否可以看作李白目空一切、为所欲为性格的象征？梦中见到的奇幻山水，遇到的飘然来去的仙人，全是与羁缚人的自由、屈曲人的天性的世间生活相对照的意象，依然是李白尚自然的性情与理想的一种形象反映。

李白尚自然的性情既有其豪放不羁的一面，又有自在天然的一面。李白的心态有时如西岳险峰凌凌然峥嵘崛起，冲破一切束缚；有时则似天际的白云飘飘然舒卷随意。追求精神的自由与追求心灵的自在构成李白尚自然性情的两个方面。与此相对应，李白的山水诗，除雄奇一类外，又有澄明清秀之境。这一类山水诗多为写实境实景的山水诗。如《清溪行》所写的清溪，《终南山寄紫阁隐者》所写的终南山，《秋登宣城谢朓北楼》所写的宣城，《过崔八丈水亭》所写的宛溪、敬亭，白云舒卷，水明如镜，秀色满眼，诗境一片澄明，一片秀丽，一片清虚，大自然充满了自在与天机。我们可说这是自然界的自在，亦可说是李白的自在，“心中与之然”，山水中有李白心态的自在与天然，反映出李白性情的另一面。

虽然这方面的心态，不是其主要方面。所以可以这样说，无论是雄奇山水，还是清秀山水，都反映了李白尚自然的性情，不受羁约的豪纵狂放是任自然，心灵的自在无拘也是任自然，在对不同山水的审美观照中，李白任自然的天性得到了释放。

热爱山水，任自然的天性在山水诗中自然而然地得到了释放，这样山水诗乃是李白山水诗的一部分。在李白的大部分山水诗中，李白则明确表达了他投身山林的动机：澡雪心灵，涤除机心，追寻并保持素心。如《与周刚清溪玉镜潭宴别》诗云："迴作玉镜潭，澄明洗心魂。此中有佳境，可以绝嚣喧。"[①]《望庐山瀑布》其一诗云："而我游名山，对之心益闲。无论漱琼液，且得洗尘颜。且谐宿所好，永愿辞人间。"[②] 又《日夕山中忽然有怀》诗云："久卧青山云，遂为青山客。山深云更好，赏弄终日夕。月衔楼间峰，泉漱阶下石。素心自此得，真趣非外借。"[③]《送李青归华阳川》："日月秘灵洞，云霞辞世人。化心养精魄，隐几窅天真。"[④] 如果说前一类山水诗中的自然意识，除《梦游天姥吟留别》等个别诗外，大部分还是一种非自觉的流露与释放的话，此类山水诗，则表现出鲜明的尚自然的自觉意识。

李白的入世与功业理想是建立在自然意识基础之上的。入世，但不能放弃自由；建功立业，但不应以违背本性为代价，他不愿用自己的自然性情去换取荣华富贵。而在世风浇

---

① 同上书，第2873页。
② 同上书，第3025页。
③ 同上书，第3310页。
④ 同上书，第2502页。

薄的名利场中，心很可能会迷失了本性，走失在喧嚣的利益之中。人疏离了自然，也丧失了自我。一旦如此，李白毅然走向山林草野，以保持他的自然本性，一方澄清的潭水，一片萧萧青松，一群沙上的白鸥，荡涤了人世的尘浊，找回了内心自由。在山林中，诗人甚至不仅忘掉了尘世，也忘掉了我之为我，我与物化为一体。荡涤尘累，去掉名利之心，是洗心；忘却了机心，忘却了是非，心由嚣喧之界重归自然，目送游鱼，心与水俱，自由自在，是心闲；人而心闲，不求外饰，回归到赤子状态，即回到了素心状态。素心，即真心，《庄子·渔父》：“真者，所以受于天也，自然不可易也。”① 又《庄子·秋水》：“无以人灭天，无以故灭命，无以得殉名，谨守而勿失，是谓反其真。”② 真心即人的自然本性。当然，如果心与物冥，身世两忘，不知自然之为我，我之为自然，那可能就达到了化心的境界了吧！山水可以洗心、闲心，亦可化心，山水成了心性回归自然的诗意的栖居之地了。

中国古代山水诗，自产生之日的东晋时起，就与士人的自然意识纠缠到了一起。中国古代人的所谓自然意识，不是把山水作为客体，纯粹的观照它的风景美。这样的诗不是没有，但数量不多，也不典型。而主要是指山水把人的思想、意识引向自由或适意，引向内心的自我解脱或愉悦。当然，山水同为士人心灵的栖居之地，带给人的心理活动又有所不同。以晋末宋初的两位田园山水诗人陶渊明、谢灵运来说，

---

① 《庄子集释》，第906页。

② 同上书，第524页。

二人都与大自然相亲，以大自然为心灵的栖居之地，但心理、心态却有很大不同。陶渊明是把自然融入血肉气质之中的人，真正达到了心物一体、纵浪大化中的人生境界，“俯仰终宇宙，不乐复何如！”① 他在与大自然的和谐共处中，真正感受到了陶然自得的欢乐。谢灵运则是既纵情山水、又萦怀禄位的人。“遗情舍尘物，贞观丘壑美”。② 山水是他体悟玄理、排遣尘世情感苦闷的地方。他人虽披林钻深，心却未与自然合一。诗中处处见山水自然之态，而其要表达的自然思想却要靠玄言的尾巴说出，山水与自然思想两张皮，山水并未使谢灵运的心灵归于宁寂。所以，可以这样说，谢灵运的诗虽表达了自然思想，而其人却并未真正做到自然恬如。

唐代的田园山水诗人王维和孟浩然心尚自然，诗近陶渊明。当然，王维半官半隐，孟浩然隐不忘仕，与陶渊明的真隐相去甚远。但他们高卧林园，体验栖隐的闲适淡泊，真心地感受自然之乐，则是与陶渊明异代相通的。尤其是王维，深受禅宗思想影响，他的田园山水诗于空寂中表现出大自然的自在和个人心灵的静穆恬如，如《酬张少府》：

晚年惟好静，万事不关心。
自顾无长策，空知返旧林。
松风吹解带，山月照弹琴。

---

① 陶渊明《读山海经》其一，《陶渊明集笺注》，第 393 页。

② 谢灵运《述祖德》其二，谢灵运撰、顾绍柏校注《谢灵运集校注》，中州古籍出版社 1987 年版，第 105 页。

君问穷通理，渔歌入浦深。[①]

松风自吹，山月自照，是大自然的自性与自在。而人之衣带任风吹解，人之弹琴随月来照，是人亦处于自性与自在之中，山水与诗人表现出了自然的境界。由此可见，王维、孟浩然的田园山水有着较强的自然意识，都表现了他们自然的人格理想。

对于孟浩然的自然人格，李白怀着深深的敬意，在《赠孟浩然》诗中写道：

吾爱孟夫子，风流天下闻。
红颜弃轩冕，白首卧松云。
醉月频中圣，迷花不事君。
高山安可仰，徒此揖清芬。[②]

认为孟浩然的人格高山仰止。但是，李白的自然人格与王孟二人不同，自然意识也有区别。王孟以闲适恬淡为自然人格，而李白的性情并非真的人淡如菊，心如止水。不能排除他的性情中也有闲适的一面，但恐怕不是其主要的方面。李白的性情就是豪放，说白了就是酷爱自由，不喜约束，不愿屈曲这种本性。所以他所说的心闲，与王、孟的心闲不同，是指心灵挣脱了世俗的枷锁、回归自然本性的心闲，即心灵获得了自由的无拘无束的状态。王、孟栖止山林，追求的是心灵的宁静；李白虽也有短暂的栖隐，但大部分时间却是在浪游

① 《王维集校注》，第476页。
② 《李白全集校注汇释集评》，第1254页。

山林，在浪游山林中体验无拘无束的自由的快乐。追求自由，构成了李白自然意识的本质方面。而李白的山水诗，虽然实写的澄明清秀山水与运想象创造的雄奇山水，都表现了李白的自然意识，但最能反映李白自然意识、且独树旗帜于山水之林的诗，则是后一种。

总之，李白自然意识的实质是追求个人身心的最大自由，不受任何束缚，自由适意，保持个人的自然本性。这种意识，影响到他的功名思想，形成了他的功成身退、舒卷在我的思想；反映到他的山水诗，山水诗成为他释放豪纵天性、摆脱尘累、保持素心的所在。以上对李白自然意识的考察，或许有助于我们了解李白的心态及其创作。

李白《古风》其四十六试解

在李白《古风》五十九首中，第四十六首“一百四十年”是颇受人们重视的一首诗。前人对此诗多有评论，今之选本亦多收入，但关于这首诗的写作时间、地点，历来既有歧说，至今仍无定论，对这首诗的理解，也是莫衷一是。本文拟对这首诗的写作时间和地点作一番新的考索，并本此以释全诗，以期求得对这首诗的正确理解。为方便读者，兹引全诗如下：

> 一百四十年，国容何赫然。隐隐五凤楼，峨峨横三川。王侯象星月，宾客如云烟。斗鸡金宫里，蹴踘瑶台边。举动摇白日，指挥回青天。当涂何翕忽，失路长弃捐。独有扬执戟，闭关草《太玄》。[1]

对本诗的理解，大致有两种意见：（一）感盛忧乱。陈

① 《李白全集校注汇释集评》，第212－215页。

沆《诗比兴笺》云："唐自武德初，至天宝十四载，凡百四十年，此极言其盛，以忧其乱也。"① （二）讥刺得势小人，感叹己之不遇。朱谏《李诗选注》云："此白叙国家之盛，而倖富贵者多，因叹已之不遇也。"② 复旦大学古典文学教研室《李白诗选》："'斗鸡金宫里'六句，讽刺得势小人，跟《大车扬飞尘》篇（《古风》第二十回）内容相近。最后两句，感叹有才能的人不遇，跟《咸阳二三月》篇（《古风》第八）最后六句内容相近。"③ 上说似都有问题。

笔者认为，理解此诗，首先必须弄清诗的写作时间和地点，然后方能知人论世，对诗义有比较贴近的了解。

关于本诗的写作时间，概有三说：

一种意见认为，此诗写于天宝十四载（公元755），杨齐贤首倡其说。杨云："自武德迄天宝十四载，凡百四十年。"④ 胡震亨亦云："自武德迄天宝十四载，恰百四十年，岂此诗作于此年欤？"⑤

另一种意见主张此诗天宝初作于长安。王琦注云："唐自武德元年至天宝十四载，得一百三十八年。此诗约是天宝初年，太白在翰林时所作，'四'字疑误。"⑥ 今人孙静也认

① 陈沆《诗比兴笺》，上海古籍出版社1981年版，第134页。

② 朱谏《李诗选注》卷一，明隆庆刊本。

③ 复旦大学中文系古典文学教研组选注《李白诗选》，人民文学出版社1977年版，第73页。

④ 《分类补注李太白诗》卷二。

⑤ 胡震亨《李诗通》卷六，顺治刻本。

⑥ 王琦注《李太白全集》中华书局1977年版，第144页。

为："这首诗从内容上看，当作于天宝初李白在长安时期。"①

詹锳先生《李白诗文系年》，把此诗系于天宝四载左右被谗去朝之后：

> 按太白《为宋中丞请都金陵表》云："皇朝百五十年，金革不作，逆胡窃号，剥乱中原。"谓至天宝十四载唐有天下已百五十年，则此诗当是天宝四载左右被谗去朝后作。或者太白别有算法，"四"字不当有误。②

此诗究竟系于哪一年更为稳妥？解决这个问题，需要对诗中的两个地名作进一步的考察。诗云："一百四十年，国容何赫然。隐隐五凤楼，峨峨横三川。"这四句诗，不仅"一百四十年"为后人索解此诗作年，提供了开启迷宫的钥匙，诚如我们上面已经看到的那样，而且"五凤楼"和"三川"两个地名，也为我们明示了这首诗的写作地点，并为考定作年提供了另一条线索。可惜旧本对五凤楼多无注。复旦注本云："唐大明宫宫中建筑名。"③ 不知何据？查五凤楼盖有三处，一处在安徽合肥，《大清一统志》："五凤楼，在府东城上。《舆地纪胜》：唐天祐中，张崇筑城创楼，凤集其上，因以纪瑞。"④ 此楼不在两都，且建于唐末天祐年间，与白诗之五凤楼不是一回事。另一处五凤楼在洛阳，为后梁太祖所建。《新五代史·罗绍威传》："太祖即位，将都洛阳，绍威取魏

① 《唐诗鉴赏辞典》，上海辞书出版社 2004 年版，第 215 页。

② 詹锳《李白诗文系年》，人民文学出版社 1984 年版，第 55 页。

③ 《李白诗选》，第 74 页。

④ 《嘉庆重修一统志》卷四百十二，《四部丛刊续编·史部》，上海商务印书馆 1934 年版。

良材为五凤楼。”[①] 此五凤楼建于后梁，亦与李白诗之五凤楼不相干。朱谏《李诗选注》云：“开元二十三年，上御五凤楼酺宴。”[②] 但此五凤楼在何地，却未作解说。查《新唐书·元德秀传》：开元二十三年，“玄宗在东都酺五凤楼。”[③]《资治通鉴》卷二百一十四，玄宗开元二十三年亦记载曰：

> 上御五凤楼酺宴，观者喧隘，乐不得奏，金吾白梃如雨，不能遏，上患之。[④]

不得不请以治严闻名的河南丞严安之来维持秩序。“时命三百里内刺史、县令，各帅所部音乐集于楼下，各较胜负”，一时盛况空前。而开元二十三年，李白适客洛阳，亲见上朝之盛，写有《古风·天津三月时》和《明堂赋》记其盛。李白极有可能亲眼目睹了五凤楼这场盛会，并深深地刻在诗人记忆中。所以，五凤楼当为玄宗盛饮其上的洛阳五凤楼。朱谏既已注明五凤楼是玄宗开元二十三年酺宴其上的五凤楼，可是在后面的注里又说：“此诗言西都之事。”殊为不合，显然是不查之误。关于“三川”，旧有两说，一指泾、渭、洛三水，《初学记》卷六《泾水》：“《关中记》云：泾与渭、洛为关中三川。”[⑤] 一指伊、洛、河三川，《文选》卷二十一鲍照《咏史》诗：“五都矜财雄，三川养声利。”李善

---

① 欧阳修《新五代史》，中华书局1974年版，第417页。
② 朱谏《李诗选注》卷一。
③ 欧阳修、宋祁《新唐书》，中华书局1975年版，第5564页。
④ 司马光撰、胡三省音注《资治通鉴》，中华书局1956年版，第6810页。
⑤ 徐坚等《初学记》，中华书局1962年版，第137页。

注引韦昭曰："有河、洛、伊，故曰三川。"[①] 旧注多以关中三川为李白诗中所云之三川，今本多从之。孙静注云："三川，指流经长安一带的三条水——泾水、洛水、渭水。"[②] 禹克坤云："三川：泾水、渭水与洛水称为关中三川。"[③] 其实此注不确。李白诗之五凤楼既然在洛阳，那么，三川也就不是关中三川，而是洛阳之三川，即伊、洛、河三水。弄清"五凤楼"和"三川"的地理位置，此诗的写作之地就十分明确了。洛阳是唐朝政治、经济、文化的第二个中心，也应有"王侯象星月，宾客如云烟"的情景。李白诗中所记，当为洛阳实况，乃是李白在洛阳的亲见实感。

确定"一百四十年"的写作年代，至此有了两个先决条件：一应与写于洛阳的地点相合，二应符合"一百四十年"的推算。有人以为，"一百四十年"这一数字不可认真，此说似可商榷。以"一百四十年"为依据来推算此诗写作时间，其路子是可行的。李白诗中泛举数字的现象比较常见，但大多用三、六、九等数字来显示其多，"一百四十年"数字仅见此一处，不应看作是诗人的泛举。它与李白《为宋中丞请都金陵表》所言之"百五十年"，都应该是特指的数字。当然，古人举数往往取其成数，但此成数大致与实际数字相近。至于"四"字，既然没有版本依据证明其为误写，不应仅仅靠主观想象怀疑它。

---

① 《文选》，第 1012 页。

② 《唐诗鉴赏辞典》，第 214 页。

③ 裴斐主编《李白诗歌赏析集》，巴蜀书社 1996 年版，第 80 页。

杨齐贤、胡震亨和陈沆等人定“一百四十年”诗写于天宝十四载，是从武德元年下推一百四十年得出的结论。这种推测有三点站不住脚：首先定天宝十四载为唐有国一百四十年，与李白称天宝十四载为“百五十年”的说法相冲突。杨、胡等人的推算方法固然是常规算法，而李白的推算比较特殊，李白究竟依据什么定天宝十四载为“百五十年”，今人尚不得而知，但既然是注解李白的诗，还是以李白自己的算法为准。李白《为宋中丞请都金陵表》既然已经把“金革不作”的天宝十四载称“百五十年”了，杨、胡诸人却把天宝十四载定为一百四十年，当然是不合适的。其次，定天宝十四载为本诗的作年，与本诗写于洛阳的地点不合。天宝十四载李白不在洛阳。天宝十三载，李白游广陵，遇到慕名寻访李白的魏万，二人同舟入秦淮，赴金陵，此后往来于宣城诸处，至德元载去了剡中。第三，李白天宝十四载是否到过洛阳，学术界尚在探讨中。郭沫若《李白与杜甫》根据《奔亡道中五首》提出：李白“在天宝十四年的冬季曾经回过梁园，适逢其会，遇到安禄山的叛变，洛阳陷没，潼关阻塞，因而匆匆地改变胡装，和宗氏南窜”。[①] 近来，郁贤皓先生的《李白洛阳行踪新探索》，亦提出这一问题，认为“李白天宝十四载冬离宣城北上梁园、洛阳，在乱离中又西奔函谷关上华山”。[②] 但是，即使天宝十四载李白又一次回到洛阳的话，

① 郭沫若《郭沫若全集》第四卷，人民出版社 1982 年版，第 236 – 237 页。

② 《唐代文学研究》第一辑。

这首诗作于是年的可能性也不大。天宝十四载冬十一月，安禄山“发所部兵及同罗、奚、契丹、室韦凡十五万众，号二十万，反于范阳”①。河北诸郡纷纷失守。十二月，安禄山自灵昌渡河，摧陈留，陷睢阳，洛阳亦随之陷落。李白《古风》其十九：“俯视洛阳川，茫茫走胡兵，流血涂野草，豺狼尽冠缨。”就是当时洛阳情景的真实写照。设如李白在洛阳的话，面对诸郡陷落、山河破碎、满目疮痍的严酷局势，定不会写出“一百四十年，国容何赫然”那样歌颂大唐帝国辉煌光赫的诗句。洛阳城内亦不会有诗中“隐隐五凤楼，峨峨横三川。王侯象星月，宾客如云烟”的繁盛景象。从诗中描写的景况以及诗之情调看，李白写此诗时的唐帝国，虽然充满腐败现象，但毕竟还维持着表面的繁荣，与天宝十四载冬天的形势不可同日而语。陈沆感乱之说，是以此诗写于天宝十四载为前提而提出的。其实，朝廷腐败，小人争权夺势，固然可以视为祸乱之源，但当时国势尚盛，李白似乎没有认识到此为祸乱之机，故整首诗并未流露出陈沆所云之感乱情绪。本诗之不作于天宝十四载，是可以肯定的。

以王琦为代表的天宝初写于长安的说法，更多猜测成分。我们业已指出，此诗写于洛阳，那么所谓天宝初写于长安的说法也就不攻自破，故无须赘言。

詹锳先生系诗于天宝四载左右，是由天宝十四载上推十年而得出的，其根据是李白《为宋中丞请都金陵表》，称天宝十四载为“百五十年”，而天宝三、四载间，李白恰在洛

① 《资治通鉴》卷二百一十七，第6934页。

阳，从写作地点看亦相符。据詹锳先生的《李白诗文系年》，李白之客洛阳，前后似有四次。开元二十二年，“白经汝海，游龙门，至洛阳。旋与元丹丘偕隐嵩山”[1]，开元二十三年，李白还在洛阳，到是年五月方偕元参军赴太原，是为第一次洛阳之行。开元二十六年，“白居鲁中，旋西之洛阳”，[2] 二十七年由洛阳去淮南，是为第二次洛阳之行。天宝年间，李白到过洛阳两次。天宝四载左右，李白被迫离开长安，“是年夏，初遇杜甫于东都，……因相偕与高适辈游梁宋”。[3] 天宝九载，李白由寻阳北上至洛阳，翌年春返鲁省家。这四次洛阳之行，如果以天宝十四载为唐有国一百五十年的话，上推至开元二十三年为一百一十九年，举其成数当为一百二十年；上推至开元二十六年为一百三十三年，举其成数，当为一百三十年。天宝九载为一百四十五年。唯天宝三、四载间与一百四十年数吻合。因此，《古风》第四十六首，无论从写作之地看，还是就一百四十年推算看，都以系于天宝三至四载最为合适。

从开元二十二年李白第一次来到洛阳，到天宝四载左右李白第三次洛阳之行，李白的思想前后发生了很大变化。开元二十二年，李白第一次来到洛阳时，恰逢玄宗也驾至东都，直到开元二十四年，玄宗才回到西京长安。这三年内，唐朝的政治中心实际上也随之移到了洛阳。玄宗不但在洛阳处理

① 《李白诗文系年》，第 11 页。
② 同上书，第 20 页。
③ 同上书，第 56 页。

朝政，还做了些意在给天下人看的政治活动。开元二十二年夏，“上种麦于苑中，帅太子以下亲往芟之。谓曰：‘此所以荐宗庙，故不敢不亲，且欲使汝曹知稼穑艰难耳。’”① 开元二十二年，乙亥，“上耕籍田，九推乃止，公卿以下皆终亩”(同上)。这些活动，无疑给初至政治中心的李白，留下十分美好的印象。因此，李白创作了《明堂赋》，盛赞大唐功德，尤其对玄宗政绩发出衷心的赞叹：

> 而圣主犹夕惕若厉，惧人未安。乃目极于天，耳下于泉。飞聪驰明，无远不察。考鬼神之奥，推阴阳之荒。下明诏，班旧章。振穷乏，散敖仓。毁玉沉珠，卑宫颓墙。使山泽无间，往来相望，帝躬乎天亩，后亲于郊桑。弃末反本，人和时康。②

为我们塑造了一个励精图治的贤明君主形象。同为此时所写的《古风》其十八“天津三月时”，虽写尽了权贵的豪侈，但诗人抒发的是“功成身不退，自古多愆尤”的感想，并不像注家所说的带有很强的讽刺意味。可以看得出，此时的诗人还置身于“局外”，因此还未能洞透李唐统治集团内部的实质。天宝三、四载间李白第三次来到洛阳，万象如旧，洛阳还保持着表面的繁荣，但三年的宫廷生活，却使诗人李白对朝中君臣的腐败，有了深刻的了解，思想上也发生了很大变化。早年积极参政，一展胸襟抱负的思想，虽然没有完全

① 《资治通鉴》卷一百一十四，第6807页。

② 《李白全集校注汇释集评》，第3813页

泯灭，对朝廷，对前途还存在着幻想："闲来垂钓碧溪上，忽复乘舟梦日边。……长风破浪会有时，直挂云帆济沧海。"希望有一天再返朝廷，大显身手。但另一方面，厌倦朝中勾心斗角生活的思想也明显地表现出来，认为与其在势利场上角逐，不如全身远害，淡泊自守。所以，李白这一次再来眺望东都景象，对现实对人生都有了新的认识，都市的表面繁荣，再也遮不住诗人那双深沉的慧眼，昔日的兴旺发达，更引起诗人对现实的不满，也更坚定了他卓行特立、淡泊自守的思想。

此诗初叙国家之盛，大气磅礴，充满了感情，充满灿烂色彩，我们今天读起来，还生动地感受到诗人对大唐王朝那不无自豪的热爱之情。可以推想得到：诗人在写这些诗句时必然会回忆起昔日玄宗那英明的形象。但是诗人写到"王侯象星月，宾客如云烟"时，美好的回忆却再也继续不下去了，长安的所见所闻所感，使他再也写不出堂而皇之的颂歌。诗人陡转诗笔，揭开了今日繁华之下掩盖着的腐朽："斗鸡金宫里，蹴鞠瑶台边。举动摇白日，指挥回青天，当涂何翕忽，失路长弃捐。"朝廷斗鸡走马，耽于淫乐；朝臣投其所好，蒙蔽圣听，一举一动左右着朝廷。"旦握权则为卿相，夕失势则为匹夫"[①]，朝廷变成了角逐势力、争宠斗荣的势力场。对朝中君臣的昏庸腐败，李白深恶痛绝，但他又无力回天，所以只好像扬雄那样，远离那个腐败的朝廷，"闭门草

① 扬雄著、张震泽校注《扬雄集校注》，上海古籍出版社 1993 年版，第 182 页。

《玄》，淡然自守，不求闻达也”。[①] 李白离开长安之后，创作了许多诗抒发自己怀才不遇、有志莫酬的感慨，同时也创作了像《古风》其四十六这样“脱身事幽讨”[②] 的诗。这些诗从不同角度反映出李白离开长安后复杂矛盾的思想感情。

---

① 朱谏《李诗选注》，卷一。

② 杜甫《赠李白》，萧涤非主编《杜甫全集校注》，人民文学出版社 2014 年版，第 76 页。

唐宋时期李白诗歌的经典化

所谓经典，就是意义持久、价值深远，堪称文学典范的名作。中国文学史，从一定意义上说，就是文学经典史。作为中华民族文化遗产的精华，经典以活性文化的形态，在历代得到传播，并参与到历代文化建设中去，影响一代又一代人。经典之所以成为经典，自有其文本的价值所在。但经典之被确定为经典，则是在传播过程中形成的。正因为如此，一般而言，经典的形成都会有一个历史过程。这个过程就是文学作品在其长远的历史传播过程中，其文学的典范意义和价值逐渐得到发掘凝练、不断受到尊崇，文学史地位不断强化的经典化过程。弗兰克·席柏莱认为，对一部作品客观的审美性质的判断，“可能需要时间——为了研究这作品并获致各种知识和经验等等，可能需要数代人的时间，使具体的一致意见超越我们称作时尚风气等暂时影响而逐渐形成。”[①] 但是具体情况也有所不同。有些经典名扬当代，后世亦有盛誉；有的则埋没当代，却获得后人的肯定。李白的作品，即属于前者。作为天才诗人，他的经典地位的确立，就在盛唐当代，至迟不过中唐。在宋代，又得到进一步强化。文学经典的经典化过程，因人因作品而有不同，但是其所以传世并产生广泛影响的基本原因，却大致相同，那就是它承载了一个民族、乃至全人类的基本价值观和审美观。唐代伟大诗人李白就是显例。关于李白的诗歌，已有文章论述李白诗歌在唐五代的经典化[②]。本文在此基础之上，扩展到宋代，试图进一步确定李白诗歌成为经典的时间，并阐述李白被经典化的价值取向。

一

对文学作品经典化的考察，可有多个途径，但大致不离制度的干预、文本传播和批评阐释三个方面。在中国古代，制度对文学作品的经典化影响，主要表现为仕的铨选与其相关的教育，如经书的经典化。此外还表现为皇帝及名臣的态度。李白的诗赋，在李白活着的盛唐时期，就负有盛名。李

① 迈·泰纳著，陆建德译《时间的检验》，中国社会科学院外国文学研究所《世界文论》编辑委员会编《重新解读伟大的传统：文学史论研究》，社会科学文献出版社 1993 年版，第 211 页。

② 张海鸥、誉高槐《李白诗歌在唐五代时期的经典形成》，《中山大学学报》2008 年第 2 期。

白诗歌的经典化，首先来自帝王、朝内外名士对李白诗歌的尊崇。天宝中，李白被唐玄宗召入翰林，玄宗“降辇步迎，如见绮皓。以七宝床赐食，御手调羹以饭之。谓曰：‘卿是布衣，名为朕知，非素蓄道义，何以及此？’”[①] 名动京师。然而，李白是以什么闻名于朝廷的呢？是玄宗所谓的道义吗？李白在未被玄宗召见之前，确实是在不断通过各种方式蓄其声名的，他结交道士，学纵横术于赵蕤，自命策士，学剑山东，以侠自任，仗剑去国，在扬州不到一年，就散金三十万。这些的确也给他带来一定的名声，范传正《唐左拾遗翰林学士李公新墓碑》就说他“少以侠自任，而门多长者车”。[②] 尤其是出蜀之后，李白有意识地投刺名流，自然也给他增加了名气。但是，真正让他成名的不是什么“道义”，而是才名，更确切地说是诗赋，如裴敬《翰林学士李白墓碑》所说，李白是“以诗著名，召入翰林”的[③]。李白以诗文名被朝廷召入翰林，又以诗文为朝廷所用，甚至所崇。任华《杂言寄李白》：“见说往年在翰林，胸中矛戟何森森。新诗传在宫人口，佳句不离明主心。”[④] 可见当时李白的诗在宫中颇为流传。在帝国政治就是帝王政治的社会中，唐玄宗对李白的厚遇与推崇，无疑会广泛扩大李白诗歌的影响。

李白诗歌之被重视，当然不是首先来自帝王，而是当代

---

① 李阳冰《草堂集序》，《李白全集校注汇释集评》，第1页。

② 范传正《唐左拾遗翰林学士李公新墓碑》，《李白全集校注汇释集评》，第11页。

③ 裴敬《翰林学士李白墓碑》，《李白全集校注汇释集评》，第14页。

④ 《李太白全集》附录二，第1491页。

的名士。与李白同一时期的著名诗人杜甫写了十二首或赠、或忆李白的诗，其中有《饮中八仙歌》："李白一斗诗百篇，长安市上酒家眠。天子呼来不上船，自称臣是酒中仙。"[①]《春日忆李白》："白也诗无敌，飘然思不群。清新庾开府，俊逸鲍参军。渭北春天树，江东日暮云。何时一樽酒，重与细论文。"[②] 又《寄李十二白二十韵》："昔年有狂客，号而谪仙人。笔落惊风雨，诗成泣鬼神。声名从此大，汩没一朝伸。文采承殊渥，流传必绝伦……"[③] 杜甫这三首诗，恰恰是从李白为人个性和其诗歌成就两个方面评价李白的。对于李白的个性，杜甫诗描绘了他任情使性的纵放性格；而评价李白的诗，喻之为鲍照和庾信，风格清新俊逸，诗思飘然不群，惊风雨而泣鬼神，同时代诗人中，无出其上者。这既可以证明李白诗在当时的影响，又可看出时人对李白诗的高度评价。当然，杜甫当时还算不得名士，他的话在当时也不会有很大的影响，因此他要借贺知章这位名士评价李白的话，证明自己所言不虚。但是，杜甫这位伟大诗人对李白人格个性及其诗歌风格、艺术成就的准确把握和高度评价，对其后却影响深远，对于李白诗歌的经典化，有着重要的意义。

与李白同时的另外几位名士的盛名，非杜甫所能比。他们推举李白，在玄宗朝应有很大影响。李白在世时曾经委托身后整理文集的魏颢在《李翰林集序》中讲到："七子至白，

① 杜甫《饮中八仙歌》，《杜甫全集校注》，第136页。

② 《杜甫全集校注》，第107页。

③ 《杜甫全集校注》，第1682页。

中有兰芳。情理宛约，词句妍丽，白与古人争长，三字九言，鬼出神入，瞠若乎后耳。白久居峨眉，与丹丘因持盈法师达，白亦因之入翰林，名动京师。《大鹏赋》时家藏一本，故宾客贺公奇白风骨，呼为谪仙子。"① 李白《对酒忆贺监》诗序亦云："太子宾客贺公，于长安紫极宫一见余，呼余为谪仙人。"② 李白因为元丹丘而认识持盈法师。但魏颢未言因何而与元丹丘成为朋友，又因何而被持盈法师接纳。因为都信道教，自然是其主要原因，不过从魏颢文章的前后文看，李白与元丹丘及持盈法师的交往，还在于他神出鬼没、与古人争长的诗文，李白也因之而进入翰林。裴敬《翰林学士李白墓碑》"以诗著名，召入翰林"的话，可与此相互印证。至于贺知章，曾做过礼部侍郎兼集贤学士。他不仅仅是掌管遴选士子的官吏，还是才学殊胜方可进馆的集贤学士，"学士怀先王之道，为搢绅轨仪，蕴扬、班之词彩，兼游、夏之文学，始可处之无愧。"③ 他对人的评价，当如汉末士人领袖李膺品评人物，凡经其品评者，皆如鱼跃龙门。贺知章称李白为"谪仙人"，不仅仅是对其风神相貌的评价，也包括了对他诗文的印象。孟棨《本事诗》云："李太白初自蜀至京师，舍于逆旅。贺监知章闻其名，首访之。既奇其姿，复请所为文，出《蜀道难》以示之。读未竟，称叹者数四，号为'谪仙'，解金龟换酒，与倾尽醉。"④ 李白诗因此而"声名从此大，汩

① 魏颢《李翰林集序》，《李白全集校注汇释集评》，第 3 页。

② 《李白全集校注汇释集评》，第 3362 页。

③ 刘肃《大唐新语》，中华书局 1984 年版，第 162 页。

④ 孟棨《本事诗 · 高逸第三》，上海古籍出版社 1991 年版，第 17 页。

没一朝伸”，名声愈发大起来。正因为李白在当代名士中有这样大的声名，所以魏颢才“不远命驾江东访白，游天台，还广陵，见之”。[①] 由此可见，李白在盛唐诗坛的地位，在当代就已经确立。

李白经典诗人地位的确立，从这一时期的唐诗选本也可进一步得到证明。盛唐时期的唐诗选本现在可见者，有《河岳英灵集》、《搜玉小集》和《国秀集》。据傅璇琮、李珍华考证，《搜玉小集》“所收诗人，大部分属初唐时期，少数几个，如裴漼（《新唐书》卷一三〇），许景先（《新唐书》卷一二八），韩休（《新唐书》卷一二六），以及王諲、余（徐）延寿等，均生活至开元初、中期。无开元中后期及天宝时诗人……从这些方面看来，《搜玉小集》当编成于开元后期或天宝前期”[②]。此集未收李白。《国秀集》为唐人芮挺章于天宝三载编就。因所选为“自开元以来，维天宝三载”的诗人，而且是“风流婉丽”、“可被管弦者”，[③] 李白、杜甫均未入选。李白未入选以上两个选集，原因是比较清楚的。二书以创作成就集中于开元时期的初唐诗人为主；而李白，虽然天宝初即有诗名，但是他的代表作多在天宝入朝之后，宜其不入选两本选集。

---

① 魏颢《李翰林集序》，《李白全集校注汇释集评》，第 4 页。

② 李珍华、傅璇琮《〈搜玉小集〉考略》，《唐代文学研究》第五辑，广西师范大学出版社 1994 年版，第 701 页。

③ 《国秀集序》，傅璇琮主编《唐人选唐诗新编》，陕西人民教育出版社 1996 年版，第 217 页。

到了以盛唐为主要选诗方向的《河岳英灵集》[①]，殷璠不仅入选李白，而且一下子就编入十三首：《战城南》《远别离》《野田黄雀行》《蜀道难》《行路难》《梦游天姥山别东鲁诸公》[②]《忆旧游寄谯郡元参军》《咏怀》《酬东都小吏以斗酒双鳞见赠》《答俗人问》《古意》《将进酒》《乌栖曲》。任何文本的经典化过程，都有一个经典的价值揭示与凝炼过程。《河岳英灵集》之于李白诗歌的经典化，有两个方面值得注意：其一，是对李白其人及其诗文个性特征的揭示。"白性嗜酒，志不拘检，常林栖十数载。故其为文章，率皆纵逸，至如《蜀道难》等篇，可谓奇之又奇。然自骚人以还，鲜有此体调也。"[③]"志不拘检"，是对李白思想个性的概括，认为李白思想不受世俗约束，纵情任性。这应该是李白思想个性最早的概括。对李白的诗文，殷璠则概括为"纵逸"及"奇之又奇"。纵逸，即情思与表现风格的奔放不羁。"奇之又奇"，则是李白代表作的独特意象、情感给人造成的出人意表的惊异感。这两个方面的概括，准确把握住了李白诗歌的特征。还有一点，殷璠溯其源头，找到了李白诗文中所表现出的楚辞传统。其二，是对李白代表作的遴选。《蜀道难》《将进酒》《行路难》《梦游天姥吟留别》《远别离》《忆旧游寄谯郡元参军》《答俗人问》《乌栖曲》等代表作多

① 《叙》云："起甲寅，终癸巳"，所收为开元二年（714）至天宝十二（753）诗歌。此一时期正是李白创作的高峰期。傅璇琮主编《唐人选唐诗新编》，第107页。

② 宋蜀本作《梦游天姥吟留别》，后多从之。

③ 《唐人选唐诗新编》，第120－121页。

数在编。而这些代表作又印证了李白“纵逸”与“奇”的风格。由殷璠的《河岳英灵集》，我们看到，从李白经典化之初，就捕捉到了这位伟大诗人思想纵逸、诗歌豪放的特点，突出了其作品奇之又奇的艺术价值。从此后历代评价李白的言论来看，最初的评价基本上奠定了历史评价的基调。

中唐时期，有人开始比较李白、杜甫优劣，出现了扬杜抑李现象。白居易《与元九书》云：“唐兴二百年，其间诗人不可胜数。所可举者，陈子昂有《感遇诗》二十首，鲍防有《感兴诗》十五首。又诗之豪者，世称李、杜。李之作才矣、奇矣，人不逮矣，索其风雅比兴，十无一焉。杜诗最多，可传者千余篇，至于贯穿今古，覼缕格律，尽工尽善，又过于李。然撮其《新安吏》《石壕吏》《潼关吏》《塞芦子》《留花门》之章，‘朱门酒肉臭，路有冻死骨’之句，亦不过三四十首。杜尚如此，况不逮杜者乎？”①

中晚唐所编诗选，有《箧中集》等八种。《箧中集》为元结乾元三年所编，收录作者“皆以正直而无禄位，皆以忠信而久贫贱，皆以仁让而至丧亡”② 者，凡七人，二十四首诗。因收录的诗人，是或已经去世，或乾元间还在世、贫贱无禄位的人，因此李、杜等诗人都未入选。元和间，令狐楚编《御览诗》，“所收三十位诗人，都是肃、代和德宗时人，即主要是大历和贞元时代的诗人。有些人虽生活在元和，但收诗极少，如张籍只一首，诗体基本上为五七言律绝，风格

① 朱金城《白居易集笺校》，上海古籍出版社 1988 年版，第 2791 页。

② 《唐人选唐诗新编》，第 299 页。

以轻艳为主”,[①] 盛唐诗人不在其选。高仲武贞元初编的《中兴间气集》,所选二十六位诗人,都是肃宗和代宗时人,不选盛唐诗人。所以郑谷批评说:“殷璠裁鉴《英灵集》,颇觉同才得契深。何事后来高仲武,品题《间气》未公心。”[②] 姚合“于众集中更选其极玄者”凡二十一人、一百首诗,编成《极玄集》,盛唐诗人选王维和祖咏,但“此书所採不越大历以还诗格”,“诗多寒瘠”[③],未选李白在其情理之中。及至韦庄,受《极玄集》启发,于光化三年编成《又玄集》,以杜甫、李白为卷首,选李白诗四首《蜀道难》《古意》《长相思》《金陵西楼月下吟》。其中《蜀道难》是李白的代表作。唐人选唐诗的另一重要选本,是后蜀韦縠编《才调集》。据其自叙:“暇日因阅李、杜集,元、白诗,其间天海混茫,风流挺特,遂採摭奥妙,并诸贤达章句,不可备录,各有编次。”[④] 计收一千首,其中卷六收李白诗二十八首,是唐人唐诗选本中收李白最多的本子。有《长干行》二首、《古风》三首(“泣与亲友别”、“秋露如白玉”、“燕赵有秀色”)、《长相思》《乌夜啼》《白头吟》《赠汉阳辅录事》《捣衣篇》《大堤曲》《青山独酌》《久别离》《紫骝马》《宫中行乐三首》《愁阳春赋》《寒女吟》《相逢行》《紫宫乐五首》《会别离》《江夏行》《相逢行》,所选多为写男女相思或离情者,

---

① 傅璇琮《御览诗》“前记”,《唐人选唐诗新编》,第 365 - 366 页。

② 郑谷《读前集二首》,《郑守愚文集》,《宋蜀刻本唐人集丛刊》影印国家图书馆藏宋蜀刻本,上海古籍出版社 2013 年版,第 110 页。

③ 傅璇琮《极玄集》“前记”,《唐人选唐诗新编》,第 531 页。

④ 《才调集叙》,《唐人选唐诗新编》,第 691 页。

与《河岳英灵集》相比，可见所选篇目，乃是韦縠的偏爱，不完全代表李白的基本风格特征。

从中晚唐的唐诗选本来看，多数选本只做断代之选，盛唐不在所选范围，而包括了盛唐诗人的选本，又因为选编者审美趣味所囿，或未选、或少选李白作品。这说明选本只能作为考察文学作品经典化的多种途径之一，而非唯一的途径。

但是，此时李白的经典地位早已确定，已经无法改变，这从此一时期文人的记述与评论可以证明。贞元六年刘全白所撰《唐故翰林学士李君碣记》，当时李白"诗文亦无定卷，家家有之"①，影响已经相当广泛，所以白居易说李白的诗是"诗之豪者"，"才矣，奇矣，人不逮矣"。论诗人的才华，论诗的独创性，无人可比李白。又《读李杜诗集因题卷后》云"吟咏流千古，声名动四夷"②，不仅看到了李白诗的当代影响，也预言了李白诗千古不朽的传世价值。著名诗人韩愈《调张籍》诗亦云"李杜文章在，光芒万丈长"③，对李白的当世诗名给予了前无古人、后无来者的高度评价。此后李白、杜甫诗名互有消长，而李白"千古一诗人"、④"诗中日月酒中仙"⑤ 的经典地位已然牢如磐石。

---

① 《李白全集校注汇释集评》，第9页。

② 《白居易集笺注》，第956页。

③ 方世举《韩昌黎诗集编年笺注》，中华书局2012年版，第517页。

④ 杜荀鹤《经青山吊李翰林》，《杜荀鹤文集》卷三，中华再造善本影印上海图书馆藏宋刻本。

⑤ 殷文圭《经李翰林墓》，《全唐诗》，中华书局1999年版，第8212页。

二

宋代对李白更多了批评之声，批评的向度主要是政治与道德的指责。

在北宋士人中，苏辙对李白的评价比较低。他在《诗病五事》中说："李白诗类其为人，骏发豪放，华而不实，好事喜名，不知义理之所在也。"① 从为人和为文两个方面，揭示出李白骏发豪放的特点，但指出李白的诗同其为人一样华而不实，不知何为义理。苏辙所说的义理指的什么呢？也许就是家国之事等内容。无独有偶，王安石编《四家诗选》，李白、杜甫、韩愈和欧阳修入选，但李白居于选诗最后一位。其原因，王安石说得很明白："太白词语迅快，无疏脱处；然其识污下，诗词十句九句言妇人酒耳。"② 认为李白的诗多言妇人与酒，见识卑污。这里边的偏见是明显的。且不说文学作品中写入妇人与酒就一定品格不高，而只就李白作品是否十之八九写女人和酒的事实而言，王安石所说也不符合李白作品实际。说李白诗中多酒，是事实；但说其诗中多妇人，就是强为之词。南宋人陈善《扪虱新话》云："予谓诗者妙思逸想，所寓而已，太白之神气当游戏万物之表，其于诗寓意焉耳，岂以妇人与酒败其志乎？不然，则渊明篇篇有酒，

① 苏辙《栾城集》第三集，上海古籍出版社2009年版，第1552页。

② 惠洪《冷斋夜话》卷五《舒王编四家诗》，中华书局1988年版，第43页。

谢安石每游山必携妓，亦可谓之其识不高耶？”[①] 陆游《老学庵笔记》则怀疑此非王安石之语：“世言荆公四家诗后李白，以其十首九首说酒及妇人。恐非荆公之言。白诗乐府外，及妇人者实少，言酒固多，比之陶渊明辈，亦未为过。此乃读白诗未熟者妄立此论耳。”[②] 怀疑此论非出自王安石，似乎没有证据。但从王安石这些评价看，他批评李白，着眼于道德的标准。

南宋时期，一些士人对李白的评价越发低下，而且溢出了道德的范围，重在社稷苍生等政治的评判。赵次公《杜工部草堂记》云：“至李杜，号诗人之雄。而白之诗，多在于风月草木之间、神仙虚无之说，亦何补于教化哉！”[③] 罗大经亦云：“李太白当王室多难、海宇横溃之日，作为歌诗，不过豪侠使气，狂醉于花月之间耳。社稷苍生曾不系其心胸，其视杜少陵之忧国忧民，岂可同年语哉。”[④] 李杜比较，抑李扬杜，始于中唐，到南宋更甚，其价值取向就是苍生社稷。应该注意的是，唐宋士人从苍生社稷的视角审视并批评李白之时，也正是以同一视角经典化杜甫的过程。

当然，也有从儒家伦理角度肯定李白诗歌的评论，葛立方《韵语阳秋》：“李白乐府三卷，于三纲五常之道，数致意

① 陈善《扪虱新语》，《丛书集成初编》，第310册，中华书局1985年版，第26页。

② 陆游《老学庵笔记》，中华书局1979年版，第79页。

③ 《李太白全集》，第1533页。

④ 罗大经《鹤林玉露》丙编卷六《李杜》，中华书局1983年版，第341页。

焉。虑君臣之义不笃也，则有《君道曲》之篇，所谓‘风后爪牙常先、太山稽，如心之使臂。小白鸿翼于夷吾，刘、葛鱼水本无二。’虑父子之义不笃也，则有《东海勇妇》之篇，所谓‘淳于免诏狱，汉主为缇萦。津妾一棹歌，脱父于严刑。十子若不肖，不如一女英。’虑兄弟之义不笃也，则有《上留田》之篇，所谓‘田氏仓卒骨肉分，青天白日摧紫荆。交柯之木本同形，东枝憔悴西枝荣。无心之物尚如此，参商胡乃寻天兵。’虑朋友之义不笃也，则有《箜篌谣》之篇，所谓‘贵贱结交心不移，惟有严陵及光武’。‘轻言托朋友，对面九疑峰’，‘管鲍久已死，何人继其踪？’虑夫妇之情不笃也，则有《双燕离》之篇，所谓‘双燕复双燕，双飞令人羡。玉楼珠阁不独栖，金窗绣户长相见。’”① 以儒家的三纲五常套李白的诗歌，试图以此确立李白诗歌的价值，但同从教化、家国出发否定李白诗歌价值的路数一样，都未能揭示李白诗歌作为经典的真正价值。

两宋时期，士人对李白的批评尽管多起来，但是李白的经典地位不仅没有被撼动，反而进一步得到肯定，并明确提出李白诗即是诗的经典。李纲《书四家诗选后》：“然则四家者，其诗之六经乎？于体无所不备，而测之益深，穷之益远。”② 把李白诗比之为六经，实际上就是树立李白诗的经典地位。此类的评价到南宋更加多起来。朱熹说：“作诗先用

---

① 葛立方《韵语阳秋》，何文焕辑《历代诗话》，中华书局 1981 年版，第 557 页。

② 王瑞明点校《李纲全集》，岳麓书社 2004 年版，第 1488 页。

看李、杜，如士人治本经。本既立，次第方可看苏、黄以次诸家诗。"[①]学李、杜诗如学六经，也是强调李白诗的经典意义。严羽《沧浪诗话·诗辨》亦作如是说："即以李、杜二集枕藉观之，如今人之治经。然后博取盛唐名家，酝酿胸中，久之自然悟入。"[②] 显然都把李白视为诗歌的经典了。

李白经典地位的进一步确立，首先表现为宋代士人以李白诗为学习的典范。经典的最初意义就在其为学习的典范，所以考察某一诗人经典地位的确立，从后人的模拟学习入手，当为重要途径。陆游《澹斋居士诗序》云："苏武、李陵、陶潜、谢灵运、杜甫、李白，激于不能自已，故其诗为百代法。"[③] 北宋著名文人欧阳修、梅尧臣、王安石、苏轼、黄庭坚都学习过李白诗[④]。更有甚者，郭祥正或追和李白诗、或用李白韵所作诗竟然多达数十首。欧阳修推崇李白诗"天才自放"，其《李白杜甫诗优劣说》云："'落日欲没岘山西，倒著接䍦花下迷。襄阳小儿齐拍手，拦街争唱《白铜鞮》'，此常言也。至于'清风明月不用一钱买，玉山自倒非人推'，然后见其横放。其所以警动千古者，固不在此也。杜甫于白得其一节，而精强过之。至于天才自放，非甫可到也。"[⑤]认为李白诗之过人处、警动千古者，在其天才自放，此非杜甫

① 黎靖德编《朱子语类》，中华书局1986年版，第3333页。

② 《沧浪诗话校注》，第1页。

③ 《陆游集》，中华书局1976年版，第2110页。

④ 对此，王红霞《宋代李白接受史》（上海古籍出版社2010年版）论之甚详。

⑤ 欧阳修《笔说》，《欧阳修集编年笺注》，巴蜀书社2007年版，第155页。

所能及。而其所作《读李白集效其体》《庐山高赠同年刘中允归南康》，也都是学习李白乐府歌行之作。王安石虽然从政治的视角出发，批评李白识见污下，但是他还是欣赏李白的“豪俊”之才，认为“白之歌诗，豪放飘逸，人所莫及”①。唐宋著名诗人之多，何止几十位，王安石只选四位，李白即入选，说明王安石尽管对李白有微词，却不能不承认李白的经典地位。诚如雷乃·威勒克评判托尔斯泰对莎士比亚的贬低那样：“至少对于更为遥远的过去来说，文学经典已经被牢固地确定下来，远远地超出怀疑者所容许的程度。贬低莎士比亚的企图，即便它是来自于像托尔斯泰这样一位经典作家也是成功不了的。”②

作家作品的经典化，主要是在作品传播过程中完成的，因此考察作家作品的流传情况，也是研究作家作品经典化的重要途径。宋人对于李白经典化的另一贡献，是李白文集的刊刻流布。李白文集的编撰始于唐代，一为魏颢编《李翰林集》，一为李阳冰编《草堂集》。二人编李白集，均来自李白的委托。这两个本子在宋代皆有流传。在宋代，编成流传的李白集至少有五个。北宋乐史在李阳冰《草堂集》的基础之上，编成《李翰林集》和《李翰林别集》：“李翰林歌诗，李阳冰纂为《草堂集》十卷，史又别收歌诗十卷，与《草堂集》互有得失，因校勘排为二十卷，号曰《李翰林集》。今

① 胡仔《苕溪渔隐丛话前集》，人民文学出版社 1984 年版，第 37 页。

② 佛克马、蚁布斯著，俞国强译《文学研究与文化参与》，北京大学出版社 1996 年版，第 54 页。

于三馆中得李白赋序表赞书颂等，亦排为十卷，号曰《李翰林别集》。”[①] 神宗熙宁间，宋敏求在乐史《李翰林集》基础上，加入王溥藏李白诗集和唐魏万编《李翰林集》及唐类诗诸编中所载李白作品等，编为《李太白文集》。其后，曾巩依据宋敏求本，“考其先后而次第之”，作了初步的编年。元丰三年，由苏州太守晏知止交毛渐刊刻，是为李白文集的首个刻本。从唐写本到宋刻本，其意义不仅在于李白集终于有了定本，更重要的是李白的作品化身千百，有了获得更广大读者阅读、学习与评价的可能。北宋年间又有据此本翻刻的蜀本。南宋年间，有当涂本《李太白集》、咸淳刊本《李翰林集》[②]。南宋时期，还出现了李白诗集的第一个注本，即杨齐贤的《集注李白诗》，此本经元萧士赟补注刊刻，即今所见《分类补注李太白诗》。宋代李白集的传播，虽然无法与千家注杜的局面相比，但正是在宋代，有了第一个李白集的刻本，也有了第一部李白集的注本。而这两个本子，成为后代流传最广、影响很大的本子。

宋代编有诸多唐诗选本，惜多失传。如影响甚大的王安石《四家诗选》已经失传，所收李白哪些诗不得而知。存世可见的几部唐诗选本中，王安石《唐百家诗选》、南宋赵蕃与韩淲编《章泉、涧泉二先生选唐诗》、周弼辑《唐贤三体诗法》、赵师秀辑《众妙集》等，都未收李白诗。洪迈辑

---

① 《李白全集校注汇释集评》，第5页。

② 詹锳：“似出于当涂本也。”《〈李太白集〉版本叙录》，《詹锳全集》卷五，河北教育出版社2016年版，第230页。

《万首唐人绝句》收李白绝句 142 首，几乎收尽了李白绝句，因此不具备选诗的意义[①]。但是，北宋间的两部诗文总集《文苑英华》和《唐文粹》却都以大量篇幅收入李白诗。李昉等人编《文苑英华》，收入李白诗 129 首，《月下独酌》《天门山》《横江词四首》《翰林读书言怀呈集贤院内诸学士》《将进酒》《山人劝酒》《塞上曲三首》《塞下曲》《关山月》《行路难三首》《蜀道难》《襄阳歌》《乌栖曲》《梁甫吟》《鸣皋歌送岑徵君》《西岳云台歌送丹丘子》《陪侍郎叔华登楼歌》《扶风豪士歌》等经典之作都在其列。其后姚铉编《唐文粹》，收李白诗 67 首，李白经典之作《蜀道难》《行路难》《梁甫吟》《庐山谣寄卢侍御虚舟》《襄阳歌》《将进酒》《天马歌》《乌栖曲》《乌夜啼》《送孟浩然之广陵》《登金陵凤凰台》《望庐山瀑布》《春日醉起言志》《把酒问月》《古风五十九首》之“大雅久不作”、“咸阳二三月”、“庄周梦蝴蝶”、“齐有倜傥生”、“黄河走东溟”、“胡关饶胡沙”“燕昭延郭隗”、“天津三月时”、“郢客吟白雪”等亦列其选。这样的选本，通过唐诗编选不仅加速了李白诗歌的传播从而巩固了经典地位，同时在对其作品的删汰去取过程中也促进了李白诗篇的经典化。

宋人对李白经典化的重要贡献，是对李白诗歌经典意义的发掘与提炼。苏轼模仿过李白的诗，因此感慨李白诗殊不易学：“李白诗飘逸绝尘，而伤于易。学之者又不至，玉川

---

① 李白现存绝句 159 首，其中五绝 79 首，七绝 80 首，而《万首唐人绝句》收入 142 首，五绝 74 首，七绝 68 首。

子是也。”[①] 对李白的评价，苏轼与其弟苏辙有很大不同。在李白诗歌经典化历程中，苏轼对李白的评价，其价值取向极为关键。苏轼在《李太白碑阴记》中说：“李太白，狂士也。又尝失节于永王璘，此岂济世之人哉！而毕文简公以王佐期之，不亦过乎？曰：士固有大言而无实、虚名不适于用者，然不可以此料天下士。士以气为主。方高力士用事，公卿大夫争事之，而太白使脱靴殿上，固以气盖天下矣。使之得志，必不肯附权幸以取容，岂肯从君于昏乎！夏侯湛赞东方生云：开济明豁，包含宏大。陵轹卿相，嘲哂豪杰。笼罩靡前，跆籍贵势。出不休显，贱不忧戚。戏万乘若僚友，视俦列如草芥。雄节迈伦，高气盖世。可谓拔乎其萃，游方之外者也。吾于太白亦云。太白之从永王璘，当由迫胁。不然，璘之狂肆寝陋，虽庸人知其必败也。太白识郭子仪之为人杰，而不能知璘之无成，此理之必不然者也。吾不可以不辩。”[②] 有的文章，只看了苏轼碑记的前两句，就说苏轼贬抑李白，颇为荒唐。其实此文对李白作为士人的豪气给予了高度评价。虽然苏轼不赞成毕士安把李白视为王佐之才，但也否定了宋人对李白识见浅陋的评价。因为敬爱之深，苏轼甚至对李白从永王璘之事，也给予辩解，认为不是李白识见不高，而是来自永王的胁迫。所谓“士固有大言而无实、虚名不适于用者，然不可以此料天下士”，会使人自然联想到其弟苏辙对

① 《书学太白诗》，张志烈等《苏轼全集校注》，河北人民出版社 2010 年版，第 7514 页。

② 《苏轼全集校注》，第 1092 页。

李白“华而不实，好事喜名”的评价，虽然不能说就是针对苏辙而言，但所指当是其时同类的评价李白的言论。

苏轼论李白之于李白经典化的重要性，在于对李白经典价值的凝练。宋人批评李白，集中在他为人华而不实，不能济世；诗歌不关社稷苍生，无补教化。苏轼指出：李白大言无用、不适于用是事实。但是李白作为天下士的意义，不在此处，而在于他作为士人的自重与自负，在于他不取容权幸、凌轹卿相、嘲哂豪杰的雄迈绝伦气节。对于李白士节的重视，不独苏轼，两宋之交的名臣李纲亦是如此，其《读李白集戏用奴字韵》云：“谪仙英豪盖一世，醉使力士如使奴。当时左右悉佞谀，惊怪懔怯应逃逋。”[①] 又《读四家诗选》：“谪仙乃天人，薄遊人世间。词章号俊逸，迈往有英气。明皇重其名，召见如绮季。万乘尚僚友，公卿何芥蒂。脱靴使将军，故耳非为醉。乞身归旧隐，来去同一戏。”[②] 他所欣赏的就是李白戏万乘若僚友、视同侪如草芥的士人豪气和来去不以为意的飘然个性。自唐以来，李白的狂傲人格，就不断得到揭示。杜甫用“天子呼来不上船”的酒仙形象描述李白的狂傲，贺知章呼之为“谪仙人”，殷璠概括为“志不拘检”。然而，只有在两宋的士人如苏轼、李纲这里，李白狂傲的内涵才得到具体的揭示，其意义也得到更深刻的阐释。

---

① 李纲《读李白集戏用奴字韵》，《全宋诗》，北京大学出版社 1998 年版，第 1546 册，第 17555 页。

② 李纲《读四家诗选》，《全宋诗》，第 1546 册，第 17375 页。

三

中国自古以来，评价精神产品的话语权就在士人阶层。士人是评价精神产品的权威，因此而掌握着经典化的权力。唐宋时期，接受李白诗文的读者主要是贺知章、杜甫、元稹、白居易、曾巩、苏轼等士人。这些人对李白的评价，自然离不开社会大背景，但毫无疑问也带着士人的文化基因和精神需要。但他们能否准确发掘和概括李白作品意义，会直接影响到世人对其作品的接受，影响到李白典范地位的确立及其牢固与否。

士阶层自形成以来，就肩负着许多重要的角色。士人首先是朝纲的担当者，所以，治国平天下既是士人的理想，亦是衡量士人的重要标准；士人又是道的坚守者，在社会上是道德风操的榜样。从精神层面来看，士人是独特的精神个体，能否有丰富而又自然本真的性情？是否有特立独行而非阿附权势的气骨？也是衡量士人优劣高下的标准。唐宋时期对李白正负两个方面的评价，其实都来自以上两个标准，而倚重倚轻，则因评价者所遇之时事和个人文化修养、精神需要而不同。苏轼之赞许李白的气盖天下，自然与他自己的风操气节与李白相近故而惺惺惜悍悍有关，但也是出于矫正北宋前期士人缺少气骨的需要。苏轼说："宋兴七十余年……士亦因陋守旧，论卑气弱。自欧阳子出，天下争自濯磨，以通经学古为高，以救时行道为贤，以犯颜纳说为忠。”[①] 从苏轼对宋朝建国七十年士人的评价看，此一时期士人气骨卑弱，到欧阳修时，才有所改变，因此提倡士人敢于承担、敢于触犯权贵的人格，当是苏轼的重要心结。

总体来看，白居易、王安石、苏辙、赵次公和罗大经等人对李白的评价，是持第一个标准的。中唐诗人白居易以“风雅比兴”评价盛唐诗人，有明显的抑李扬杜倾向。其实，出于以诗为讽喻政治武器的理论，他对杜甫的评价也并不高。这样的批评显然是偏激的。在宋代士人中，王安石和苏辙均以政治家的目光衡量李白诗歌，故批评李白识见不高、华而不实。到了南宋，理学大兴，加之半壁江山的天下格局，因此而持教化之说和忧国忧民之思衡量李白诗歌，评价也趋向负面。

但是李白诗歌与唐宋士人的精神契合点在于何处？扩而展之与中国古代士人的精神契合点在于何处？李白和杜甫，各称诗仙、诗圣，不同的称谓反映出他们的诗歌为中国文学与文化所做出的不同贡献。一般理解，李白被称为诗仙，乃在于他诗风飘逸。其实这仅看到了李白诗的风格。李白之被称为诗仙，既源自他的诗风，亦因自他的人格。李白的诗歌自有其忧国忧民的内容，但不似杜甫那样直面现实，以写实的态度和手法表现之，而是采用了讽喻的手段，如《古风五十九首》《北风行》等，已有文章揭示了李白诗歌此方面的内容及价值。但李白诗的经典之处，确实与杜甫诗不同，如

① 《六一居士集叙》，《苏轼全集校注》，第978页。

明人陆时雍所言："宋人抑太白而尊少陵，谓是道学作用，如此将置风人于何地？放浪诗酒乃太白本行；忠君忧国之心，子美乃感辄发。其性既殊，所遭复异，奈何以此定诗优劣也？"[①] 杜甫诗歌的经典意义，在于其诗所充溢的忧国忧民的内容；而李白诗歌的经典意义，则在其作品抒写个人情志、遭际而表现出的布衣之士才不世出的自重和抱负，才不为时用的磊落不平，尤其是超出权力之上的士人特立独行所表现出的风操气节、人格力量。唐宋时期，以苏轼为代表的士人，恰恰发现了李白诗歌的这些特点，并予以揭示之，此后成为李白诗歌最有影响也是最有价值的经典意义。

苏轼所褒许的李白"气盖天下"，首先表现在李白浮云富贵的布衣理想和粪土王侯的布衣之傲。入世，从政，建永世之功，立不朽之业，这是中国古代士人所追求的人生之梦，在此一方面，李白与一般士人的人生之梦没有什么区别。但是李白与一般士人所不同的是，他甚为自负："君看我才能，何似鲁仲尼？"[②] "才力犹可倚，不惭世上雄"。[③] "尧舜之事不足惊，自馀嚣嚣真可轻。"[④] 自诩为当代的吕尚、管仲、张良、诸葛亮、谢安，可申管、晏之谈，可谋帝王之术，有大济天下，"使寰区大定，海县清一"[⑤] 的不世之才。因此李白自我期许甚高，不屑于走一般士人所走的科举之路，而是纵

① 《诗镜总论》，陆时雍《诗镜》，河北大学出版社 2010 年版，第 10 页。

② 《书怀赠南陵常赞府》，《李白全集校注汇释集评》，第 1787 页。

③ 《东武吟》同上书，第 794 页。

④ 《怀仙歌》，同上书，第 1216 页。

⑤ 《代寿山答孟少府移文书》，同上书，第 3982 页。

横百家，出文入武，锤炼其经济之才；浪游天下，广交异士名流，蓄其声名，坚信总有一天，会名达于天，风云际会，实现个人的人生功业理想。李白一生所追求的就是个人抱负和理想的实现，即作为士人个人价值的实现。这一抱负和理想，并非金钱与富贵，而是大济天下的功业。他的人生路线就是辅佐明主，使天下清平，然后功成身退，归于山林，如《留别王司马嵩》所说："愿一佐明主，功成还旧林。"① 又《送张秀才从军》："壮士怀远略，志存解世纷。周粟犹不顾，齐珪安肯分！"② 他的人生目标，就是济世安民。

自然，李白追求功名，亦有其享受荣华富贵的欲望，李白在他的诗中，丝毫不隐晦自己的这些愿望。但是有两点是与众不同的：其一，李白心目中的荣华富贵，是获取功名的表征，无非是说明富贵乃自功名得之意。在李白诗中表现这些，意在带有很大虚荣感来表现功名的实现给他带来的快意；其二，李白诗里，离开功名而谈富贵，多是追求功名失败之后的宣泄苦闷。离开这两点，李白作品中很少有单纯描写富贵的内容。原因很简单，李白一生不屑于此，当然更不屑于当荣华富贵的奴隶。

李白一生的行迹，都表现出他不肯向权力屈服的布衣之傲。除了以王者师的心态称臣于唐玄宗和永王璘外，从不肯俯首王侯。李白的诗亦反映了傲视权贵的思想："松柏本孤

---

① 《留别王司马嵩》，同上书，第2131页。

② 《送张秀才从军》，同上书，第2433页。

直，难为桃李颜。”[①] “黄金白璧买歌笑，一醉累月轻王侯。”[②] “揄扬九重万乘主，谑浪赤墀青琐贤。”[③] “出山揖牧伯，长啸轻衣簪。”[④] “安能摧眉折腰事权贵，使我不得开心颜!”[⑤] 至于似杨贵妃、高力士那样的宠妃和内侍权臣，则更不在李白的眼中，“董龙更是何鸡狗”[⑥]，这就是他对待宠臣的态度。作为诗中的自我形象，李白的作品生动地显示出他强大的人格力量。而这，也正是以苏轼为代表的唐宋士人所欣赏、并期望当代士人所具备的品格。

李白的“气盖天下”，还表现在他对士人个体自由的追求与坚守。在中国，自先秦以来，无论儒道都存在自由思想。儒家思想中存在着尊重个体自由的内容。如孟子“三军可夺帅，匹夫不可夺志”的思想，就是对士人个体自由意志的尊崇。而在道家思想中，有着极为浓厚的自由观念。老庄尚自然思想的核心内涵中就包含了自由的思想。在《庄子》一书中，《逍遥游》是集中讨论什么才是人的自由以及人如何获得精神自由的篇章。在这里，庄子探讨了何为人的自由的问题。在庄子看来，人的绝对自由只能来自心灵，即精神的自由，舍此以外的自由都是有待的，即有条件的自由，因而不是真正自由。“若夫乘天地之正而御六气之变，以游无穷者，

① 《古风》其十 ，同上书，第 75 页。
② 《忆旧游寄谯郡元参军》，同上书，第 1943 页。
③ 《玉壶吟》，同上书，第 1003 页。
④ 《送韩准裴政孔巢父还山》，同上书，第 2314 页。
⑤ 《梦游天姥吟留别》，同上书，第 2109 页。
⑥ 《答王十二寒夜独酌有怀》，同上书，第 2707 页。

彼且恶乎待哉！”[①] 那么，如何才能达到真正的自由呢？庄子说：“至人无己，神人无功，圣人无名。”即超越了现实的名利之争，也超越了有我之心，一切皆顺从自然，才可获得自由。儒道两家的自由观，是互补的自由观。儒家强调的是对于个人人格的尊重，而道家提倡的则是个人精神上对于社会现实和自我的超越。后代士人的自由观大致不出这两个范畴。李白亦是如此。“安能摧眉折腰事权贵，使我不得开心颜”，既是为了个人人格的尊严，也是为了个人的精神自由。因为在李白看来，千金易得，自由难求。因此他极为欣赏战国时齐国的鲁仲连，李白《古风五十九首》中的第九首是写战国时著名的策士鲁仲连的，诗云：“齐有倜傥生，鲁连特高妙。明月出海底，一朝开光曜。却秦振英声，后世仰末照。意轻千金赠，顾向平原笑。吾亦澹荡人，拂衣可同调。”[②] 李白一生欣赏鲁仲连，以其为榜样，认为鲁仲连“特高妙”，不仅在于他以三寸不烂之舌，排难解纷；更在于功成无取，意轻千金，飘然而去，自由高于一切。这首诗实则就是李白理想人格的自画像，他要解世之纷，济世之困，却功成不受任何封赏，平交王侯，潇洒而退。解世之纷，成就自己的功业，青史留名，是自己的自由选择；功成身退，不留恋富贵，潇洒江湖，亦是自己的自由选择，这就是李白的人格理想。在同时的诗人中，李白对孟浩然特别尊崇，可谓高山仰止，《赠孟浩然》诗中写道：“吾爱孟夫子，风流天下闻。红颜弃

---

① 《庄子注疏·逍遥游》，第11页。

② 《李白全集校注汇释集评》，第66－69页。

轩冕，白首卧松云。醉月频中圣，迷花不事君。高山安可仰，徒此揖清芬。"① 其所崇敬者，即在于孟浩然的自由行径。在李白的山水诗、游仙诗和饮酒诗中多表现出一种心灵无拘无束、自由自在、陶然忘机的境界。《山中答俗人》写道："问余何意栖碧山？笑而不答心自闲。桃花流水窅然去，别有天地非人间。"② 这正是庄子自由心境的真实写照。李白诗中塑造的不为一切所拘执、飘然而来、飘然而去的潇洒自我形象，是唐宋之后的历代士人所景慕的形象，因此一再得到揭示与阐释，成为李白诗歌经典意义的重要内涵。

李白的人格理想，既弘扬了儒家治国平天下的入世情怀和以天下为己任的责任感；同时又融入了道家的尚自然思想，极大地张扬了道家追求人格独立、纵情使性的精神。既改变了自汉代以来士人"白发死章句"的腐儒形象，也扭转了原始道家所塑造的巢、许、庄子等方外士人穷窘印象。而李白这种特出的诗仙人格，最受历代文人的欣赏，它理想地解决了士人入世与出世的矛盾，满足了士人"身在魏阙之下，心存江海之上"的心理需要。从李白的人格中，既可以看到孔孟"三军可以夺帅，匹夫不可夺志"的气骨，亦融入了纵横策士不事一主、纵横捭阖的气性，集中反映出士人面对权力与金钱所表现出的士人风骨特操。他的超逸洒脱，是中国古代士文化里边最有意义的部分。

① 同上书，第1254页。

② 同上书，第2623页。

四

作为文学经典，李白诗歌的经典化，自然离不开对李白诗歌艺术的肯定与总结，使之成为学习的典范。

李白诗歌内容的经典意义，如果说到宋代才得以充分揭示，而其诗歌艺术的经典价值，在其经典化之初，也就是说在盛唐就被发现。而且很独特的是，从发现之初，李白就被作为天才诗人推出的。“才有天资”,① “才本于天，学系于人”,② 天才即天赋其才。但是唐宋两代文人对李白天才的推许，实际内涵则是肯定李白诗歌的独创性，赞赏李白文才的无与可比性，承认其在唐代乃至后代诗坛的独一无二性。

最早发现李白天才的是益州长史苏颋。李白《上安州裴长史书》云：“又前礼部尚书苏公出为益州长史，白于路中投刺，待以布衣之礼，因谓群僚曰：‘此子天才英丽，下笔不休，虽风力未成，且见专车之骨，若广之以学，可以相如比肩也。’”③ 李白拜见苏颋，当在开元九年，时年二十一岁。而据《上安州裴长史书》，在此前就有安州都督府都督马正会见李白而“许为奇才”，对长史李京之说：“诸人之文，犹山无烟霞，春无草树。李白之文，清雄奔放，名章俊语，络

① 刘勰撰、詹锳义证《文心雕龙义证·体性》，上海古籍出版社 1989 年版，第 1034 页。

② 薛蕙《升庵诗序》，《考功集》，台湾商务印书馆股份有限公司影印文渊阁《四库全书》2008 年版，第 1272 册，第 111 页。

③ 《李白全集校注汇释集评》，第 4027 页。

绎间起，光明洞澈，句句动人。”马正会对李白文章的评论，不仅印证了苏颋对李白“下笔不休”的印象，而且也可以感受到李白文章一气呵成的气势奔放，辞藻络绎不绝的才华横溢，以及文体通透光澈的感染力。李白在蜀中的青少年时期，正是他积累学识、才华初露的时期，《上安州裴长史书》说：“五岁诵六甲，十岁观百家，轩辕以来，颇得闻矣。常横经籍书，制作不倦。”《赠张相镐》诗云：“十五观奇书，作赋凌相如。”[①] 所可考者，有《访戴天山道士不遇》《登锦城散花楼》《白头吟》等诗。苏颋见其文思泉涌，虽然文章风骨有待锤炼，但已展露天才之象。

苏颋称李白天才英丽，还只是感性印象，贺知章初见李白，即呼其为谪仙人，则是看了李白文章有感而发。范传正《唐左拾遗翰林学士李公新墓碑》云：“在长安时，秘书监贺知章号公为谪仙人，吟公《乌栖曲》云：‘此诗可以哭鬼神矣。’”[②]此之谓，其实就是天才说。其后的杜甫重复了贺知章的印象，“昔年有狂客，号尔谪仙人。笔落惊风雨，诗成泣鬼神”，并且具体解释了贺知章称李白为仙人的原因，乃是因为李白的诗惊天地、泣鬼神。

中唐之后，李白天才说，得到进一步强化。钱起《江行无题》：“笔端降太白，才大语终奇。”[③] 皮日休《李翰林》：

① 同上书，第1629页。

② 同上书，第11页。

③ 钱起著、王定璋校注《钱起集校注》，浙江古籍出版社2015年版，第320页。

“吾爱李太白，身是酒星魄。口吐天上文，迹作人间客。”[①] 贯休《常思李太白》：“常思李太白，仙笔驱造化。”[②] 郑谷《吊李翰林》：“何事文星与酒星，一时分付李先生。高吟大醉三千首，留看人间伴月明。”[③] 都是在赞颂李白的天才。

宋代人评李白，仍视李白为天才诗人。田锡《贻陈季和书》：“李太白天付俊才，豪狭吾道，观其乐府，得非专变于文欤。”[④] 钱易：“李白为天才绝。”[⑤] 欧阳修《李白杜甫诗优劣论》评李白：“其所以警动千古者，固不在此也。杜甫于白得其一节而精强过之。至于李白天才自放，非甫可到也。”[⑥] 钱易和田锡说李白是天才，欧阳修明确指出李白和杜甫之别，即在李白的天才自放，而杜甫则缺少之。

天才之谓，就是唐宋两个时代对李白诗歌艺术经典价值的凝练。

首先在于李白诗思敏捷和诗风的俊发豪放。苏颋见李白下笔不休，而称他天才英丽。杜甫《不见》：“敏捷诗千首，飘零酒一杯。”这都是亲见者，说明李白文思极为敏捷、迅利，而且思如泉涌。

从历代可以称为天才诗人的创作来考察，天才诗人的突

---

① 皮日休《唐皮日休文薮》，《中华再造善本》影印国家图书馆藏明正德十五年袁表刻本。

② 释贯休撰、胡大浚笺注《贯休歌诗系年笺注》，中华书局 2011 年版，第 68 页。

③ 郑谷《郑守愚文集》，《宋蜀刻本唐人集丛刊》影印国家图书馆藏宋蜀刻本，第 42 页。

④ 田锡《咸平集》，巴蜀书社 2008 年版，第 32 页。

⑤ 钱易《南部新书》丙，中华书局 2002 年版，第 32 页。

⑥ 《欧阳修集编年笺注》，第 155 页。

出特征就是文思如涌。汉代辞赋家司马相如文才天纵，文思控引天地，错综古今，因此扬雄赞叹说："长卿赋不似从人间来，其神化所至邪!"[①] 建安诗人曹植，乃是被谢灵运称为"天下才有一石，曹子建独占八斗"的天才，"年十岁余，诵读《诗》《论》及辞赋数十万言，善属文。太祖尝视其文，谓植曰：'汝请人邪?'植跪曰：'言出为论，下笔成章，顾当面试。奈何请人?'时邺铜雀台新成，太祖悉将诸子登台，使各为赋。植援笔立成，可观。太祖甚异之"[②]，所以刘勰《文心雕龙·神思》说："子建援牍如口诵。"[③]宋代诗人苏轼天资极高，诗文书画皆精。他为文崇尚自然，主张文章应"如行云流水，初无定质，但常行于所当行，常止于所不可不止。文理自然，姿态横生"[④]，这其实就是李白天才自放的具体体现。

李白写诗，充分反映出他构思敏捷、出口成章的现象。苏辙说李白诗"骏发豪放"，王安石说李白诗"词语迅快，无疏脱处"，正是看到了李白"敏捷诗千首"的天才特征。

诗思敏利，反映到诗作中，自然也会直接影响到诗歌艺术、诗歌风格，表现为"骏发豪放"的特点。李白诗歌的这一特点、或曰艺术成就，已被宋人揭示出来，并在历代得到认可和强调。传为严羽评《将进酒》云："一往豪情，使人不能句字赏摘。盖他人作诗用笔想，太白但用胸口一喷即是，

① 《答桓谭书》，《全上古三代秦汉三国六朝文·全汉文》第一册，第535页。

② 《三国志·魏书·陈思王植传》，中华书局1997年版，第557页。

③ 《文心雕龙义证》，第992页。

④ 苏轼《与谢民师推官书》，《苏轼全集校注》，第5292页。

此其所长。”[1] 首先表现为情感之充沛与爆发式的抒发[2]，其次是一气呵成所形成的豪放之势。律绝自不必说，多为一气呵成；即使是歌行长篇，亦气脉贯通，浑融无迹。如贺知章称叹者四、殷璠赞为奇之又奇的《蜀道难》，并非没有章法结构，虽然不必似应时《李诗纬》那样，用了所谓的“换法”、“顿挫之法”、“断续之法”，但其脉络还是有的。诗以“噫吁嚱，危乎高哉，蜀道之难，难于上青天”领起，起句如叠棋架卵，极为雄奇。及至接句“蚕丛及鱼凫”以下，又忽如黄河冲破峡口，一泄滔滔。到第二句“蜀道之难，难于上青天”，又忽起波澜，复写连峰绝壁、飞湍瀑流之险峻、人事之凶恶，再以“蜀道之难难于上青天，侧身西望长咨嗟”结束。分别从历史、自然和人事的角度，极写蜀道之险阻。如明人朱谏所点评：“首二句以难词而发其端，末二句以叹辞结其意，首尾相应，而关键之密也。白此诗极其雄壮，而铺叙有条，起止有法，唐诗之绝唱者。”[3] 此诗虽章法谨严，却如羚羊挂角，无迹可求。谢榛评云：“虽用古题，体格变化，若疾雷破山，颠风簸海，非神于诗者不能道也。”[4] 胡应麟云：“无首无尾，变幻错综，窈冥昏默，非其才力学

---

① 《李白全集校注汇释集评》，第 366 页。

② 罗宗强先生说：“李白壮大奔放的感情的表达方式是爆发式的。读他的诗，可以感到他的诗的强烈感情总是突然喷涌出来。一旦触发诗情，心中就再也没有任何闸门节制他感情的潮水。他的感情是倒出来的，而不是慢慢流淌出来的。”《李杜论略》，内蒙古人民出版社 1980 年版，第 178 页。

③ 《李白全集校注汇释集评》，第 302 页。

④ 谢榛《四溟诗话》，丁福保辑《历代诗话续编》，中华书局 1983 年版，第 1132 页。

之，立见颠踣。”[①] 沈德潜云：“笔阵纵横，如虬飞蠖动，起雷霆于指顾之间，任华、卢仝辈仿之，适得其怪耳，太白所以为仙才也。”[②] 又言：“太白七古，想落天外，局自变生。大江无风，波浪自涌，白云从空，随风变灭，此殆天授，非人可及。”所谓疾雷、颠风、虬飞、蠖动，都是形容《蜀道难》既骏发豪放、又变幻无端的艺术特点。

天才之谓，其二在于诗思开阔，想象丰富而奇特。“阳春召我以烟景，大块假我以文章”[③]，自然界的日月星辰，山川河海，人世间的神话传说、历史人物，无不供其驱遣；诗思上天入地，万物无不成为李白诗的意象。皮日休《刘枣强碑》云：“我唐来，有是业者，言出天地外，思出鬼神表，读之则神驰八极，测之则心怀四溟，磊磊落落，真非世间语者，有李太白也。”[④] 宋代淳化五年杨遂《李太白故宅记》：“观其才思骏发，浩荡无涯，组绣史籍，纷绘经典，若鼓号钟而鬼神杂沓，辟武库而剑戟森罗。而又缥缈悠扬，迥出风尘之外，不作人间之语，故当时号为谪仙人焉。”[⑤] 梅尧臣《还吴长文舍人诗卷》：“有唐文最盛，韩伏甫与白。甫白无不包，甄陶咸所索。”[⑥] 都是在讲李白诗的无限想象。

---

① 胡应麟《诗薮》内编，上海古籍出版社 1979 年版，第 49 页。

② 沈德潜《唐诗别裁集》，上海古籍出版社 1979 年版，第 184 页。

③ 《春夜宴从弟桃花园序》，《李白全集校注汇释集评》，第 4140 页。

④ 皮日休《唐皮日休文薮》，《中华再造善本》影印国家图书馆藏明正德十五年袁表刻本。

⑤ 周复俊《全蜀艺文志》，影印文渊阁《四库全书》本，第 1381 册，第 539 页。

⑥ 梅尧臣著、朱东润编年校注《梅尧臣集编年校注》，上海古籍出版社 2006 年版，第 909 页。

想象丰富，既有天赋其才的原因，而组织史籍，纷绘经典，亦得益于后天的学养。不仅想象丰富，而且出人意表，适得文学陌生化的奥妙，则非常才所能。如《梁甫吟》，因其想象、用典都超出常人的思维，故朱谏疑其为伪作：“《梁甫吟》辞意错乱而无序，用事或涉于妖妄。如吕望、郦食其等事。方言贫贱而遇明主，即继以雷公天鼓、玉女投壶，非惟上下文义之不相蒙，而又鄙俗无稽之可笑。杞国、驺虞、齐相、吴楚，纷纭并见，意未有归，而又继之以张公之神剑、屠钓之大人，如不善于治馈者，徒夸饤饾之多，不调适口之味，甘苦或失其中，人亦不欲食之矣，易牙岂为之乎！……或又疑为李益尚书、李赤厕鬼之所作。”① 朱谏《李诗辨疑》多把李白想象神奇之作打入伪作之另册②，可见他对诗的赏鉴才力实属平常。但《梁甫吟》驱动大量的历史、传说与神话故事，表现诗人的怀才不遇与朝廷权奸女谒用事、才路壅塞，的确打破常规，出人意料。即使是王琦亦以为此诗“婉转曲折，若断若续，骤读之几不知为何语”③。诗中所引用的历史人物及其故事，如姜尚与文王、郦食其与汉高祖刘邦的风云际会，晏子二桃杀三士以及张华得失龙泉、太阿双剑故事，都充满传奇色彩；诗人攀龙见主而被阻，显然借鉴了屈原《离骚》：“吾令帝阍开关兮，倚阊阖而望予。时暧暧其将罢兮，结幽兰而延伫。世溷浊而不分兮，好蔽美而嫉妒。”④

① 朱谏《李诗辨疑》卷上，隆庆六年刊本。

② 如《远别离》《行路难》《庐山谣寄卢侍御虚舟》《梁园吟》等。

③ 《李太白全集》，第173页。

④ 《楚辞补注》，第29－30页。

但此诗却融入雷公、玉女的神话，并经过了诗人的重新创造，“我欲攀龙见明主，雷公砰訇震天鼓。帝旁投壶多玉女，三时大笑开电光。倏烁晦冥起风雨。阊阖九门不可通，以额叩关阍者怒”①，与我要见明主之间，形成新的冲突情境，突兀插入其间，真所谓变幻恍惚，迷离莫辨。

天才之谓，其三在于打破常规，以无法为法，戛戛独造。任华说李白：“多不拘常律，振摆超腾，既俊且逸。”② 常人多拘守格律，李白却不为格律所捆绑，故其诗超迈俊逸。黄庭坚云：“余评李白诗，如黄帝张乐于洞庭之野，无首无尾，不主故常，非墨工椠人所可拟议。”③ 不主故常，就是不循旧的法度，不走旧的套路，根据表现对象的不同，随心所欲地创作，而此恰恰是文学的生命力所在。美国著名学者哈罗德·布鲁姆《影响的焦虑》认为，任何经典作家都要受到此前经典的影响，而经典的新生就在于挣脱旧的经典的影响，创作出新的经典。这一点在李白的创作中得到充分的体现。以李白乐府而言，现存作品一百四十九首，约占其全部作品的百分之十一。李白喜作乐府，一般认为源自他不愿为声律所缚创作个性。但既然用乐府旧题，虽然可以摆脱声律的绳索，却又陷入旧题乐府原有的内容与表现风格的窠臼。在处理这个问题上，李白充分表现出他的天纵才华。明人胡震亨云：“太白诗宗风骚、薄声律，开口成文，挥翰雾散，似天

① 《李白全集校注汇释集评》，第 322 – 323 页。

② 《杂言寄李白》，《李太白全集》，第 1491 页。

③ 黄庭坚《题李白诗草后》，《黄庭坚全集》，四川大学出版社 2001 年版，第 656 页。

仙之词。而乐府连类引义，尤多讽兴，为近古所未有。”[①] 又云：“凡白乐府，皆非泛然独造，必参观本曲之词与所借用之曲，始知其源流之自、点化夺换之妙。”[②] “太白于乐府最深，古题无一弗拟。或用其本意，或翻案另出新意，合而若离，离而实合，曲尽拟古之妙。尝谓读太白乐府者有三难：不先明古题辞义原委，不知夺换所自；不参按白身世遭遇之概，不知其因事傅题、借题抒情之本指；不读尽古人书、熟读《离骚》、选赋及历代诸家诗集，无由得其所伐之材与巧铸灵运之作略。今人第谓太白天才，不知其留意乐府。自有如许功力在，非草草任笔性悬合者，不可不为拈出。”[③] 胡震亨强调李白乐府皆拟古题，或用乐府本义，或翻出新意。詹锳先生的《李白乐府探源》为此专门探讨李白乐府源流所自[④]，葛晓音亦著文专论李白乐府的复与变[⑤]。在李白乐府诗中，古题乐府有一百二十二首，占其乐府诗的百分之八十以上。据詹锳先生研究，李白这些古题乐府，无论内容与艺术上，都与古题有关。葛晓音的研究也证明了这一点。这说明，文学天才并非一味的天马行空，李白对乐府旧题做了深入研究，对其内容和艺术表现都有深刻理解。就这一点而言，朱

---

① 引自詹锳《李白乐府集说》，《詹锳全集》，第 182 页。

② 胡震亨《李诗通》卷四《江夏行》注。

③ 胡震亨《唐音癸签》卷九《评汇五》，上海古籍出版社 1981 年版，第 87 页。

④ 詹锳《李白乐府探源》，《詹锳全集》，第 299 – 324 页。

⑤ 葛晓音《论李白乐府的复与变》，《唐代文学研究》第六辑，广西师范大学出版社 1996 年版，第 303 – 318 页。

熹说“李太白诗非无法度，乃从容于法度之中，盖圣于诗者也”，[①]是有道理的。但是，无论是李白用心恢复、深化乐府古义的作品，还是他借古题而兴寄新意的篇章，都突破了乐府旧题，极富创造性，使其乐府与古题乐府合而若离，离而实合，曲尽其妙。用旧题且不离本义的乐府如《关山月》，虽然因循了伤离别的主题，写征人远戍的相思之苦，但是却开拓诗的境界，使诗境更加苍茫雄浑，且闲雅自然。故应时《李诗纬》评此诗“浑化无阶”、“飘忽如仙”[②]。《唐宋诗醇》评其“格高气浑”[③]。用旧题却赋予新意的乐府如《远别离》，《乐府诗集》云：“《楚辞》曰：‘悲莫悲兮生别离。’……故后人拟之为《古别离》，梁简文帝又为《生别离》，宋吴迈远有《长别离》，唐李白有《远别离》，亦皆类此。”[④] 但李白此诗，演绎尧幽囚、舜野死，尧女舜妃娥皇、女英哭舜，泪染斑竹故事，赋予传统的伤别离以更深的寓意，如胡震亨《李诗通》所说：“此篇借舜二妃追舜不及、泪染湘竹之事，言远别离之苦。并借《竹书》杂记见逼舜禹、南巡野死之说，点缀其间，以著人君失权之戒。”[⑤] 作为诗歌，李白此诗不仅使乐府旧题题义得以延展深化，更在于其出神入化的艺术表现。范德机评云：“所贵乎楚言者，断如复断，乱如复乱，

---

① 黎靖德编《朱子语类》，中华书局1986年版，第1325页。

② 应时《李诗纬》，《李白全集校注汇释集评》，第499页。

③ 《唐宋诗醇》，影印文渊阁《四库全书》本，第1448册，第113页。

④ 郭茂倩《乐府诗集》，上海古籍出版社1990年版，第768页。

⑤ 胡震亨《李诗通》卷四《远别离》注。元人范德机批选《李翰林诗》即言此诗“伤时君子失位，小人用事，以致丧乱”。

而词义反复屈折行乎其间者，实未尝断而乱也，使人一唱三叹而有遗音……兹太白所以为不可及也。”① 胡震亨云：“其词闪幻可骇，增奇险之趣。盖体干于楚骚，而韵调于汉铙歌诸曲，以成为一家语。”② 极尽诗家迷离变幻之致。

唐宋人奉李白为天才，如前所言，自然是在强调李白诗歌的独创性、李白文才的无与可比性以及李白在唐代乃至后代诗坛的独一无二性，其诗不可学，不好学，但是其对李白诗的评价，仍有树立其诗为典范的目的。作为学习效法的典范，李白诗的普遍意义就在于诗的情感充沛激荡，想象大胆神奇，诗法幻化无端。而这些端赖诗人出入百家，谙熟诗法，却又敢于摆脱束缚，大胆创新，追求个性表现，使其作品既超越了前代，又很少有可以比肩的来者。

---

① 《李太白全集》，第 1553 页。

② 胡震亨《李诗通》卷四《远别离》注。

20世纪李白研究述略

在中国文学史上，李白和杜甫虽以伟大的诗人并称，但在20世纪前，对李白诗文注释的成就，远远不能与“千家注杜”的盛况相比。只有到了20世纪，李白研究才能与杜甫研究比肩，成为唐诗研究的两大热点。20世纪的李白研究，是最富有创造性成果的时期。这一时期李白研究的成就，不仅体现在以传统的学术观念研究方法来校注整理李太白全集，考证李白的生平事迹，取得了超越曩昔的成果；还表现为现代学术思想与研究方法的引入，拓开了李白思想、个性、心态以及李白诗的风格与艺术成就研究的新领域，取得了带有20世纪标志性的新成果。

20世纪的李白研究，大致可划分为三个时期。

20世纪年代初至40年代末的李白研究，集中在三个方面：其一是李白诗歌选本的编选，如胡云翼选辑，罗方洲、唐绍吾注释《李白诗选》[①]、傅东华选注《李白诗》[②]、沈归愚选《李太白诗》[③] 等。这些选本，多选取李白的代表作，注依王琦注本，间采其他注本，而以简明出之，为普及李白诗做出了贡献。值得一提的是，这些选本中的“前言”部分，是以现代的学术思想和方法来研究李白的学术论文，如张立德为胡云翼《李白诗选》撰写的前言《李白研究》，称李白为理想派诗人，傅东华《李白诗》的前言《李白研究》以“超世”统摄李白思想与艺术，都是用新的理论方法来研究李白的尝试。其二是概述性的著作与论文，如傅东华《李白与杜甫》[④]、汪静之《李杜研究》[⑤]、李长之《道教徒的诗人李白及其痛苦》[⑥]、戚惟翰《李白研究》[⑦]、玄修《说李》[⑧]、公盾《李白研究》,[⑨] 多从宏观着眼，对李白的身世、思想与性格、李白的作品进行全面概述，不乏中肯切当之论。如公盾从任侠、老庄及魏晋玄学，道教和佛教思想等多方面的影响，来研究李白的复杂而矛盾的思想与性格，并以仕宦长安为界，分为前后两个时期，认为：李白前期热衷功名，后期则由魏晋文人式的放歌纵酒的生活、佛道的虚无思想，逐渐代替了前期的慷慨激昂。研究视野开阔，结论也令人可信。

---

① 青年国学丛书 1921 年版。

② 商务印书馆 1928 年版。

③ 上海中华书局 1937 年版。

④ 商务印书馆 1927 年版。

⑤ 上海商务印书馆 1933 年版。

⑥ 重庆商务印书馆 1941 年版。

⑦ 中华书局 1948 年版。

⑧ 《国声》第 1 卷，第 9．11 期。

⑨ 《人文杂志》第 2 卷 12 期，第 3 卷，第 1、2 期。

其三为李白身世的专题研究，代表性文章有李宜琛《李白的籍贯与生地》[①]、陈寅恪《李太白氏族之疑问》[②]、胡怀琛《李太白的国籍问题》[③]。关于李白的出生地，旧说多倾向于蜀中，李文首次提出李白出生地在碎叶。陈文认为，李白生于西域，本为胡人。胡文则认为李白生在素叶（即碎叶）之西的逻城，是一个突厥化的中国人。这些讨论，为其后的李白身世的研究，奠定了坚实的基础。

50 年代至 70 年代初的李白研究，是一个既相沿 40 年代前的李白研究路子，又有较大变化与发展的时期。说其相沿前一时代，是这一时期，仍主要以选集的形式传播普及李白诗歌；而关于李白的研究，仍集中在身世、思想性格、艺术成就与艺术风格等几个方面。说其有较大变化与发展，主要指两个方面：1. 关于李白生平事迹和诗文系年，这一时期取得了突破性进展；2. 这一时期的学者受政治与社会风气的影响，把阶级性、人民性、现实主义与浪漫主义视为马克思主义文艺观，并以此为指导来研究李白的思想、性格及其诗文风格，既使李白研究呈现出新的面貌，又使研究受到一定局限。代表性的著作有詹锳《李白诗文系年》[④]《李白诗论丛》[⑤]、林庚《诗人李白》[⑥]、王运熙等《李白研究》[⑦]、郭沫

① 《剧报副刊》1926 年 5 月 10 日。

② 《清华学报》第 10 卷，第 1 期。

③ 《逸经》第 1 期。

④ 作家出版社 1958 年版。

⑤ 作家出版社 1957 年版。

⑥ 古典文学出版社 1956 年版。

⑦ 作家出版社 1962 年版。

若《李白与杜甫》[①]、王瑶《李白》[②]。流行较广的诗歌选本有舒芜《李白诗选》[③]、苏仲翔《李杜诗选》[④]、复旦大学古典文学教研室《李白诗选》[⑤]。

詹锳《李白诗文系年》撰写于40年代，出版于50年代，后经几次翻印与再版。此书考证李白诗文写作时间和背景，以年月为纲，对李白三分之二以上作品进行了系年。同时还旁征博引大量史料，考证李白的行踪和事迹。这些诗文系年和事迹考证，多严谨可信，为学术界所推重，为此后的李白研究打下了坚实的基础。郭沫若的《李白与杜甫》，因成书的复杂背景与书中显失公允的扬李抑杜倾向而遭到学术界的批评，但此书在研究李白生平事迹方面却获得了有重要价值的成果。关于李白的生地，郭著辨明即中亚碎叶（今吉尔吉斯斯坦境内的托克马克），而非焉耆碎叶，旧说条支与碎叶并不矛盾，碎叶属于条支属内。此说已被学术界普遍认可。1962年，稗山在《中华文史论丛》第2辑发表《李白两入长安辨》一文，首倡两入长安说。郭著在此基础上，则进一步断定李白一入长安在开元十八年（公元730年），此说也成为李白二入长安说的重要结论。

这一时期有关李白的思想、性格及艺术成就的研究，当以林庚《诗人李白》最有影响。论著中有关李诗为大唐太平

---

① 人民文学出版社1971年版。
② 华东人民出版社1954年版。
③ 人民文学出版社1954年版。
④ 上海春明出版社1955年版。
⑤ 人民文学出版社1961年版。

盛世之音、代表了人民普遍愿望的观点，以及李白的布衣精神的实质，在学术界引起了广泛的讨论。胡国瑞、裴斐，陈怡焮等都参加了这一讨论。这场讨论，虽受阶级性与人民性观念的制约而有相当的局限或偏颇，然而无疑也推动了李白研究的进展。如林庚的两个主要论题，就把握住了李白思想与诗歌内容的神髓。此外，王运熙等著《李白研究》，论述李白诗歌的思想内容与艺术特色，以及李白作品中的积极浪漫主义精神，孙殊青著《李白诗论及其他》[①] 论述李白诗中的自然形象、妇女形象等，也都各有建树。

这一时期较有意义的李白专题研究，则是俞平伯、任二北关于今传李白词真伪的讨论，和王运熙、俞平伯等人关于《蜀道难》寓意及写作年代的讨论。这两个问题，虽然至今仍无定论，但当时的讨论，却使人们对这两个问题的研究，达到了相当深入的程度。

进入 20 世纪 70 年代末以来，由于学术思想的解放，研究队伍不断壮大，中国李白研究会的建立及秘书长李子龙等同志富有成效的组织工作，多处李白纪念馆的建设，使李白研究呈现出空前繁荣的局面，并取得了一批高水平的成果。

其一，李白全集的整理等基础性研究工作最富有成果。李白全集的注释，历宋、元、明、清，不外杨齐贤、萧士赟、胡震亨、王琦四家。而 20 世纪的前 70 年，李白全集的校注整理工作，几乎是空白。进入到 80 年代之后，相继出现了三部李白全集校注著作。第一部为瞿蜕园、朱金城《李白集校

① 长江文艺出版社 1957 年版。

注》，上海古籍出版社1980年出版。此书以乾隆刊王琦注本为底本，以宋本、萧本、缪本及唐宋重要总集及选本进行校勘。注释及评笺部分，以杨齐贤，萧士赟、胡震亨、王琦四家注为主，旁搜唐宋以来有关诗话、笔记、考证资料以及近人研究成果，加以笺释补充与考订其中谬误。继瞿、朱注后，巴蜀书社1990年出版了安旗主编，薛天纬、阎琦、房日晰参加编写的《李白全集编年注释》。此书校勘范围略同于《李白集校注》，书之特色在于编年。李白诗文按编年诗、文和未编年诗、文排列，编年诗文约占作品的百分之八十五。注释简明，多及诗中的题外之旨。安旗及其弟子是本时期研究李白的一支生力军，其著作尚有安旗和薛天纬著《李白年谱》、安旗《李白纵横探》、安旗《李白研究》、安旗帅薛天纬和阎琦撰《李白诗咀华》、安旗《李白诗新笺》等多部，对李白的生平及其作品做了可贵的探索，颇多新说与创获。第三部校注著作则为詹锳主编，葛景春、刘崇德、詹福瑞等八人参编的《李白全集校注汇释集评》，百花文艺出版社1996年出版。此书以静嘉堂宋本为底本，以明正德影宋咸淳本、元刊萧本、何校陆本等十六种刊本并唐、宋、元、明重要总集及选本进行校勘。注释部分，分题解、注文、串解等三项内容。对较长诗文，都加上题解，说明写作背景、撰写时地以及诗文义旨。注文主要参照杨、萧注和王琦注，但去其繁琐，出以精炼简明。所引古书，核对原书，并注明篇名、卷数。为使读者弄明诗句上下的串连和取义，注文部分采纳了朱谏《李诗选注》及清人《李诗直解》等书，分段串讲。集评部分收录了著者所见对诗文的评论材料。备考一项收集了古人和今人对作品的不同解释意见。以上三部书的共同特点是：对李白诗文进行了全面整理，集校勘、注释、评笺为一书，并广泛采纳了新的研究成果，体现了20世纪后期李白研究的水平。

作为基础性研究工作，此时期还有两部工具书出版。一是中华书局1994年出版的裴斐、刘善良编《李白资料汇编（金元明清部）》，一是广西教育出版社1995年出版的郁贤皓主编《李白大辞典》。《李白资料汇编》的资料来源，包括金、元、明、清时期的总集、别集、诗文评、词话、笔记和方志等，收录内容包括总评、作品研究、生平事迹的记述与考证，以及吟咏凭吊之作等。资料的登录以人为单位，以时代先后为序编排，涉及书目多达865种、人916家。是一部搜集广博、内容丰富的李白资料书，有很高的参考价值。《李白大辞典》分生平、作品提要、交游、诗文中地名、版本、研究著作、研究学者、海外研究、胜迹、名篇鉴赏十个部分，是我国第一部既为读者提供李白的各种基本知识、又反映出学术界已有研究成果的工具书。

其二，李白生平事迹的研究，有令人关注的进展。20世纪的后20年，李白生平事迹的研究仍是李白研究的热点之一，詹锳、安旗、乔象钟、裴斐、郁贤皓、胥树人、薛天纬、阎琦、葛景春、李从军等人，在此方面用力较多。研究的内容涉及：李白的出生地与家世，李白的长安之行、洛阳之行；李白在四川、安陆、安徽、山东的行踪等各个方面，著述亦多。如李白在全国的四个主要生活地的研究者，就出版了《李白在江油》、《李白与四川》、《李白在安徽》、《李白在安陆》、《李白在山东论丛》等书。关于李白行踪的考辨，仍以长安之行为讨论的焦点。有传统的一入长安说，裴斐主编《李白诗歌赏析集》中的《李白年谱简编》[①]、《李白选集》[②]仍持此说。詹锳主编《李白全集编年校注汇释集评》对二入长安说亦持审慎的需进一步研究的态度。二入长安说以郁贤皓的研究最为用力。郁贤皓主要致力于李白生平与交游的研究，他的著作《李白丛考》，1982 年由陕西人民出版社出版。此书收录有关李白生平和交游的考证文章十三篇，考证与李白交游人物 40 多人，如崔侍御、卫尉张卿等。此书力主二入长安说，并考订李白一入长安的路线、居京时间与遭遇，二次入京是由玉真公主推荐等。此书及上海古籍出版社 1990 年出版的《李白选集》，还对《蜀道难》《行路难》等诗作了重新系年。自稗山二入长安说发表后，研究界赞同者日多，如朱金城《李白集校注 · 后记》、安旗和薛天纬著《李白年谱》、林东海《诗人李白》等。二入长安外，学术界又有三入长安说。此说由李从军《李白三入长安考》提出，该文收录在李著《李白考异录》[③] 书中，认为：李白于天宝十一、二载三入长安。此说得到安旗补证，并体现在《李白全集编年注释》书中。胥树人《李白和他的诗歌》[④]，也采纳了这一意见。对于二入长安，有的文章也提出了不同意见，如葛景

① 巴蜀书社 1988 年版。
② 人民文学出版社 1996 年版。
③ 齐鲁书社 1986 年版。
④ 上海古籍出版社 1984 年版。

春《李白东都洛阳献赋考》[①] 一文认为：开元年间的入京，不是长安，而是东都洛阳，提出了开元二十三年洛阳献赋说，考证也较缜密。

其三，关于李白思想、性格及艺术成就的理论研究，视野开阔，获得了诸多创造性成果。老一辈学者，如裴斐的《李白十论》[②]、罗宗强的《李杜论略》[③]、乔象钟的《李白论》[④]，仍坚持通过解读李白的诗文、剖析作品产生的时代背景，来分析李白的思想、性格与其诗歌艺术成就，既立论平稳，资料详实，又不乏新的发现。如裴斐著《李白十论》，立足于分析李白面对社会深藏失望和始终不肯放弃兼济天下理想的思想与性格矛盾，力排李诗是盛世之音的观点，加上他的文章《李白个性论》[⑤] 提出的李白诗悲中见豪的观点，在李白思想与性格的研究中独树一帜。罗宗强《李杜论略》则坚持爬梳剔抉大量的文献资料，通过比较李白、杜甫的政治思想、生活理想、文学思想、创作方法、艺术风格的不同，从而实事求是地总结出李白和杜甫各自的特点及其在文学史上的地位。其他如安旗、乔象钟的著作、刘忆萱与管士光《李白新论》、王运熙的散见文章等，也都有持之成理的新颖之见。

此时期的中青年学者注意从更广阔的文化背景中研究文

---

① 《中国李白研究》1995、1996 年集。

② 四川人民出版社 1981 年版。

③ 内蒙古人民出版社 1982 年版。

④ 齐鲁书社 1986 年版。

⑤ 《中国李白研究》1990 年集，上册。

学现象，吸收西方文化学及心理分析与意象分析等方法，来研究李白的思想、性格、艺术风格等等，也给李白研究带来了新的面貌。如葛景春的三部李白研究专著：中州古籍出版社1991年版《李白思想艺术探骊》、群玉堂出版公司1991年版《李白与中国传统文化》、中州古籍出版社1994年版《李白与唐代文化》，都是从文化学角度来探析李白思想和诗歌艺术的。所不同的是，前二书是从儒、道、玄、兵法、纵横、任侠、屈骚精神等传统文化角度剖析李白思想及诗歌艺术的形成及其特点，后书则是从唐代的儒、释、道、音乐、舞蹈、绘画、书法等角度来分析唐代文化的浪漫精神、自由开放精神对李白诗歌的渗透和影响。二书的研究方法具有启发意义。此类著作，尚有张瑞君《李白与盛唐诗新探》[①]、陶新民《李白与魏晋风度》[②]、杨海波《李白思想研究》[③]、孟修祥《谪仙诗魂》[④] 等。

这一时期，探讨李白诗歌艺术特色和艺术风格的文章比较多。其中尤以房日晰的研究用力较勤，论文也较集中，他就李白诗的艺术特色与风格，发表了一系列论文。

其四，普及著作和作品赏析文章蔚为大观。八十年代以后，李白诗文选注、选译、赏析的主要图书有：北京十月文艺出版社1984年出版的安旗《李白咀华》、广东人民出版社1984年出版的马千里《李白诗选》、广西人民出版社1986年

---

① 山西古籍出版社1997年版。

② 中国广播电视出版社1996年版。

③ 学林出版社1997年版。

④ 湖北人民出版社1996年版。

出版的毛水清《李白诗歌赏析》、裴斐主编的《李白诗歌赏析集》、上海古籍出版社 1989 年出版的刘开扬等编《李白诗选注》、学苑出版社 1989 年出版的牛宝彤主编《李白文选》、安徽文艺出版社 1994 年出版的张才良主编《李白诗四百首》、巴蜀书社 1991 年出版的詹锳主编《李白诗选译》、詹福瑞、葛景春、刘崇德等《李白诗全译》[①] 等等。过去的普及读物，多以诗注为主，此时期的选注范围不限于诗歌，也兼及李白的文章。除选注外，还增加了作品今译、作品赏析的内容。这样，读者就更便于阅读和理解李白诗文了。古诗今译，是困难较大的工作，不易做好。詹福瑞等人编写的《李白诗全译》，首次把李白全诗译为现代散文语体，不失为一次有意义的尝试。

至于这一时期散见于各种书刊的名篇赏析文字，其数之多，不能确切统计。其功在于普及李白作品，但滥而缺少新意，亦是一弊。

总之，20 世纪的李白研究，取得了令人瞩目的成绩。但是，李白研究尚有许多工作要做，待开拓的领域比较广阔。李白身世和生平事迹有许多并无定论，有待新的史料的发现和旧的文献资料的发掘；理论研究也有待拓展与深入；时近 20 世纪末，李白研究尚缺少一部带有总结性的李白研究史，如此等等，都说明李白研究在下个世纪必大有作为。

① 河北人民出版社 1997 年版。

王尧衢《古唐诗合解》的宗唐倾向及选诗标准

唐诗流传到了明清间，传播愈发广，影响愈发大，选编注解唐诗的总集也如雨后春笋，纷纷出世。在明清两代众多的唐诗总集中，王尧衢编《古唐诗合解》是一部流行传布较广的本子。仅从唐诗传播的角度看，《古唐诗合解》能够拥有那么多的读者，就不能不引起治唐诗者的注意。

王尧衢，字翼云，长洲（今江苏苏州）人，事迹不详，《古唐诗合解》有王尧衢自序，写于雍正壬子年季春之月，即雍正六年（公元1728年），推算起来，当生活在康熙、雍正年间。

一

王尧衢的《古唐诗合解》虽广为流传，但王氏的诗学观和选诗标准，似乎并未引起人们的注意。现在，我们站在清代康熙、雍正和乾隆三朝诗坛的角度来审视《古唐诗合解》，是否可以说，这部唐诗总集，是清代前中期不同诗歌观念竞争与胶着的产物？

清代前中期的诗人各立门户，宗唐宗宋，壁垒分明，诗坛弥漫着复古之风。与此同时，也有诗人或批评家提倡新变，反对拟古，力主创造。其中，最成体系的当数康熙朝叶燮的《原诗》。此书由叶氏自行刊印于康熙二十八年（公元1686年），比王尧衢的《古唐诗合解》早了四十余年，这部书对王尧衢的诗学观有着重要的影响，《古唐诗合解》中的诗歌理论，有些就是直接取自《原诗》而加以改造或生发的。

叶燮《原诗》认为，不同时期的诗之变就是诗歌发展的历史："诗始于《三百篇》，而规模体具于汉。自是而魏，而六朝、三唐，历宋、元、明，以至昭代，上下三千余年间，诗之质文、体裁、格律、声调、辞句，递升降不同。而要之，诗有源必有流，有本必达末；又有因流而溯源，循末以返本。"[①]《诗经》以下三千余年的诗歌的发展就是"踵事增华"、"因时递变"的过程。叶燮把这一过程方之于树，《诗经》是其根，历经苏、李之萌芽、建安之拱把、六朝之有枝叶，至唐则枝叶垂阴矣。因此，叶燮主张诗要通过创造以求新变，合上下而知源流。

王尧衢在《凡例》中解释此书为何古、唐二诗合解时，

---

① 叶燮著、霍松林校注《原诗·内篇》，人民文学出版社1979年版，第3页。

基本上接受了叶燮的理论：

> 古、唐二诗胡为而合解也？曰：欲抉诗之原本以及流，而得其全，夫诗体多变：《三百篇》之后，变而为《离骚》。乃汉而有苏李五言、无名氏之《十九首》，始具规模。又变而建安、黄初，一时鸿才接踵，上薄《风》《骚》。由魏而晋，而六朝，名流继起，各成一家。至陈、隋之末，非律非古，颓波日下。唐初，沿其卑靡浮艳之习，一变而成律绝近体。沈、宋等朴中藏秀，脱去浮滞，歌之成声，又一大变。至盛唐而极其盛。譬之于木，《三百篇》根也，苏、李发萌芽，建安成拱把，六朝生枝叶，至唐而枝叶垂阴，始花始实矣。读者须熟悉乎文质、体裁、格律、声调升降之不同，而诗之源流、本末乃全。既不能弃根而寻枝叶，自不得读唐而置合古。夫是以为合解也。①

这一段话，王尧衢主要采自《原诗·内篇》，坚持了叶燮的源流正变的观点，并把它作为自己创为古唐二诗合解的依据。王尧衢之注唐诗，有着浓厚的宗唐色彩，这一点又不同于叶燮。在《凡例》中，王尧衢虽然说：“唐以后诗，殊未可一概而论也。今既以时尚重唐，故解自唐诗而止。”似乎注唐诗只是为了迎合时尚。其实，就王尧衢本心而言，他还是认为唐诗达到诗的高峰，已经成为后世创作的典范。他说：“诗至唐而诸体皆备，唐以后至今，皆本唐诗以为指归，”

① 《古唐诗合解》，铸记书局 1913 年石印本，下引同。

《凡例》中以树比诗来自叶燮《原诗》，但王尧衢却稍有改动。《原诗·内篇下》云："唐诗则枝叶垂阴，宋诗则能开花，而木之能事方毕。"而《古唐诗合解·凡例》却改成了"至唐而枝叶垂阴，始花始实矣"。这一变，就露出了他宗唐的真面目。所以，王尧衢注唐诗，是有较深的用心和较为复杂的宗唐、宗宋背景的。至于王尧衢上注唐前古诗，也是从唐诗出发，欲明唐诗之原本，以体会诗的文质、体裁、格律、声调升降的不同。

当然，受叶燮的影响，王尧衢虽宗唐却脱略了复古的怪圈。他在《古唐诗合解·序》中说：

> 吾愿读诗者旷观天地云物之变幻，静听山水之清音，以豁其胸襟，自出其才识胆力，尚论古人，自有悠然会心处。久之，天机流动，当有于此解之未及者。

学习古人的诗，最后还要落足于客观事物的变化，以及诗人自身的才识胆力，有了这两个诗歌创作的主客体条件，再体悟古人作品，才有会心之处，方有天机流动之诗。这里所谈的理论，暗含着诗因时因人而作之意。而才识胆力，则又是取自叶燮的《原诗》。

宗唐而不弃古，学唐是为了出自己之心声，这也许就是王尧衢融会了清代初中期诸诗家的观点，尤其是接受了叶燮《原诗》理论，而形成的自身的诗学观念吧。而王尧衢著此书，恐怕既是为了向唐诗学习技巧，又是为了谛听唐人之心声吧？

二

王尧衢论诗，以自然、神化为诗之极致，《古唐诗合解·序》云："诗也者，心之声也……要皆出于自然者。"在具体品评诗时，王尧衢对自然之诗极为赞赏。如评李白《静夜思》："此诗如不经意，而得之自然，故群服其神妙也。"①评王维《答张五弟諲》："六句四韵中，包含无限静思。右丞是学道人，出语精微，俱耐人想。古诗中用才情、用绮丽者居次矣。用四'终'字，生出奇趣，亦不经意而出之，非有心而安排也。"② 所谓"自然"的诗，就是非刻意结构的诗，诗人的情思意绪自然流出，不字斟句酌于章法辞藻之间。

大巧若拙，大音无声。自然之诗看似无法，实则是烂熟于法，"能神游于法之外者"③。"诗至神化，即不拘于法，而左右咸宜。冥有象以归无象，本有为以底无为。"（同上）写诗先要明法，到了神化之境，诗即达于自然，有法而若无法。所以，王尧衢一方面以自然神化为诗之极诣，另一方面又十分重视诗之法。他注解古、唐诗，有一十分重要的内容就是解说诗的立局命意、章法结构以及诗之用韵并字句之工。

王尧衢注古诗，"随其体裁，观其立局命意而分疏之，不求纤巧"。王尧衢注唐诗，视诗体之不同而分解注解。王

① 《古唐诗合解》卷四。
② 《古唐诗合解》卷三。
③ 《古唐诗合解·序》。

尧衢认为：唐代的古诗不同于汉魏晋的古诗。汉魏晋的古诗多五言，且不转韵；而唐代的古诗“每于转韵分解处见神情并字句之工”。[①] 所以，王尧衢注唐代的古诗，于此处一一详加注明。如卷三的七言古风所收张若虚的《春江花月夜》，王尧衢于诗后总评云：

> 此篇是逐解转韵法，凡九解。前二解是起，后二解是收。起则渐渐吐题，收则渐渐结束。中五解是腹。虽其词有连、有不连，而意则相生。至于题目五字，环转交错，各自生趣。“春”字四见，“江”字十二见，“花”字只二见，“月”字十五见，“夜”字亦只二见。于“江”，则用海潮、波、流、汀、沙、浦、潭、潇湘、碣石等以为陪。于“月”，则用天、空、霰、霜、云、楼、妆台、帘、砧、鱼、雁、海雾等以为映。于代代无穷乘月、望月之人之内，摘出扁舟游子、楼上离人两种，以描情事。楼上宜月，扁舟在江，此两种人于春江花月夜最独关情。故知情文相生，各各呈艳，光怪陆离，不可端倪，真奇制也。

这种诗评虽类冬烘先生讲学，但如结合诗中的串讲来理解，对于我们把握诗之义脉与作法，是有一定帮助的。

对于律诗，王尧衢认为：所谓“律”，如同法律之森严，一字也不能苟且。他“注律诗则分前后解写题中何意，并注明起承转合，章有章法，句有句法，字有字法，务必字字得

① 同上。

其精神，言言会其意旨”。[1] 所以，王尧衢注解律诗，除诗中串讲一一注明诗从何写起，或以何起兴，承句如何，转句如何，合句如何，最后还要总结出前解写什么、后解写什么，以帮助读者理解诗之意旨。当然，把律诗分成前后解，有的与诗意相合，有的则比较勉强。律诗因起承转合的结构关系，起与承句相连，而转与合句意脉切近，所以，有许多诗可分成前后解来看。但若篇篇必如此，就又有了冬烘之气。如卷十之七言律所收杜甫《秋兴八首》，说其一、其三以前四句为前解，后四句为后解尚可；但若把其二、其四、其五、其六、其七判剖为前后两解，就比较勉强，如第五首：

蓬莱宫阙对南山，承露金茎霄汉间。
西望瑶池降王母，东来紫气满函关。
云移雉尾开宫扇，日绕龙鳞识圣颜。
一卧沧江惊岁晚，几回青琐点朝班。

此诗一气贯之，追忆当年朝廷之盛。若勉强为之分解，也不应如王尧衢注将诗判然分为前后两半：“前解思朝廷之盛时，后解思立朝之日。”而是如叶嘉莹《杜甫秋兴八首集说》按语所言：“前六句用笔宏伟壮丽，既可见当年朝省仪仗之盛，亦隐见杜甫当年意气之盛。而尾联结以‘一卧沧江’慨‘朝班’之不再，无限家国身世之慨，尽在言外……”[2]

其实，王尧衢此注本的优长之处，并不在于以上所说的

① 《古唐诗合解·凡例》。

② 叶嘉莹《杜甫秋兴八首集说》，河北教育出版社 1997 年版，第 222 页。

立局命意、章法结构和用韵等等，而在于此注本对诗句的串解，颇有把握诗之情思义脉之处，有助于我们对诗的理解。以我们现在的目光来看，此注本当是清代雍正年间的一部“唐诗鉴赏辞典”。这里，我们不妨举一个短诗注解的例子，以见一斑。本书卷四收宋之问《渡汉江》，原诗：“岭外音书断，经冬复历春。近乡情更怯，不敢问来人。”王尧衢注前二句：“之问坐交通张易之，贬龙州参军，逃归洛阳。故其在岭外时，经年隔岁音书断绝也。”不仅是在注释“岭外”二句，也交待了诗之写作背景。又解后二句：“及逃归已近乡里，而中情抱怯，见来人而不敢问。盖忧思交集之时，转多疑畏耳。更怯，‘更’字妙。今人久客还乡，临到家，觉心中恍惚，亦复如此。”此二句串讲，从现实的人之常情事理来解释“近乡情更怯，不敢问来人”的心理，颇为切近实际。这样的例子，在本书中随处可见。

三

《古唐诗合解》凡十六卷，古诗四卷，唐诗十二卷，各自独立为卷。《唐诗合解笺注》选诗 625 首，涉及作者 132 人。其中五言古风 2 卷，收诗 90 首；七言古风 1 卷，收诗 38 首；五言绝句 1 卷，诗 92 首；七言绝句 2 卷，诗 136 首；五言律诗 2 卷，诗 123 首；七言律诗 3 卷，诗 110 首；五言排律与七言排律合为 1 卷，五言排律收诗 35 首，七言排律只选了 1 首。

王尧衢选诗，“唯取格调平稳、词意悠长而又明白晓畅、皆人所时常诵习者”，在132位诗人中，选杜甫诗最多，为78首；李白次之，54首；再次为王维，43首。以下岑参32首，钱起22首，高适、刘长卿、孟浩然各17首，刘禹锡、王昌龄各16首，韦应物13首。所选之诗，确为选编者所云，是人们喜爱而又熟悉的名篇。但从以上统计数字可以看出，王尧衢比较重视盛唐诗，除李、杜两位伟大诗人外，盛唐田园山水诗派的王、孟，边塞诗派的高、岑，都是选诗较多的诗人。而明白晓畅诗与词意悠长诗相比，王尧衢似乎更喜爱后者，所以，白居易诗仅选了13首，远不及王维，且在刘长卿、孟浩然、韦应物之下，其审美趣味可见一斑。

传神理论内涵的历史演变

传神，是中国古代文艺理论中一个十分古老的理论体系，其渊源可以上溯到先秦。《周易》“鼓之舞之以尽神”说，庄子“形残神全”的思想，其“神”虽与后来文论的内涵不同，但所谓“神全”、“尽神”云云，毫无疑问启发了后来文艺理论的传神思想。汉代刘安主编的《淮南子》一书，不仅明确地把神、形作为一组对应的概念，并且在神、形关系上明显地表现出以神为主的观点，实为传神论之先声。“故以神为主者，形从而利；以形为制者，神从而害”。[①] 在神、形这一对矛盾中，神是形的主宰，所以把握事物，重要的是抓住神。“画西施之面，美而不可说；规孟贲之目，大而不可畏：君形者亡焉”。[②] “君形者”，就是主宰人之形体的精神。这些论述客观上已经触及到了文艺创作中传神的问题，尤其

① 何宁《淮南子集释 · 原道训》，中华书局 1998 年版，第 87 页。

② 《淮南子集 · 释说山训》，同上书，第 1139 页。

是神这一概念的内涵向人的精神的转变，为后来文艺理论的引进，创造了便利条件。魏晋南北朝时期，神、形之说泛滥于品评人物的清谈中，同时旁涉绘画领域，成为文艺理论中一个十分重要的理论体系。传神，涉及到创作过程中的心物关系、形象的建构以及艺术性质等许多重要问题。它与中国古代的诗画艺术互为滋养，互为作用，直接影响到中国文学艺术的发展以及中国古代文艺理论某些民族特色的形成. 在中国文艺发展史上具有特殊的地位。

近年来，人们或勾勒传神论的发展轨迹，或挖掘传神论的理论内容，取得了可观的成果。然而由于这一理论源远流长，其内容既丰富又复杂，有些问题有待于我们进一步探讨。传神说的理论实质就是一个需要我们进一步研究的课题。一般认为，传神，就是真实地描写客观事物内在的本质，即传事物之神。对这样的认识目前似乎没有异议。然而，这种流行的看法未必尽符传神理论的实际，就传神理论发展的某一阶段来看，所谓传事物之神的说法，也许不错，但用以说明传神论漫长的发展过程，就不能令人信服。

同任何理论形态一样，传神论从提出到完成有其一定的发展过程。它的理论实质经过了不断的充实、演变，呈现出极其复杂的状态。在考察这样复杂的理论形态时，我们只有把握理论演进的全过程以及理论演进的主脉和大趋势，才有希望揭示出理论实质。

本文把传神论分为三个时期，试图以纵向的发展的眼光来探讨传神论的理论实质，不免纰缪，愿就教于方家。

一、魏晋南北朝——传对象之神

传神虽可上溯先秦，两汉诸子新书也常常提及，尤其是汉末品评人物之风的兴起，神、形成为品评人物的一对重要概念，但传神真正成为文艺理论，却在东晋。东晋著名画家顾恺之第一次把神这一概念引入绘画，使传神由哲学论题转变为文艺理论论题。

如果说传神论的理论实质如人们所说的那样着重于传对象之神的话，那么，它突出地表现于传神论产生的最初时期，顾恺之的传神理论则是其典型代表。顾恺之是一个多才多艺的画家，人物、山水、禽兽兼善，而尤工人物。他的传神理论就是建立在人物画这一当时主要画种基础之上的。长期的艺术实践使顾恺之认识到，“画人最难”。[①] 而人物画，刻画“手挥五弦”这样外在的动作并不难，困难的是表现出人“目送归鸿”那种不可名状的精神状态。对人物画来说，“四体妍蚩，本无关于妙处”，重要的是“传神写照”[②]。因此他明确地提出了“以形写神”的理论：

> 人有长短，今既定远近以瞩其对，则不可改易阔促、错置高下也。凡生人亡有手揖眼视而前亡所对者。以形写神而空其实对，荃生之用乖，传神之趋失矣。[③]

---

① 张彦远《历代名画记》卷一，中华书局1985年版，第53页。

② 余嘉锡《世说新语笺疏·巧艺》，中华书局1983年版，第849页。

③ 《历代名画记》卷五，第188－189页。

这段话主要谈“对”的问题，即画中人物的表情、动态与其环境的关系。但“对”之目的在于“传神”。

顾恺之所说的神，和《淮南子》“君形者”相通，指的是人物画描写对象的精神特征。《画云台山记》谈设计人物强调“神气远”，画山涛要画出他的“淳深渊默”,[①] 画裴楷肖像益三毛而“有神明”，均可以看出顾恺之所说的“传神”，就是要真实地表现出人物内在的精神特征。相传顾恺之创作了大量的人物画，可惜很少流传；今天看《洛神赋图》摹本，洛神回眸顾盼、似即又离的神情，生动地表现出人物无限怅惘的情意。可见顾的绘画是在努力实践自己传神理论。张怀瓘评顾“象人之美……顾得其神”,[②] 实非虚美。顾恺之在批评魏晋绘画作品时，也是以传神与否作为重要标准的。他批评《小烈女》“不尽生气”[③]，评《烈士》中的蔺相如“不似英贤之慨”[④] 等等，都以能否反映出人物的精神特征为臧否。为了传神，顾恺之还提出了“迁想妙得”（同上）的理论。所谓“迁想妙得”，是强调作者充分发挥艺术想象力，体验表现对象，甚至通过虚构来达到传神效果。譬如，画裴楷益三毛而出奇制胜，画谢鲲置鲲于丘壑中来表现他的山林之志，都是“迁想妙得”的实例。

南齐画家谢赫沿承了顾恺之的传神理论。谢赫在《古画品录》中提出了图绘六法：

---

① 刘孝标注引顾恺之《画论》，《世说新语笺疏·赏誉》，第501页。

② 《历代名画记》卷五，第183页。

③ 同上，第184页。

④ 同上，第185页。

> 一气韵生动是也，二骨法用笔是也，三应物象形是也，四随类赋彩是也，五经营位置是也，六传移模写是也。①

后人对“气韵生动”的理解不尽相同，但一般认为，“气韵生动”就是“传神”。邓椿说：

> 画之为用大矣。盈天地之间者万物，悉皆含毫运思，曲尽其态。而所以能曲尽者，止一法耳。一者何也？曰：传神而已矣。……故画法以气韵生动为第一。②

杨维桢《图绘宝鉴序》也同样认为：“传神者，气韵生动是也。”③ 说“气韵生动”就是“传神”，比较符合谢赫的文艺思想。他品评画作，比较推崇的是有“神”之作，评张墨、荀勗：“风范气候，极妙参神，但取精灵，遗其骨法”④；评晋明帝：“虽略于形色，颇得神气”（同上）⑤，与其列“气韵生动”为六法中之第一法是一致的。

谢赫传神理论的实质与顾恺之的传神论大体相近。谢赫时代的画种仍以人物为主。而且他本人就是“中兴以后，象人莫及”⑥ 的著名人物画家。他评论的画家如卫协、顾恺之等都以人物画名世。谢赫所云之“气韵”，指的是描绘对象主要是人物的精神风貌。当然，有一现象不能不注意：“六

---

① 谢赫《古画品录》，中华书局1985年版，第1页。
② 邓椿《画继》卷五，人民美术出版社1963年版，第113－114页。
③ 夏文彦《图绘宝鉴》卷首，中华书局1985年版，第2页。
④ 《古画品录》，第3页。
⑤ 同上，第11页。
⑥ 姚最《续画品》，中华书局1985年版，第7页。

法”不曰传神，却换上更虚化、更灵脱的“气韵生动”，恐怕并非偶然，实有扩大顾恺之传神论的内涵，以适应文艺发展需要的时代意义。

顾、谢的传神论之影响是十分深远的。它不仅制约着整个魏晋南北朝传神论的内容及实质，对后代的传神论也有重大影响。后代的某些文艺理论家补充甚至发挥顾、谢的传神理论，形态更臻完善，但其理论实质基本上都沿袭了顾恺之所确立的传对象之神的理论内核，并没有超出其理论模式。

宋郭若虚《故事拾遗》记述周昉为郭子仪婿画像的故事：

> 郭汾阳壻赵纵侍郎，尝令韩幹写真，众称其善。后复请昉写之，二者皆有能名。汾阳尝以二画张于坐侧，未能定其优劣。一日，赵夫人归宁，汾阳问曰：“此画谁也?”云：“赵郎也”。复曰：“何者最似?”云：“二画皆似，后画者为佳。盖前画者空得赵郎状貌，后画者兼得赵郎情性笑言之姿尔。”后画者乃昉也。①

韩幹所画之像，是空得状貌的“似”——形似，而周昉不惟得其状貌，且得其情性笑言之姿，达到更高层次的“似”——神似。传神，即传人物之神，这仍然是顾恺之的理论模式。苏轼《传神记》所论的传神也是如此：

> 传神之难在目。顾虎头云：“传形写影，都在阿堵中”。……凡人意思各有所在，或在眉目，或在鼻口，

① 郭若虚《图画见闻志》卷五，中华书局 1985 年版，第 207 页。

> 虎头云："颊上加三毛，觉精采殊胜。"则此人意思，盖在须颊间也。优孟学孙叔敖抵掌谈笑，至使人谓死者复生，此岂举体皆似，亦得其意思所在而已。使画者悟此理，则人人可以为顾、陆。[①]

这些理论虽都是顾恺之传神论的延续，不过却比顾的理论更具体、更完善了。顾恺之提出传神说，却对神未作更具体解释，我们只能从他对人物画的品评中才能推断神的内涵。而后来时期，神的含义已经十分具体了。"情性笑言之姿"，或在耳目、或在鼻口、或在颧颊的"意思"，都是指能反映人的性情气质的精神特征。陈郁说：

> 夫写屈原之形而肖矣，倘笔无其行吟泽畔，怀忠不平之意，亦非灵均。写少陵之貌而是矣，倘不能笔其风骚冲澹之趣，忠义杰特之气，峻洁葆丽之姿，奇僻赡博之学，离寓放旷之怀，亦非浣花翁。盖写其形，必传其神，传其神，必写其心。写形不难，写心惟难。[②]

写心，就是写出人物的性情气质、思想情感、志趣怀抱，甚至人物的学识。所谓传神，就是要写出人物这些内在的精神特征。写形，一定要传人之神，传神，必写其心。不唯神的内涵有明确具体的规定，而且形、神、心三者层层制约的关系辨析得十分清楚。这说明顾恺之所创立的传对象之神的理论发展到唐宋时期，已经十分成熟。

---

① 《苏轼全集校注》，河北人民出版社 2010 年版，第 11 册，文集二，第 1275 – 1276 页。

② 陈郁《藏一话腴》，毛氏汲古阁抄本，第 71A – 72A 页。

明清两代，沿承了顾恺之理论的主要是以塑造人物形象为主的人物画和小说戏剧理论。在小说戏剧理论中，神的运用范围比较广泛，神的内涵主要是指人物的精神个性。传神，就是生动精彩地表现出人物的个性特征。《水浒传》第三十七回写李逵："戴宗便起身下去，不多时引着一个黑凛凛大汉上楼来"。袁无涯刊本于"黑凛凛"下评点曰："只三字，神形俱现。"金圣叹评点："'黑凛凛'三字，不惟画出李逵形状，兼画出李逵顾盼，李逵性格，李逵心地来。"① 神，即金圣叹所说的顾盼、性格和心地。此外，如李贽评点《水浒传》第三回："描画鲁智深，千古若活，真是传神写照的妙手。"脂砚斋批《红楼梦》第十四回"又见凤姐眉立，知是恼了"句曰"二字如神"等等，传神，都是指人物个性特征和精神风貌的生动刻画与传达。在清代画论中，上承顾恺之的理论并给予新的发展的应首推沈宗骞的《传神》。沈宗骞的理论不是简单地重复前人成说，而是深入探索了神的独特性和稳定性：

> 不曰形曰貌而曰神者，以天下之人，形同者有之，貌类者有之，至于神，则有不能相同者矣。作者若但求之形似，则方圆肥瘦，即数十人之中，且有相似者矣，乌得谓之传神？今有一人焉，前肥而后瘦，前白而后苍，前无须髭而后多髯。乍见之，或不能相识，即而视之，必恍然曰：此即某某也。盖形虽变而神不变也。故形或

① 施耐庵《第五才子书施耐庵水浒传》，中华书局1975年版，第4册，第7页。

小失，犹之可也。若神有少乖，则竟非其人矣。[①]

这段画论是比较深刻的。决定人物“这一个”的不是人物外在的易于变化的形貌，而是人物内在的相对稳定、不可重复的个性特点和精神特点，它是每一个人物特有的，依据它方能分辨那些貌类形同者的不同。传神，就是要表现出人物这种内在的个性和精神。由此可见，对于以人物为表现对象的各种艺术形式来说，传神的重要意义，就在于从根本上把握人物个性特征和精神特征，写出人物的“这一个”来。沈宗骞的理论把顾恺之的传神论发展到了前所未有的理论高度。

二、唐宋——心物双重建构

东晋之后，随着山水画的萌生与成熟，传神论不再局限于人物画这一窄小的范围，扩大为绘画艺术的一般要求。不仅人物有神，山水亦有神。但山水画毕竟有它的独特性，它不似人物画，人物画的表现对象本身就是一个复杂而又多变的精神整体。所以宗炳《画山水序》和王微《叙画》等画论，不再把目光专注于表现对象，同时也开始注意到创作主体对表现对象的感应融合。为了适应山水画的特点。宗、王的传神理论开始把神虚化、空灵化，突出神的不确定性和形

① 沈宗骞撰，李安源、刘秋兰注释《芥舟学画编》卷三，山东画报出版社2013年版，第91页。

而上性质。宗炳说：“又神本亡端，栖形感类，理入影迹。”[①]神栖形于山水之中，它是一个没有实体、不易把握的虚体。因此对神不仅要用感官来捕捉，更要作者心灵的感应，用王微的话说“亦以神明降之”（《叙画》）。如果说“迁想妙得”的神还在于客观外物，即表现对象，强调作者通过体验乃至想象来达到传神的话，“亦以神明降之”则已经表现出一种主客体融合的新倾向。这可以说是唐宋新传神论的滥觞。

传神论发展到唐宋，发生了重要的转折。

在中国古代文学艺术的发展长河中，唐宋时期是大可值得研究的时期。作为抒情艺术的诗词、散文小品得到高度的繁荣发展，发源于魏晋南北朝的山水文学到唐代已发展成为后代不可企及的高峰。以王维、孟浩然为代表的山水诗，以柳宗元为代表的山水小品，融主观情感于山水景物之中，创造了情景交融的意境。唐宋还有一个新现象，即托物言情的咏物诗词大量涌现。咏物诗，并非肇始于唐宋，齐梁时期就产生了许多咏物诗作。但这些作品多缺少寓意，佳什不多。到唐宋，托物寄兴的咏物诗乃大兴之。如杜甫这样的大家，其托物寄兴的咏物诗竟有八十余首。这些诗咏的是一花、一草、一虫、一鸟，然而余味曲包，流露出无限的身世家国之思。

在绘画界，唐宋有诗画异同之争。唐宋的许多艺术家同时也是文坛盟主。如王维、苏轼，不仅是当时的著名画家，

---

① 宗炳撰、陈佳席译解《画山水序》，北京人民美术出版社 1985 年版，第 7－8 页。

也是著名的诗人、文学家。这些人已经不满足于对山水的自然描写，开始探索诗画熔为一炉的途径。王维写诗，追求一种画境之美，作画则融诗意于山水，启文人画之端。所以苏轼说：

味摩诘之诗，诗中有画。观摩诘之画，画中有诗。①

王维的创作实践，为中国文人画抒情写意的特点奠定了基础。到北宋中叶以后，以苏轼、米芾为代表的一些文人画家尤其不耐于真山真水的描写，尽力追求一种画外的情致，从此以后，文人画成为画坛的一个主要流派。诗画异同之争，正是在这种创作风气下展开的。苏轼《书鄢陵王主簿所画折枝二首》之一云：

论画以形似，见与儿童邻。赋诗必此诗，定非知诗人。诗画本一律，天工与清新。②

此论一出，曾引起旷日持久的争论。或以为是，或以为非。今日观之，苏轼求画于形似之外，正是追求画中的诗情。对绘画来说，所谓“清新”，在很大成分上是指画工之外的清韵。《跋蒲传正燕公山水》一文云：“燕公之笔，浑然天成，粲然日新，已离画工之度数，而得诗人之清丽也。”③ 诗画同一的提出与争论，其实质正是在文艺发展的新形势下，突出强调艺术的抒情性质。

文艺创作以及文艺思想所出现的这种新的情况，对传神

① 《书摩诘蓝田烟雨图》，《苏轼全集校注》，第19册，文集十，第7904页。
② 同上书，第5册，诗集五，第3170页。
③ 同上书，第19册，文集十，第7915页。

理论影响很大。这时期的传神论呈现出一种骚动之状。传统的理论被一些理论家继承下来，成为传神理论的一支，这一点我们在上文已经讲过。但是，代表着唐宋传神论发展趋势，成为这一理论主脉的则是突破了旧的理论、灌注传神论以新的内容的理论。

唐宋传神理论，有两种比较流行的观点，一为“意得神传”说，一为“传神由心”说。剖析此两说，有助于我们把握唐宋传神论的新特点、新内容。

唐宋书画理论，常常把传“神”与“意”联系在一起，认为只有“得意”、“存意”、“意到”才能传神。张九龄《宋使君写真图赞并序》云：“意得神传，笔精形似。”[①] 张彦远《历代名画记》：“顾恺之之迹，紧劲联绵，循环超忽，调格逸易，风趋电疾，意存笔先，画尽意在，所以全神气也。”[②] 欧阳修《盘车图》：“古画画意不画形，梅诗咏物无隐情。忘形得意知者寡，不若见诗如见画。”[③] 沈括《梦溪笔谈》：“书画之妙，当以神会，难可以形器求也。……予家所藏摩诘画《袁安卧雪图》有雪中芭蕉，此乃得心应手，意到便成，故造理入神，迥得天意，此难可与俗人论也。”[④] 这些画论所言之“意”指的是什么呢？从诸说来看，“意”并非作者主观的东西。郭因《中国绘画美学史稿》认为是构思之

① 张九龄《曲江集》，商务印书馆1937年版，卷十一。

② 《历代名画记》卷二，第67－68页。

③ 李云亮撰《欧阳修集编年笺》卷六，巴蜀书社2007年版，第1册，第243页。

④ 沈括《梦溪笔谈》卷十七，中华书局2015年版，第159－160页。

意，此说似为近之。但此构思之意带有更多的感发性质，与古人所说之“意兴”更为接近，它并不是自然景物的机械摹写，而是指受外物感发，产生于作者头脑中的物、我妙然契合的意象。它产生于作者落笔之先，并构成作品情景交融的画境。因此，文艺作品只有表现出这既非纯客观、又非纯主观的意象，方谓“全神”，也就是传神了。

“传神由心”的观点，在唐宋书画理论中多有表现。《法书要录》载《张怀瓘文学论》：“不由灵台，必乏神气。”①朱景元《唐朝名画录序》：“挥纤毫之笔，则万类由心。”②符载《江陵陆侍御宅讌集观张员外画松石序》：

> 观夫张公之艺，非画也，真道也。当其有事，已知夫遗去机巧，意冥玄化，而物在灵府，不在耳目，故得于心，应于手，孤姿绝状，触毫而出，气交冲漠，与神为徒。③

物在灵府，不在耳目，强调的是什么呢？是作者主观精神对表现对象的消化与融解，大致有两方面内容：一使表现对象烂熟于心。像苏轼所说的那样“成竹在胸”。这样，作者在创作时才会得心应手，一气呵成，使作品气韵生动。盛大士说：“学者宜成竹在胸，了无拘滞。若断断续续，枝枝节节而为之，神气必不贯注矣。”④ 第二是寻找主观精神与客观外

---

① 张彦远《法书要录》，人民美术出版社 1964 年版，第 159 页。

② 董诰等《全唐文》，中华书局 1983 版，第 8 册，第 7937 页。

③ 同上，第 7065 页。

④ 盛大士撰、叶玉校注《溪山卧游录》，西泠印社出版社 2008 年版，第 28 页。

物融为一体的契机，也就是寻找人与自然的对应关系，进入我就是物、物就是我的创作情境。所以，“传神由心”仍是立足于从物我交融而求传神的理论范畴。

对唐宋时期的传神论作出重要贡献的是苏轼。苏轼的传神理论比较复杂，集中地体现了传神论新旧沿革的特点。如前所述，苏轼的传神论有沿承顾恺之传神理论之一面，同时苏轼又突破了旧传神论的内容，侧重于从物我关系建立传神理论，为传神论的发展作出很大贡献。苏轼在《净因院画记》中论述到：

> 余尝论画，以为人禽、宫室、器用皆有常形，至于山石竹木、水波烟云，虽无常形，而有常理。常形之失，人皆知之；常理之不当，虽晓画者有不知。……与可之于竹石枯木，真可谓得其理者矣。如是而生，如是而死，如是而挛拳瘠蹙，如是而条达畅茂，根茎节叶，牙角脉缕，千变万化，未始相袭，而各当其处，合于天造，厌于人意。盖达士之所寓也欤!①

一般认为，苏轼此处所讲之“常理”与“神”是相通的。苏轼认为画中的“常理”应具有两个特征：“合于天造，厌于人意”。“合于天造”，即能反映物的特征。“厌于人意”，则是要求物的描写与作者的思想感情相切合。正是“天造”与“人意”的双重建构，创造了“常理”(神)。苏轼的其他文章也表现出这样的艺术思想。《墨君堂记》：

---

① 《苏轼全集校注》，第11册，文集二，第1159-1160页。

> 世之能寒燠人者，其气焰亦未至若雪霜风雨之切于肌肤也，而士鲜不以为欣戚丧其所守。自植物而言之，四时之变亦大矣，而君独不顾。虽微与可，天下其孰不贤之？然与可独能得君之深，而知君之所以贤。雍容谈笑，挥洒奋迅，而尽君之德。稚壮枯老之容，披折偃仰之势。风雪凄厉以观其操，崖石荦确以致其节。得志，遂茂而不骄；不得志，瘁瘠而不辱。群居不倚，独立不惧。与可之于君，可谓得其情而尽其性矣。①

竹之作为自然界的生物，本无所谓贤或不肖以及节操荣辱这些情性，但在创作过程中，作者“神与万物交”（《书李伯时山庄图后》），竹的特征已与作者的理想人格相契合。竹不惧风寒、瘦劲萧疏等属性内化为作者生命的一部分，而作者贞洁自守、独立不倚的理想人格外化为竹的节操情性。这实质上是人与物充满生命力的互感和互为表现。当然，这互感的契机乃是人与自然在审美活动中积淀下来的对应关系。不管是瞬间顿悟，亦或深思所得，其指归都在于这对应关系的获得。写出这种对应关系，人的精神有了物的载体，物同时也具有了人的生命，这样的作品就是传神之作。可见文与可的画竹既不是自然的单纯模仿，也不是主观世界的生糙表达，而是“天造”与“人意”的统一。所以，神不在客观外物，不在创作主体，而在主体与客体的契合而建构起来的形象。它超越了表现对象和创作主体，与二者处于似与不似之间，

① 同上，第11册，文集二，第1120页。

达到了更高层次的似——神似。苏轼论创作，还常常提倡人与物化：

与可画竹时，见竹不见人。

岂独不见人，嗒然遗其身。

其身与竹化，无穷出清新。

庄周世无有，谁知此疑神。①

人与物化，不是真就遗弃了作者的主观精神，而是指主客体合二为一，相得无间，很难分出彼此的创作状态。竹内化为我，我外化为竹，变幻神奇而又天机自然，“不知所以神而自神”也。宋代画家曾云巢谈自己画草虫的体会时，也发表过类似的意见：“自少时，取草虫笼而观之，穷昼夜不厌。又恐神之不完也，复就草地之间观之。于是始得其天，方其落笔之际，不知我之为草虫耶，草虫之为我耶。”② 这种泯去物我界限、主客浑然为一的创作状态，正是传神的最佳状态。

传神论由书画艺术理论扩展到诗文理论，是在唐宋时期。六朝文坛风行的是形似：

自近代以来，文贵形似。窥情风景之上，钻貌草木之中。吟咏所发，志惟深远。体物为妙，功在密附。故巧言切状，如印之印泥，不加雕削，而曲写毫芥。故能瞻言而见貌，即字而知时也。③

① 《书晁补之所藏与可画竹三首》其一，同上，第5册，诗集五，第3160页。

② 引自罗大经《鹤林玉露》丙编卷六，中华书局1983年版，第343页。

③ 范文澜注《文心雕龙》，人民文学出版社，1958年版，第694页。

到了盛唐，殷璠在《河岳英灵集序》中提出“神来，气来，情来”，诗文理论中方有了传神理论的萌芽。

唐宋诗文理论力主传神的主要是司空图和严羽。他们的理论和王士禛的神韵说一脉贯串，成为诗文传神理论的中坚。司空图、严羽和王士禛分别为晚唐、南宋和清初著名文学批评家，他们的理论自成体系，是文学批评领域很有影响的流派。全面评价这一批评流派非本文之宗旨。我们只想指出，力主传神，是这一派批评理论的主要内容之一。在司空图的《二十四诗品》中，传神思想多有表述：如：“脱有形似，握手已违”（《冲淡》）。“离形得似，庶几斯人”（《形容》）。“超以象外，得其环中”（《雄浑》）。“不著一字，尽得风流”（《含蓄》），[①] 等等。严羽《沧浪诗话》则把“入神”作为诗的最高境界：“诗之极致有一：曰入神。诗而入神，至矣，尽矣，蔑以加矣。”[②] 此派文学理论，或受玄学影响，或以禅论诗，其理论带有浓厚的神秘色彩。但是，披开这一层面纱，他们的理论实质还是可以把握的。此派传神论的最大特点就是提倡一种若即若离、不粘不脱、空灵蕴藉的神境，有人把其概括为“象外求神”。他们反对泥而不化地刻画物的色、相、形，也不主张质实生糙地表达情感，提倡超脱物象之外，去追求心与物的妙然神合。严羽说：

诗者，吟咏情性也。盛唐诸人，惟在兴趣，羚羊

① 司空图《二十四诗品》，何文焕辑《历代诗话》，中华书局1981年版，第38、43、38、40页。

② 严羽《沧浪诗话》，《历代诗话》，第687页。

> 挂角，无迹可求。故其妙趣，透彻玲珑，不可凑泊，如空中之音，相中之色，水中之月，镜中之象，言有尽而意无穷。①

王士禛心有灵犀，对这段话有透彻的理解："严仪卿所谓'如镜中花，如水中月，如水中咸味，如羚羊挂角，无迹可求'，皆以禅喻诗。内典所云'不即不离、不粘不脱'，曹洞宗所云'参活句'是也。"②"不即不离"，是就心与物而言，诚如铃木虎雄所说："既不拘泥于物象，又不拘泥于心意，而能游刃于物心契合、主客相触之间。"③ 因不拘泥物色和心意，所以具有了空灵的特色，透彻玲珑，不可质实求之，如镜中花，水中月一样，与自然的花月处于不即不离之间。也正因为空灵，才会有"言有尽而意无穷"的特点，调动读者的创造性想象力，去捕捉象外象、景外景、韵外之致。因此，所谓"象外求神"，并不是去寻求物象之外的什么物的本质，而是寻找心物的契合。

唐宋传神论在我国传神理论发展史上具有承前启后的转折意义。如果说魏晋南北朝从主客关系上探讨传神理论还初露端倪的话，那么到了唐宋时期，随着文艺创作所出现的新的特点及风尚，传神论出现了多变的具有探索精神的转变，从物我关系建构传神理论成为这一时期传神论的主要倾向。

---

① 同上，第688页。

② 王士禛撰、张宗柟纂集《带经堂诗话》卷二九，人民文学出版社1963年版，第836页。

③ 铃木虎雄《中国诗论史》，广西人民出版社1989年版，第181页。

比起旧传神论，这种新的传神理论更富有辩证理性。旧传神论，“神”局限于表现对象，传神仅仅被看成对人（表现对象）的精神的反映。从物我关系求“神”，更注意的是物我妙合、物我互感和互现。传神，带有了再现和表现的双重性质。它既是表现对象某些本质特征的反映，同时也是作者主观精神的表达，这种理论与旧传神论相比，更接近我国古代文艺抒情言志的特点。唐宋理论一变传对象之“神”为物我双重建构“神”，主观精神成为“神”的一部分，这种转变直接影响了元明清三代的传神理论。

三、元明清——传神写心

传神理论在元、明、清三代出现了多元发展的形势。若就其理论实质而言约有三种类型：传对象之神、物我双重建构和传神写心。前两种类型是前代传神说的延续，第三种则是在物我双重建构理论基础上演变而来的新的传神理论，它与元明清三代的文艺思潮相呼应，成为那个时代有代表意义的理论观念之一。

传神写心并不发轫于元明清三代，早在宋代就出现了这种理论观点的萌芽。郭若虚说：

窃观自古奇迹，多是轩冕才贤、岩穴上士，依仁游艺，探赜钩深，高雅之情，一寄于画。人品既已高矣，气韵不得不高；气韵既已高矣，生动不得不至，所谓神之又神，而能精焉。……扬子曰：言，心声也；书，心

> 画也。声画形，君子小人见矣。[①]

郭若虚认为文艺作品是文艺家主观思想感情的外观，即“各言其志”的，所以神之又神的作品直接得之于主体的人品以及他所寄寓的感情。人品高，画中表现了艺术家的高雅之情，才能气韵生动，神之又神。神在这里主要是指作者主观因素。苏轼传神理论也流露出这种观点。在绘画作品中，苏轼欣赏的是文入画。其原因是文人画表现出了作者主观精神：

> 观士人画，如阅天下马，取其意气所到。乃若画工往往只取鞭策、皮毛、槽枥、刍秣，无一点俊发，看数尺许便卷。汉杰真士人画也。[②]

此处所说的“意气”，和前面谈过的“意”不同，主要是指作者的思想志趣。文与可谈自己画竹：“吾乃者学道未至，意有所不适，而无所遣之，故一发于墨竹，是病也。今吾病良已，可若何?”[③] 与可墨竹，是遣意之作，具有浓厚的自我表现色彩。

这种重主体，偏于表现的理论倾向，到元明清三代，受当时社会条件和哲学思潮的影响，得到充分发挥，迅速发展。

元明清三代的社会生活和哲学思想都比较特殊。从社会生活看，元、清两代少数民族先后两次统治中原，大批民族文人蒙受着亡国灭家的切齿之痛。一些文人或被剥夺了仕进

---

① 《图画见闻志》卷一，第 29 – 31 页。

② 《又跋汉杰画山二首》其二，《苏轼全集校注》，第 19 册，文集十，第 7926 页。

③ 苏轼《跋文与可墨竹》，同上，第 19 册，文集十，第 7905 页。

机会，或出于气节放弃了仕进，寄情山水或文学艺术。诗文、绘画都成为他们逍遥人生、宣泄苦闷的工具。从哲学看，弘治、正德间出现的王阳明心学对文学艺术产生了巨大冲击。著名哲学家王阳明继承了“吾心即是宇宙，宇宙即是吾心”思想，进一步提倡“心外无物”、“致良知”和“知行合一”的心学。他认为，人心是世界的本体：

> 人者，天地万物之心也，心者，天地万物之主也。心即是天，言心则天地万物皆举之矣。①
>
> 心外无物，心外无事，心外无理，心外无义，心外无善。②
>
> 身之主宰便是心，心之所发便是意，意之本体便是知，意之所在便是物。③

王阳明哲学虽是主观唯心主义的哲学，但却在一定程度上动摇了程、朱理学的长期统治，对明中叶文学艺术界的浪漫思潮产生了深远的影响。李贽的“童心”说，汤显祖的“至情”论，公安派的“独抒性灵”，都有王阳明心学的影响在。王阳明心学对文艺的影响，主要表现为文学艺术家对个性心灵解放的追求，对表现主体思想情感、人格意趣的推重。

重主体，偏于表现的传神论，正是在这种大气候里迅速发展起来的。神，不在物，不在物我的双重建构，而在是否

---

① 王守仁《答季明德》，《王文成公全书》卷六，《四部丛刊》影印明隆庆刊本。

② 王守仁《与班甫》，《王文成公全书》卷四。

③ 王守仁《语录一》，《王文成公全书》卷一。

表现了主体的人格志趣、思想感情。这成为传神与否的重要标志。元代具有代表性的著名画家倪瓒说："仆之所谓画者，不过逸笔草草，不求形似，聊以自娱耳。"[①]"以中每爱余画竹，余之竹，聊以写胸中逸气耳，岂复较其似与非，叶之繁与疏，枝之斜与直哉！"[②]不仅不要"形似"，而且似乎不再需要物对人的感发，人的情感对物的呼应。物完全成为传达作者主观的人格志趣、思想情感的"有意味的形式。"倪瓒的理论反映出元代文人画家普遍的艺术趣味，有一定的代表意义。汤垕亦说："若山水、梅兰、枯木、竹石、墨花、墨禽等游戏翰墨，高人胜士寄兴写意者，慎不可以形似求之。"[③]吴镇说："墨戏之作，盖士大夫词翰之余，适一时之兴趣。"[④]唐宋传神论，把传神看作物我的双重建构，神是主客观的融合统一。但元代艺术家却打破了主客观的平衡统一，出现了向主观一面倒的倾向。传神即是写心，物成为心的表现躯壳。他们当然也写物，但不是为了刻画自然景物的某些属性，不管它是否为物的本质属性，而是把物作为一种"有意味的形式"，通过它抒发自己的情感，表现自己精神个性。所以，元明清三代书画诗文理论中所说的神似，往往不是指反映了物的本质，而是指主体通过客体，实现了主观情感的抒发，人格志趣的自我表现。传神具有抒情言志的性质。明

① 《答张仲藻书》，倪瓒《清閟阁全集》卷十，西泠印社2010年版，第319页。

② 《跋画竹》，同上，卷九，第302页。

③ 汤垕撰、马采标点注释《画鉴》，人民美术出版社2016年版，第73页。

④ 朱存理撰，韩进、朱春峰校证《铁网珊瑚校证·画品一·扬补之墨梅图》，广陵书社2012年版，第703页。

代文学艺术家徐渭作画主要是为了抒写个人的思想情感。“稻熟江村蟹正肥，双螯如戟挺青泥。若教纸上翻身看，应见团团董卓脐”。[①] 画蟹是表达他对不可一世的权贵们的憎恶。“半生落魄已成翁，独立书斋啸晚风。笔底明珠无处卖，闲抛闲掷野藤中。”[②] 画葡萄是抒写生不逢时、明珠遭弃的愤世之慨，他的创作有明确的抒写情志的目的。徐渭论画十分重视“生韵”，即传神，“不求形似求生韵，根拔皆吾五指栽”。而他所说的生韵，实即上文所见的抒情写意的特点。明末清初的著名画家石涛和朱耷的山水花鸟画更具表现色彩。朱耷山水，多是残山剩水，寄托着他山河破碎、无以为家的亡国之痛。他的花鸟也都有强烈的表情达意特征。翠鸟、鸭子、八哥都作了变形夸张，往往昂头直立，显示出作者倔强不屈的性格。求神似于这样的作品，只能来自那些狂放怪诞形象所寄寓的思想情感。石涛论画，拈出“不似之似似之”作为标准。应该说这种“不似之似”，是物我统一的。“山川使余代山川而言也。山川脱胎于余也，余脱胎于山川也。搜尽奇峰打草稿也，山川与余神遇而迹化也”。[③] 我脱胎于山川，山川亦脱胎于我，物我统一为一体。但这种统一不是我统一于物，而是物统一于我：“夫画者，从于心者也。”（同上）。崛起于乾隆时期的“扬州八怪”，是继石涛、朱耷之后很有影响的画派。他们在艺术上更强调抒发思想情感，表现

① 徐渭《题画蟹一首》，《徐文长逸稿》卷八，《徐渭集》，中华书局 1983 年版，第 853 页。

② 徐渭《葡萄》其一，《徐文长文集》卷十一，《徐渭集》，第 401 页。

③ 石涛撰、黄立波点注《画语录》，广西人民出版社 2001 年版，第 24 页。

艺术家独特的个性。金农说：“平生高岸之气尚在，尝于画竹满幅时，一寓己意。”①“扬州八怪”的入画题材很广泛，有常见的竹、梅、兰、菊，也有破墙、烂盆、蜘蛛、蝼蚁。不管是什么，都有“一寓己意”的明确目的。郑燮赠黄慎诗说：“爱看古庙破苔痕，惯写荒崖乱树根。画到神情飘没处，更无真相有真魂。”② 这个真魂，就是画家的心灵。清代画家查礼说：

> 画梅要不象，象则失之刻。要不到，到则失之描。不象之象有神，不到之到有意。染翰家能传其神意，斯得之矣。③

查礼所说的“不象之象”、“不到之到”的神，实际上乃是“一种高雅超逸之韵”，是画家人格志趣的反映。刘熙载《艺概》：“昔人词咏古咏物，隐然只是咏怀，盖其中有我在也。”④ 贺贻孙说：“诗文有神，神者，吾身之生气也。”⑤神，就是作者本身的精神属性。传神说从魏晋南北朝发展到此，已经由再现性质改变为表现性质。

最后，谈谈传神写心理论的评价问题。我国的诗歌艺术，从其产生之初就不同于西方的诗歌艺术，它具有一种抒情言

---

① 金农《冬心先生题画记》，上海人民美术出版社1986年版，第11页。

② 《黄慎》，郑板桥《郑板桥集》，中华书局上海编辑所1962年版，第88页。

③ 《题画梅》，查礼《铜鼓书堂遗稿》，清乾隆五十三年查淳刻本，卷三十，第9B页。

④ 刘熙载《艺概》，上海古籍出版社1978年版，第118页。

⑤ 贺贻孙《诗筏》，郭绍虞编选《清诗话续编》，上海古籍出版社1983年版，第136页。

志的特点。“诗言志”、“诗缘情”成为中国诗歌理论的两大支柱。在漫长发展过程中，我国诗歌也曾出现过《木兰辞》《孔雀东南飞》《长恨歌》等优秀叙事诗，然而这不过是我国诗歌发展长河中的支流，一直不曾蔚为大观。按王夫之、王国维等理论大家分析，抒情诗有二原质，一曰情，二曰景。但“情景名为二，而实不可离。神于诗者，妙合无垠”。[①]妙合的根基在于抒情。因此“诗以道性情，无所谓景也”，[②]“一切景情皆情语也”。[③]作为表现艺术，诗中一切景物都已被作者的情感熔铸为抒情的躯壳。绘画艺术稍复杂些，但由再现艺术演变为表现艺术的走向还是十分清楚的。由苏轼引起的诗画异同的讨论，并不是偶然的。它正是中国绘画艺术从再现艺术转为表现艺术在理论上的反映。所以对诗歌来说，强调传神的主体性，或者说传神的表现性质，与中国诗歌艺术的表现特点是相符的。对绘画艺术而言，传神论主体因素的加强，则反映了中国绘画艺术由再现艺术发展为具有自己独特而又完备表现体系的表现艺术的历史趋势，反映了中国绘画艺术家由摹写物象到表现自我的美学追求。所以，从表面看来，这种重主体忽视客体的理论似乎偏颇，然而这种理论却体现了中国诗画艺术的特性，反映出中国诗画艺术的某些发展规律，应引起我们足够重视。

---

① 王夫之撰、戴鸿森注《姜斋诗话笺注》卷二，人民文学出版社 1981 年版，第 72 页。

② 吴乔《围炉诗话》卷一，中华书局 1985 年版，第 7 页。

③ 王国维《人间词话删稿》，徐调孚、周振甫注《人间词话》，人民文学出版社 1960 年版，第 225 页。

中国古代咏物诗说的理论探索

咏物诗状物写情，既能生动表现物之特征神髓，摇曳多姿，又能寄意遥深，韵味无穷，是一种独具特色的文学体裁。中国古代的咏物诗，不仅具有可观的数量，也有一大批流传千古的名篇，更有一些诗人，如崔陶、崔融、林逋、袁凯等，仅以一首咏物诗而声扬当代，名垂后世。

随着咏物诗的渐趋成熟和不断发展，也相继出现了一些总结、指导咏物诗创作的咏物诗论，这些理论虽然散见于各种诗话、词话以及诗歌注本，没有专著，缺少单篇，多只言片语，缺少理论的系统性和整体性，但是如果加以爬梳归纳，从古人关于咏物诗零零散散的论述中，也可以整理出几条基本的理论观点。

中国的咏物诗论都是就咏物诗的创作实际而发，有比较强的针对性。从这一点上来说，它是具体的、个别的。然而，由于咏物诗的性质所决定，咏物诗的创作直接涉及到作家与自然的主客观关系，再加上我国古代的咏物又是受传统的“比兴”文学观念的影响发展演变而来的，所以我国的咏物诗论又带有一定的普遍性和民族性。它既是经验的，同时又有某些抽象的性质。它既是个别的、具体的，却又反映出了创作上的某些普遍的规律。考察这些咏物诗论，或许使我们蠡测到古人的美学追求，或许能探求到我们民族创作上的一些特色。

一、花鸟苔林，寓意则灵

从古代咏物诗论，我们看到，古人是把咏物诗大致分为两体的：“咏物诗有两法：一是将自身放顿在里面，一是将自身站立在旁边。”① “咏物有二种，一种刻画，如画家小李将军，则李义山、郑谷、曹唐是也；一种写意，工者颇多”。② 所谓“刻画”的咏物诗，以描摹形容物状、物态为工，这种诗须与物保持一定距离，即“将自身站在旁边”，才能观察细致，体物入微。这种诗，今天看来，多是无寄托的咏物待。所谓“写意”的咏物诗，以写物寓意为尚，以全部精神入之，才能寄托深远。这种诗，是有寄托的咏物诗。这两类咏物诗，都不乏脍炙人口的名篇。有寄托的咏物诗，如杜甫的《江头五咏》，李贺的《马诗》，李纲的《病牛》，

① 李重华《贞一斋诗说》，《清诗话》，上海古籍出版社1999年版，第930页。

② 查为仁《莲坡诗话》，《清诗话》，第513页。

陆游的《梅花绝句》，于谦的《石灰吟》，都是人们既熟悉又喜爱的作品，无须赘言。而贺知章的《咏柳》、钱珝的《未展芭蕉》、林逋的《山园小梅》等，虽无深刻的寄托，但这些诗或写物传神，或构思精巧，至今仍有一定的读者。我们不妨欣赏一下贺知章的《咏柳》：

碧玉妆成一树高，万条垂下绿丝绦。
不知细叶谁裁出，二月春风似剪刀。

小诗的意旨很明显，就是吟咏初春的嫩柳，并没有更深刻的内涵。但诗人用剪刀比喻化工，以新颖独特的表现手法，写出了嫩柳在春风中所显露出的迷人意态，清新明丽，很富有感染力。

对于这两类诗，古人的评价是不同的。有的批评家褒扬无寄托的咏物待，认为这类咏物诗才是正体，有的推崇有寄托的咏物诗。但从总的情况来看，还是以提倡有寄托的理论居多，这种理论一直占有主导地位。“咏物以托物寄兴为上”。[①]“咏物诗必须有寄托，无寄托而咏物，试帖体也”。[②]“即小小咏物，亦贵得风人比兴之旨”。[③] 这种理论占有上风的原因是很多的，最主要的原因，是我国诗歌创作的“比兴”传统。比兴，本来是一种艺术手法，但是发展到后来，尤其是唐代以后，比兴和寄托从理论上成为一体，形成了一

① 薛雪《一瓢诗话》，《清诗话》，第704页。

② 施补华《岘佣说诗》，《清诗话》，第976页。

③ 蒋敦复《芬陀利室词话》卷三，唐圭璋《词话丛编》，中华书局1986年版，第4册，第3675页。

个影响深远的创作原则，比兴的内涵扩大了，它不再是单纯的表现手法问题，其中也加入对作品思想内容的要求。陈子昂《与东方左史虬修竹篇序》所提倡的“兴寄”，白居易《与元九书》追求的“风雅比兴”，他们所强调的都是诗歌的坚实深刻的现实内容。当然，“兴寄”和“比兴”毕竟不能与思想内容等同。“兴寄”和“比兴”不仅关系到思想内容，也关系到表现手法，应该是二者的统一，其实质就是寄物托情，即物言志。咏物诗如果能有深厚的思想寄托，无疑是最能体现这种创作精神的诗体。从创作实践来看，从《诗经》“关关雎鸠，在河之洲”的托物起兴，到屈原以“美人”、“香草”象征君子、美德；尤其是《橘颂》，用橘树这一整体形象来象征自己的人格、志向，寄托自己品德的高洁，意志的坚定，物与我融为一体，从单纯的“比兴”手法向有寄托的咏物诗演进的轨迹是比较清楚的。而这一演进过程，实际上也就是“比兴”挣脱单纯的形式技巧的过程。橘树不再是兴起所咏之物的媒介和简单的喻体，它已经和诗人的思想寄托融为一体，独立为寄托深远的整体形象。从咏物诗与“比兴”的关系来看，古人重视咏物诗的寄托是很自然的。

古人重视咏物诗的寄托，还有他们对咏物诗所塑造的形象的独特追求。“彼胸无寄托，笔无远情”。[①]“刻意形容，殊无远韵”。[②]所谓“远情”和“远韵”，也就是中国古代文学

① 沈德潜撰、霍松林校注《说诗晬语》，人民文学出版社 1979 年版，第 245 页。

② 谢榛《四溟诗话》卷一，人民文学出版社 1961 年版，第 25 页。

批评中经常议及的“象外之象”、“味外之旨”、“韵外之致”的问题。这种理论所强调的是诗的意境、诗的形象的多层次、多侧面。对咏物诗来说，诗人描写的虽是某一物，但因诗人在描写中寄予了更深刻的思想感情，所以使诗的境界向更深层开拓。诗的形象具有了屈张性，内蕴更加丰富、厚实，更能调动读者的主观能动性，启发读者的想象和思索。譬如旧题为汉班婕妤所作的《团扇诗》：

新裂齐纨素，鲜洁如霜雪。裁为合欢扇，团团如明月。出入君怀袖，动摇微风发。

常恐秋节至，凉飙夺炎热。弃置箧笥中，恩情中道绝。

就形象说，它是整体化一的，不用说就是那夏天用来取凉、秋天被捐弃的团扇的形象。但是，诗人在写这把团扇时，融入了自己的身世之感，所以这首诗就有了“象外之象”、“韵外之致”。当我们欣赏这首诗时，在我们的意象中产生的不只是团扇这一形象，而是两个且虚且实、可分可合的形象：团扇的形象（我们姑且称之为第一层形象）；诗人，即宫女的形象（我们姑且称之为第二层形象）。这两层形象互为表现，互为深化，从而使诗益发形象，意旨愈发深刻。

咏物诗的寄托，给形象带来的多层次、多侧面的特点，其意义是很大的。它提高了咏物诗的社会性，使之具有了典型性。古人论咏物诗，很注重诗的“小中见大，因此及彼”的典型性：

咏物之作，非专用典也，必求其婉言而讽，小中见大，因此及彼，生人妙悟，乃为上乘也。[①]

但是，在咏物诗中，只有那些有寄托的作品，才有可能“小中见大，因此及彼”。前文已经言及，有寄托的咏物诗，其形象已经不是平面的单一的了，而是多层次、多侧面的。它既有诗的表面所反映的第一层形象，也就是作者绘声绘色绘形描写的外物形象，同时还有包蕴在诗之深层的第二层形象，即作者寄寓其中的人事形象。正是在第一层形象和第二层形象的整体把握中，即物的形象与人事形象互为表现、互为深化的关系中，使诗具有了一种“小中见大，因此及彼”的典型性。物的形象是个别的、特殊的，但它却体现了某种具有一般性、普遍性的人事形象，可以启发读者对人情世态的认识和思考。所以，不论作者的创作也好，还是读者的欣赏也好，从第一层形象深入到第二层形象，都不是一种简单的联想，乃是一种带有形象特性的质的飞跃。正是这种飞跃，才使得小小的咏物，升发出人生与社会的思考，具有了普遍的认识意义。

唐代伟大诗人杜甫，一生中写了大量的咏物诗。对于杜甫的咏物诗，古代批评家给予了很高评价，认为他的咏物诗是“冠绝古今”（曾季貍：《艇斋诗话》）的。杜甫的咏物诗为什么取得这样高的艺术成就呢？古代批评家在总结杜甫的创作经验时指出：“杜诗咏一物必及时事，故能淋漓尽致，

① 陶明濬《诗说杂记》，《文艺丛考初编》卷一，盛京时报社 1926 年版，第 227 页。

今人不过就事填写，宜其兴会索然耳。”[1] “说物理物情，即从人事世法勘入，故觉篇篇寓意，含蓄无限”。[2] 这里所说的“兴会”与“含蓄无限”意近，就是指杜甫咏物诗中“感物兴怀，即小喻大”[3] 的特点。他吟咏一物，不是“就事填写”，而是“从人事世法勘入”，融入“于身心世故有得者”[4] 这样深刻的现实生活内容，体现着他对社会的认识，他的“嫉恶刚肠”。[5] 因此，使他的咏物诗“小中见大，因此及彼”，于有限中见无限，于自然之物见社会生活的大千世界，寓藏有深刻的社会意义。他写《房兵曹胡马》，“如咏良友大将”，[6] 表现了杜甫非凡的抱负；写《萤火》，“盖讥小人得时”；[7] 写《蒹葭》，“伤贤人之失志者”；[8] 写《病橘》，“伤贡献之劳民也”（同上）；《孤雁》寓“羁离之苦”（同上）；《麂》刺朝廷士大夫“贪财为饕，贪食为餮”（同上）。这些诗，虽咏一物，必及时事，在咏物中，概括进诗人对当时世态人情的认识，融入诗人的思想怀抱，不仅使读者能观物，且能观人、观世。

---

① 《书讽录事宅观曹将军画马图歌》注引张谱语，杨伦《杜诗镜铨》，上海古籍出版社 1980 年版，第 533 页。

② 《白小》注引黄白山语，同上书，第 832 页。

③ 乔亿《剑谿说诗》卷下，郭绍虞编《清诗话续编》，上海古籍出版社 1983 年版，第 1102 页。

④ 《江头五咏》注引浦起龙语，杨伦《杜诗镜铨》卷九，上海古籍出版社 1980 年版，第 385 页。

⑤ 黄彻撰，汤新祥校注《䂬溪诗话》卷二，人民文学出版社 1986 年版，第 22 页。

⑥ 《杜诗镜铨》卷一，第 6 页。

⑦ 曾季狸《艇斋诗话》，中华书局 1985 年版，第 8 页。

⑧ 《杜诗镜铨》卷六，第 258 页。

咏物诗固以有寄托为上，但并不是说所有的寄托都会提高咏物诗的艺术价值。不论是抒发个人思想怀抱的作品，亦或表现社会世态人情的作品，都应有作者的真性情在。“诗以道性情，人各有性情，则亦人各有诗耳。”[①] 从根本上说，就是这真性情决定了诗的个性，诗的活力，诗的生命。咏物诗更是如此。“古之咏物者，固以情也，非情则谜而不诗”。[②] 但这情并非泛泛之情，更非伪情，而应该是作者的真性情，刘熙载《艺概》云：

> 昔人词咏古咏物，隐然只是咏怀，盖其中有我在也。

陈仅《竹林答问》：

> 诗中当有我在。即一题画，必移我以入画，方有妙题；一咏物，必因物以见我，方有佳咏。

吴乔《答万季埜诗问》：

> 如少陵《黑鹰》，曹唐《病马》，其中有人；袁凯《白燕》诗，脍炙人口，其中无人，谁不可作？画也，非诗也……安知诗中无人，则气骨丰致，同是皮毛耶！

乔亿《剑豁说诗》：

> 景物万状，前人韵致无遗，称诗于今日大难。惟句中有我在，斯同题而异趣耳。

古代批评家的这些论述，有一共同的特点，即要求咏物

---

① 吴雷发《说诗管蒯》，《清诗话》，第 897 页。

② 王夫之《古诗评选》，上海古籍出版社 2011 年版，第 156 页。

诗诗中有“人”，诗中有“我”，也就是作者的真性情。这就是说，咏物诗不论是泛泛咏物，还是泛泛寄托，都是不足为贵的。以“我”出发，去观察外物，认识外物，表现外物，才会使本来外在于诗人的物融入诗人的性情，灌注外物以生命。而咏物诗中的寄托，只有出自作者的真性情，才会有个性，不空泛，真挚感人。我国古代的咏物诗，几十人同写一题、咏一物而达百首者，不乏其例，但往往境界不同，各具特色。譬如马，李贺写了《马诗二十三首》，杜甫咏马诗也达十余首之多。可是杜甫的马诗和李贺的马诗却有明显的不同。杜甫多咏马之神骏，来表现自己济世的怀抱，可用“所向无空阔，真堪托死生”① 来概括其特点。李贺咏马，爱写它逆境中的超劲刚强，用此来反映自己不为困顿穷窘折服的硬骨头精神，也可用两句诗来概括其特色：“向前敲瘦骨，犹自带铜声。”② 同样是把马作为描写对象，杜甫是杜甫，李贺是李贺。究其因，还是因为他们各“以性灵语咏物”，③“每咏一物必以全副精神入之”④，达到诗中有“我”，诗中有“人”，“各师成心，其异如面”，⑤ 具有了不同的个性，因此也具有了永久的艺术价值。

① 杜甫《房兵曹胡马》，仇兆鳌《杜诗详注》卷一，中华书局 1979 年版，第 18 页。

② 李贺《马诗二十三首》之四，王琦等注《李贺诗歌集注》卷二，上海古籍出版社 1978 年版，第 100 页。

③ 况周颐撰、王幼安校订《蕙风词话》卷五，人民文学出版社 1960 年版，第 129 页。

④ 《画鹰》评语，仇兆鳌《杜诗详注》卷一，中华书局 1979 年版，第 19 页。

⑤ 范文澜《文心雕龙注》，人民文学出版社，1958 年版，第 505 页。

二、体物而得神，参化工之妙

咏物诗的直接表现对象是物，虽说咏物贵在有寄托，有情性，但那寄托与情性，都是以写物作为前提的。所以对物的本身的刻画描写，即古人常说的“体物”、“状物”，也是一项十分重要的工作。

> 萧闲《乐善堂赏荷花》词云，“臙脂肤瘦薰沉水，翡翠盘高走夜光”，世多称之。此句诚佳，然莲体实肥，不宜言瘦。①

“肥”与“瘦”只是莲的形体问题，体物不精，贻笑大方之家。

前文曾有第一层形象、第二层形象之说。第二层形象虽然是更深一层的形象，但它却以第一层形象为基础，为前提。咏物诗是一种比较特殊的诗体。说其特殊，就特殊在它言志缘情都要依附于物，必须以体物为基础。那情，那志，那寄托，须从物的描写中表现出来。体物的工拙，不仅直接影响到形象的真切与否，而且也影响到思想感情的表现。正因为这样，古人对刻画写所咏之物十分重视。张炎《词源》云：

> 诗难于咏物，词为尤难。体认稍真，则拘而不畅，模写差远，则晦而不明，要须收纵联密，用事合题。②

---

① 王若虚《滹南诗话》卷三，中华书局 1985 年版，第 21 页。

② 张炎著、夏承焘校注《词源注》，人民文学出版社 1963 年版，第 20 页。

若拘拘然盯准一物，写得纤毫毕露，固不能称佳；但模写出来的物象与原物相差甚远，也会使所咏之物变得晦涩难以辨认。清人吴雷发就曾给那些体物尚不工致，却奢言寓意的人出过难题："试取咏物数题，令彼成诗，方求肖乎是物之不暇，尚敢言寓意否？"① 由此可见，对于写咏物诗的人来说，只有善于状物，尔后才能较好地言志缘情。体物、状物对咏物诗的创作十分重要。

当然，仅仅认识到体物的重要还不足为贵，古人论咏物更有其精彩之处。批评家在探讨咏物诗的体物特点时，提出了形与神统一、心与物化一的理论，直接涉及到文学创作过程中一些很重要的问题，揭示出一些很有价值的文学理论。

关于形与神的理论，最早由哲学提出，由哲学涉入文艺，并获得很大发展的是艺术理论。这一点，有些学者已经作了深入的探讨，如张少康的《神似溯源》。② 而在文学批评中，关于神似与形似的问题，探讨比较多，也比较富有成果的应该是咏物诗论。涉足咏物诗论，我们发现：批评家们津津乐道、谈得比较多的问题就是形和神的问题。形和神的理论，在咏物诗论中获得了充分发挥和长足发展。杨慎《升庵诗话》说：

> 刘勰云："'灼灼'状桃花之鲜，'依依'尽杨柳之貌，'喈喈'逐黄鸟之声，'嗷嗷'学鸿雁之响，虽复思

---

① 《说诗管蒯》，《清诗话》，第902页。

② 中国古代文学理论学会编《古代文学理论研究丛刊》第四辑，上海古籍出版社1981年版，第309页。

> 经千载，将何易夺?”信哉其言。试以“灼灼”舍桃而移之他花，“依依”去杨柳而著之别树，则不通矣。①

刘勰谈的咏物诗句，都出自《诗经》。论咏物，它们还是有句无篇的，因此，还不能算作咏物诗。但是，不管是咏物诗句也好，还是咏物诗也好，都有一个体物的问题。在理论上，它们是相通的。“灼灼”、“依依”、“喈喈”、“嗷嗷”，描写的是物的形、色、声、貌，即物的外在形貌。描写物的外在形貌，古人提出“形似”的要求。对于“形似”，今人多认为是表现事物外形的真实。这种理论是没错的，但总嫌它有些虚幻。其实，所谓“形似”，笔者认为就是准确地把握事物的外在的个性特征。人们常说：千人千面，一棵树上不会有相同的树叶。这不就是说事物的外形也有其各异的特征吗?“依依”用之枝条披拂、婀娜多姿的杨柳可以，用之它树则不通，这就是因为“依依”准确地表现出了杨柳外形的个性特征。莲花体大花肥，说其“瘦”就没有表现出莲花的特征。“模写差远，则晦而不叨”。从形象上给人以隔膜之感。假如移来说菊花就很传神、贴切，李清照《醉花阴》词就有“人比黄花瘦”语。

把握物的外在特征，不外是为了表现物之神。苏东坡曾作《竹鼬》诗，模写肥腯丑浊之态，读之亦足想见风采。竹鼬鼠的“神”（风采），如果没有诗中刻画出的肥腯丑浊之态，就无法表现。形的描写准确与否，即能否把握其外在特

① 杨慎《升庵诗话》卷十一，丁福保编《历代诗话续编》，中华书局1983年版，第867页。

征，直接影响到“神”的传达。咏物诗体物贵在传神，用今天的话说，就是能反映出物的本质属性，而物的本质属性却正是通过形似的描写表现出来的。对于形和神这种互相依赖、辩证统一的关系，古人有深刻的阐述。清人王夫之即认为，咏物之妙“正以神形合一，得神于形，而形无非神者”[①]。论者立足于神、形统一的观点，阐述了神与形互为依存的关系。咏物诗所咏对象的“神”是从形的刻画中获得的，“神”依存于形；但物的外在特征又被物的内在本质所决定，它是“神”的具体体现。所咏之物的神与形就是这样统一在咏物诗中。

在形与神二者中，神决定事物的性质，处于主导地位。所以古人既倡神、形合一，又特别突出物的传神写照。“体物而得神，则自有灵通之句，参化工之妙”。[②] 咏物而能传神，才是真正表现出了物的本质，物的妙处，诗也因之而有了灵气。陆龟蒙的《白莲》诗：“素葩多蒙别艳欺，此花端合在瑶池。无情有恨何人觉，月晓风清欲堕时。”有人认为移作白牡丹、白芍药亦可，王士禛对此提出异议：“余谓陆鲁望‘无情有恨何人见？月白风清欲堕时’二语恰是咏白莲诗，移用不得；而俗人议之，以为咏白牡丹、白芍药亦可，此真盲人道黑白。”[③] 陆龟蒙的《白莲》诗，为什么不能移用来写白牡丹、白芍药？其间奥妙正在于这首诗写出白莲在月

① 王夫之《唐诗评选》，上海古籍出版社 2011 年版，第 126 页。

② 《姜斋诗话笺注》卷二，人民文学出版社 1981 年版，第 95 页。

③ 王士禛《渔洋诗话》卷上，《清诗话》，第 173 页。

白风清的秋晓，莲房露冷、素粉香消那种欲堕未堕的楚楚风神。白莲此时此地的意态精神，恰恰是那些开在风和日暖的暮春、雍容华贵的白牡丹所没有的。

认识到神似的重要，古代咏物诗的创作理论重神似，反对刻意索相，甚至强调遗形取神，也就成了一个带有普遍性的倾向。邹祇谟《远志斋词衷》：

> 咏物固不可不似，尤忌刻意太似。取形不如取神，用事不若用意。①

张谦宜《茧斋诗谈》：

> 咏物贴切固佳，亦须超脱变化。宋人《猩毛笔》诗："平生几两屐，身后五车书"；《芭蕉》诗："叶如斜界纸，心似倒抽书"，非不恰肖，但刻划太细，全无象外追神本领，终落小家。②

王夫之《姜斋诗话》：

> 苏子瞻谓："桑之未落，其叶沃若"，体物之工，非"沃若"不足以言桑，非桑不足以当"沃若"，固也。然得物态，未得物理。"桃之夭夭，其叶蓁蓁"、"灼灼其华"、"有蕡有实"，乃穷物理。"夭夭"者，桃之稚者也。桃至拱把以上，则液流蠹结，花不荣，叶不盛，实

---

① 唐圭璋《词话丛编》，中华书局 2005 年版，第 1 册，第 653 页。

② 《茧斋诗谈》卷二，《清诗话续编》，上海古籍出版社 1983 年版，第 805 页。

不蕃。小树弱枝，婀娜妍茂，为有加耳。[①]

前两则遗形取神的倾向是很鲜明的，后一则却要求既得物态，又穷物理。优秀的咏物诗，不仅要描绘出物的常态，而且要反映出物在特定场合的本质特征。“桑之未落，其叶沃若”，的确是写出了桑树的常态，非桑不足以当“沃若”。但它还只停留在物态的一般描写上。而《诗经·周南·桃夭》，写桃叶、桃花、桃实，其物态适足以表现出桃树在生长过程某一阶段的本质特征，不仅不能移之他树，也不能移之其他生长阶段，既得物态，又穷物理，这就是以形写神的本领。

形和神的描写，对咏物诗是如此之必要，捕捉事物的形神，也就成为古代批评家求索的当然课题。

古人认为：捕捉外物的形神，首先要深入细致地观察表现的对象。宋人总结杜甫的创作经验时指出：“老杜写物之工，皆出于目见。”[②] 观察细，方能体贴入微，所以，这是创作咏物诗必要的前提。不过这是诗之外的功夫。古人认为：“物有天艳，精神色泽，溢自气表……柳碧桃红，梅清竹素，各有固然。”[③] 物的形与神是客观的存在，外在于人的。它的“精神”，它的“色泽”，都不是外加的。既然如此，诗人要想把握物的形神，使“胸中具有造化”[④]，就需要诗人“神与物游”，尽一番设身处地的体验工夫：

---

① 《姜斋诗话笺注》卷一，第17页。

② 曾季狸《艇斋诗话》，中华书局1985年版，第9页。

③ 陆时雍《诗镜总论》，丁福保《历代诗话续编》卷二，中华书局1983年版，第1407页。

④ 《骢马行》注引沈德潜语，杨伦《杜诗镜铨》卷二，第93页。

> 体物之功，铸局之法，断不可少。此须沉心入理，于经史诸子，推求研究；又于古大家集，尽力用一番设身处地反复体认工夫；又于物理人情，细心静验，始能消除客气，不执成见，以造精深微妙之诣，得渐近于自然。①

这种对“物理”的体验，是微妙的心理活动。在这一阶段，诗人与外物渐渐地消除了距离，达到物我化一的境界。这时，物即是我，我即是物；物的形神，就是我的形神；我既是表现的主体，又是被表现的客体。所以诗人“能代物揣分”②，“代物安命”，（同上）诗人的性情，物的神形，具从笔下自然流出，其作品也就形神情理全具了。清人贺裳说：“稗史称韩幹画马，人入其斋，见幹身作马形，凝思之极，理或然也。作诗文亦必如此始工。如史邦卿咏燕，几于形神俱似矣。”③ 批评家显然是说：史达祖的咏燕之所以“形神具似”，就是因为他也下了韩幹画马那种“身作马形”的体验工夫。这种理论，从心理学的角度，探索了作家把握事物的现象和本质的思维特点，虽是就咏物诗而发，但它无疑具有普遍的理论意义。

---

① 朱庭珍《筱园诗话》卷四，《清诗话续编》，第2405页。

② 《除架》评语，仇兆鳌《杜诗详注》卷八，第615页。

③ 贺裳《邹水轩词筌》，《词话丛编》，第1册，第704页。

三、须在切与不切、不即不离之间

古人根据咏物诗的艺术特征，提出了一个很耐人寻味的批评标准，“不即不离”说。与此相近的说法还有切与不切、似与不似、不粘不脱等等。刘熙载又拈出苏东坡《水龙吟》的一句词来形象的表述曰“似花还似非花”：

> 东坡《水龙吟》起云：“似花还似非花”。此句可作全词评语，盖不离不即也。时有举史梅溪《双双燕·咏燕》、姜白石《齐天乐·赋蟋蟀》令作评语者，亦曰“似花还似非花”。[①]

“似花还似非花”是经验性的表述。这句话所要说明的理论观点，实际上就是后面揭出的“不离不即”。“离”和“即”是针对什么说的？刘熙载虽未明确指出，但可以看出指的是苏轼词所咏对象——杨花。我们还可以参照其他人的论述，看一看“离”和“即”的确切所指。王士禛《带经堂诗话》：“咏物之作，须如禅家所谓不粘不脱、不即不离，乃为上乘。”[②] 钱泳《履园丛话》：“咏物诗最难工，太切题则粘皮带骨，不切题则捕风捉影，须在不即不离之间。”[③] 从这两段论述中，我们可以看出：不即、不粘，就是不能太切题；不离、不脱，就是不能离题。咏物诗的“题”，不用说是指

① 刘熙载《艺概》卷四，上海古籍出版社1978年版，第119页。

② 《带经堂丛话》，第305页。

③ 钱泳《履园丛话》卷八，中华书局1979年版，第225页。

诗所表现的对象——物。所谓“即”和“离”，都是针对咏物诗的表现对象而言。“不即不离”，说到底谈的是咏物诗与表现对象的关系，也就是我们今天所说的生活真实与艺术真实的关系。

明确了“不即不离”的确切所指，再来体味刘熙载的“似花还似非花”理论，我们会从中得到一些很有益的启示。诗中的花，是自然花的反映；自然的花是诗中的花描写的基础。离开了这个基础，诗中的花只能是捕风捉影。但是诗中的花，绝不是自然花的简单的模拟，当诗人带着主观情感去认识和表现花时，那花就已经不再是自然的了。诗人已经在花中灌注了自己的思想、自己的意趣、自己的个性精神，达到主客观的统一。所以，诗中的花看起来与自然的花相似，但它不复是单纯的生糙的自然花，与自然形态的花有了质的区别。因为诗中的花来自自然的花，带有了自然花的某些基本特征，因此，看起来它才“似花”，也就是和自然的花相像；又因为诗中的花，是诗人在自然花基础上的重新创造，花中体现着诗人的思想、诗人的感情，和自然的花有了区别，所以，看起来“还似非花”，似与不似是辩证的统一。

“不即不离”，是对咏物诗基本特征的总结。就批评标准而言，又是从生活真实与艺术真实角度对咏物诗创作提出的一条重要原则。一方面，它要求诗人创作要切题，要从客观事物出发，体贴出物态物理；另一方面，它又要求诗人不粘着于物，敢于超脱出描写对象之上，“纵横自如，宛转遂志，润色形容，错综尽变”①，抒情写意。这就和本文上面谈过的两题连在了一起。

正是从这个原则出发，古人批评了咏物诗创作的两种倾向。

其一，反对那些不着边际、捕风捉影的描写：

> 近世士大夫，有以墨梅诗传于时者，其一云：“高髻长眉满汉宫，君王图上按春风。龙沙万里王家女，不著黄金买画工。”其一云：“五换邻钟三唱鸡，云昏月淡正低迷。风藤不箓栏干角，瞥见伤春背面啼。”予尝诵之于人，而问其咏何物，莫有得其仿佛者。告以其题，犹惑也。尚不知其为花，况知其为梅，又知其为画哉？自“赋诗不必此诗”之论兴，作者误认而过求之，其弊遂至于此，岂独二诗而已。②

写墨梅，全然不着墨梅边际，“茫昧僻远，按题而索之，不知所谓”（同上），连诗中所咏之物是否为花都不得而知，更何况知道它所咏的是梅花，而且是画中的梅花？苏轼《书鄢陵王主簿所画折枝二首》中提出的“论画以形似，见与儿童邻，赋诗必此诗，定非知诗人”，其真正的含义是要求诗人不拘泥于所咏之物，充分发挥创作主体的自由，并不是要作家完全离开所咏之物，凭空虚构。“不窘于题，而要不失其

① 陶明濬《诗说杂记》，《文艺丛考初编》卷一，盛京时报社1926年版，第225页。

② 王若虚《滹南诗话》卷三，中华书局1985年版，第19－20页。

题，如是而已耳”[1]。离开了生活真实的基础，艺术真实也就无从谈起。“似花还似非花”，诗中之花虽不必是真花的印画，但它毕竟还要“似花”的。

但古人尤其反对的还是咏物诗创作中那种粘着于物，句句着题，“局促如辕下之驹，屈盘如枯木之柯”[2]的创作倾向：

> 把定一题、一人、一事、一物，于其上求形模，求比拟，求词采，求故实，如钝斧子劈栎柞，皮屑纷霏，何尝动得一丝纹理?[3]
>
> 咏物诗齐梁始多有之。其标格高下，犹画之有匠作，有士气。征故实，写色泽，广比譬，虽极镂绘之工，皆匠气也。(同上)
>
> 咏物诗最难见长，处处描写物色，便是晚唐小家门径，纵刻画极工，形容极肖，终非上乘，以其不能超脱也。[4]

如果仅仅把酷肖外物作为鹄的，虽极尽刻画之工，终不免充满匠气。欲求其似，反而不能达到真似，失去了艺术真实。所以，真正的艺术家，并不甘心作外物的奴隶，为外物所役使，而是充分调动自己的主观能动性，认识并表现外物，使诗中所写之物既具有物的自然相，同时又能反映出作者的思

① 《滹南诗话》卷二，第9页。

② 《诗说杂记》，《文艺丛考初编》卷一，第225页。

③ 《姜斋诗话笺注》卷一，第48页。

④ 朱庭珍《筱园诗话》卷四，《清诗话续编下》，第2404页。

想感情，表现社会生活的某些本质方面。这样写出的作品，从表面上看来也许与描写对象有出入，但从本质上说却是真实的。所以，衡量一首咏物诗是否真实，不能只看它与所咏之物是否酷似，还应当看它是否传达了作者对生活的感受、体验和理解，这种感受、体验和理解是否具有普遍意义，也就是从主客观统一中去看咏物诗是否真实。

> 杜题柏："霜皮溜雨四十围，黛色参天二千尺。"说者谓太细长。诚细长也，如句格之壮何！题竹："雨洗娟娟净，风吹细细香。"说者谓竹无香。诚无香也，如风调之美何！宋人《咏蟹》："满腹红膏肥似髓，贮盘青壳大于杯。"《荔枝》："甘露落来鸡子大，晓风吹作水晶团。"非不酷肖，毕竟妍丑何如?①

表面看来，竹无味而言香，用粗四十围、高二千尺写柏，都是失实的；而咏峦诗与咏荔枝诗倒是与所咏之物十分相似。但批评家却以杜诗为美、宋人咏物诗为丑，这正是从艺术真实的角度来衡量的。杜诗写物，不拘泥于物象，而是写诗人自己的主观感受，不唯直追所咏之物的风神，而且也表现出了作者的思想情绪。而宋人咏蟹、咏荔枝，却被物象所役使，诗中没有人的情致，所以它最终不过是外物的简单的模拟。前者具有了诗的"风调之美"，后者却失去了诗的"风调之美"。古人认为，"物与我自有相通之义"②。对咏物诗人来

① 胡应麟《诗薮》内编卷五，中华书局1979年版，第100页。

② 黄子云《野鸿诗的》，《清诗话》，第853页。

说，艺术真实的获得，不在于穷形写貌的描写上，而在于寻求“物与我相通之义”的过程中。古人又说：“意在似未必尽似，意不在似又何尝不似。”[①] 关于这句话，也可以从主观客观两方面来理解。致力于逼肖外物，规规然只咏一物，心为物役，虽然也会写出物的形貌，却未必达到“尽似”，就是说从艺术的角度看它未必真实。相反，写一物，却不为物役，充分发挥作者的主导作用，出入于物、我之间，这样的作品，作者虽没有潜心于求似，却获得了艺术上的真实。这种不即不离的批评标准是有极高艺术辩证法的。

① 乔亿《剑溪说诗》，《清诗话续编》，第1102页。

文体与中国古代文学研究

有关中国古代文体的专题研究一直比较薄弱，分类研究仅限于诗、词、曲、赋、小说等几大类。综合性的研究，也只见褚斌杰先生《中国古代文体概论》和吴承学《中国古代文体形态研究》等数种。造成这种萧条局面的原因，或许是受到了欧洲文学体裁四分法的局限。欧洲文学理论把“形象”作为文学的特殊规定，而欧洲所说的“形象”，又偏重于人物形象和生活场景，以此来衡量中国古代的文体，有许多是归入不了文学类别的，此其一。其次，欧洲文学体裁分为四种类型：戏剧、小说、诗歌与散文，而这里所说的散文只限于叙事和抒情两类，是不含实用文体的。以此来要求中国古代诗文的文，又有绝大部分文体的文章入不了文学的范围。

正因为这样，作为文学研究，中国古代文体的很大部分无法纳入文学研究的视野。而从文学研究的角度看，中国古代文体研究的意义，也就显得不是那么重要了，这是中国古代文学研究者较少从事古代文体研究的主要原因。

文体研究较为薄弱的另一原因，与我们的传统观念和功利目的也有关系。文体研究主要是对文学作品形式的研究，而在过去相当长的一个时期内，形式研究一直是不被重视的。从另一个方面来看，文体研究又是一件需要作者有比较深厚的古代文化学养的工作，并不是十分容易的研究工作。它看似琐碎，但涉及中国古代文化的方方面面。如铭、诔这一类的文体，研究者就必须熟悉中国古代的丧葬礼仪文化。其他如诏、令、章、奏等文体，也都必须了解中国古代的典章制度。从功利的角度来看文体研究，实在是一件既费力而又难出成果的事。

然而，从中国古代文体与中国古代文学的实际情况来看，中国古代文体研究实有其特殊的重要意义。

在中国古代，并无欧洲纯粹意义上的文学概念。六朝时，“文学”与“文”、“文章”逐渐合为一个概念，但是其指涉的范围比欧洲所说的“文学”要宽泛得多。而且在更多的场合，人们习惯于谈“文章”，而不是“文学”。到六朝时，“文章”这一概念已基本定型，其标志似在《文章流别集》《文选》等总集的出现。《文章流别集》已散佚，其对文体和文章的认识只能从很少的佚文概见约略。所幸《文选》完整流传下来，可以使我们通过它来考察当时的文章观念。《文选》选文几乎包括了此前所有主要文体，当然也包括实用文体在内。但《文选》选文也有其特殊标准，那就是“事出于沉思，义归乎翰藻”的丽文。《文选·序》在谈到此书的铨选原则时说：

若夫姬公之籍，孔父之书，与日月俱悬，鬼神争奥；孝敬之准式，人伦之师友，岂可重以芟夷，加之剪截？老、庄之作，管、孟之流，盖以立意为宗，不以能文为本，今之所撰，又以略诸。若贤人之美辞，忠臣之抗直，谋夫之话，辨士之端，冰释泉涌，金相玉振。所谓坐狙丘，议稷下，仲连之却秦军，食其之下齐国，留侯之发八难，曲逆之吐六奇，盖乃事美一时，语流千载，概见坟籍，旁出子史。若斯之流，又亦繁博。虽传之简牍，而事异篇章。今之所集，亦所不取。至于记事之史，系年之书，所以褒贬是非，纪别异同；方之篇翰，亦已不同。①

由此可见，萧统等人对什么是“篇章”、“篇翰”，什么是文章，认识是比较清晰的，那就是以“能文为本”，而非以“立意为宗”，也就是要讲“沉思”和“翰藻”的文字。唐以后，《文选》影响日著，其文章的观念也对后世产生了很大影响，人们对文章含义的理解基本上没有很大的变化。

正是古人对文章内涵的独特理解，决定了中国古代文学研究与中国古代文体研究的特殊关系。

首先是体类的区分。通过以上关于文章的辨析可以知道，中国古代文学与欧洲所说的文学有一定的差异，涵盖的范围要宽泛得多。所以，不能简单地说某种文体是文学作品，某

① 《文选》，中华书局 1977 年版，第 2－3 页。

些文体不是文学作品，而要通过辨体来确认。正因为这样，文体类别的辨析与区分，对于中国古代文学研究而言，其重要意义之一即在于通过辨体来确认哪一种文体属于文学的范畴或接近文学的范畴。在这方面，古人已经做了大量的工作。如南朝时期关于文笔的辨析。最早以有韵和无韵来区分文笔，《宋书·颜竣传》记颜延之答宋文帝问，有“竣得臣笔，测得臣文”语，是目前所见到的关于文笔的最早的划分。刘勰《文心雕龙·总术》说：“今之常言，有文有笔，以为无韵者笔也，有韵者文也。”[①]《文心雕龙》即以此把其文体论分为文笔两个部分。萧绎《金楼子·立言》又有新说：

> 古人之学者有二，今人之学者有四。夫子门徒，转相师受，通圣人之经者，谓之儒；屈原、宋玉、枚乘、长卿之徒，止于辞赋，则谓之文。今之儒，博穷子史，但能识其事，不能通其理者，谓之学。至如不便为诗如闫纂，善为章奏如伯松，若此之流，泛谓之笔。吟咏风谣，流连哀思者，谓之文。而学者率多不便属辞，守其章句，迟于通变，质于心用。学者不能定礼乐之是非，辨经教之宗旨，徒能扬榷前言，抵掌多识，然而挹源之流，亦是可贵。笔退则非谓成篇，进则不云取义，神其巧惠，笔端而已。至如文者，惟须绮縠纷披，宫徵靡曼，唇吻遒会，情灵摇荡。而古之文笔，其源又异。[②]

① 范文澜《文心雕龙注》，人民文学出版社1958年版，第655页。

② 萧绎《金楼子》，中华书局1985年版，第75页。

萧绎文笔之分，把章、表等应用文体排除在文之外，并且对文作了更为清晰的界说，即衡量一篇文章是否为文，主要看其是否辞藻华美，是否能感动人。辨体最终是为了析离出文学作品。当然，在古代，虽然一些文人不断地在做辨体的努力，但实用文体与文学文体一直处于一种浑然不分的状态。在这种浑然不分的文体状态中析离出文学作品，我们要运用现代的文学观念，并考虑到中国古代文学的特殊性，参照古人辨体的做法，仍然继续做文体类别的辨析工作，以便弄清哪种文体属于文学文体，哪种文体接近文学文体。这里边主要的工作还是诗、词、曲、赋之外的散文的辨体，即通过对中国古代散文的辨体，来确认文体的性质。

其次，体类的辨析对于已然是文学的文体来说，又有另外的意义，即通过对某一种文体进行更为细致的体式的分析，揭示体式的特征。在古代，往往是某一文体之内又分为若干体类，如诗中又有古体、近体、乐府及四言、五言、六言、七言、杂言之别。刘勰《文心雕龙。明诗》篇就已经认识到了四言诗与五言诗的不同，指出："若夫四言正体，则雅润为本；五言流调，则清丽为宗。"① 五言和四言在语言风格上是有不同的。所以古人一直比较注意某一文体内更细致的体类的体式的分析。再比如赋这种文体，今人分为抒情小赋、体物大赋，这是就赋的表现对象而分。又就赋的表现形式分为律赋和散体赋。而在《汉书·艺文志》中，班固则分为屈原赋类、陆贾赋类、荀卿赋类和客主赋类，其分类标准和依

---

① 《文心雕龙注》，第67页。

据已不得而知，但这种辨体的尝试中似乎隐含了对赋的体式的认识。中国古代有一些文体研究的著作，在此方面颇下功夫，很值得我们借鉴。明代徐师曾《文体明辨序说》讨论文体达 127 类，为明代文体研究的集大成著作。此著作不仅搜集文体广泛，而且在一体之内进行了细微的辨体工作。如赋，徐师曾就分为古赋、俳赋、文赋、律赋四体。而今天这样的研究仍很欠缺。以诗而言，对于格律诗的研究尚可称道，但是对于古体诗体式的研究就很不够。另外，在古诗和律诗之间又有讲“四声八病”的永明体诗，作为古诗向近体诗的过渡，永明体为格律诗的产生与发展做出了很大贡献。但是从诗体的角度来研究永明体诗成果还不甚多。又如歌行体与乐府的体式及其关系等，也都缺少深入的考察。又如赋这种中国古代特有的文体，有许多问题需要进一步研究，如赋的起源问题、赋与辞的关系问题、赋与“七”体的分合问题，甚至连赋自身的体制问题也有待于更深入的研究。文体是文学语言形式的一种载体，研究文体，主要是对文学语言形式的一种研究。但这种研究十分重要。如前所言，中国古代是把辞藻之丽作为文章的主要特征的，因此对文体体式的研究，就不仅只限于文体本身的问题，同时也关系到对文学作品一般创作特点的认识。如不同诗体对于诗之用韵、诗之句式、句法的要求，景语和情语的安排等等，这些研究虽然属于形式的研究，然而也是对文学作品最为本质的研究。对我们从作品内部把握其创作特点，有着重要的作用。在这方面，实在有大量的工作要做。

最后还要指出的是：文体研究虽然是着眼于文学作品形

式的研究，然而却直接牵涉到文学研究的方方面面。如文体对于作品内容的制约，文体对于作家的风格的影响，甚至对于某一文学集团、文学流派文风的影响，等等。如刘勰《文心雕龙》的文体论，分为四个部分，其中“原始以表末”、“选文以定篇”部分，就涉及到作家的研究、代表作品的研究，某一时期文风的研究，实为分体文学史。由此亦可见文体研究对于中国古代文学研究的重要意义。

古代文论中的体类与体派

古人谈“体”，实际上含有二义，这一点罗根泽在其所著的《中国文学批评史》中早有论述：“中国所谓文体，有两种不同的意义：一是体派之体，指文学的格（风格）而言，如元和体，西崑体，李长吉体，李义山体……皆是也。一是体类之体，指文学的类别而言，如诗体、赋体、论体、序体……皆是也。”[①] 也就是说，在古人所说的“体”中，既有指风格的“体”，又有指体裁的“体”。而在讲风格的所谓的“体”中，也包含了以风格为核心而形成的文学流派。“文辞以体制为先”，[②] 讲“体”是中国古代文学的一个十分突出的特点。尤其是文学观念自觉之后，文人“体”的意识就更为鲜明。有“体”无“体”县全成为一个诗人有无成

① 罗根泽：《中国文学批评史》（一），上海古籍出版社1984年3月版，第146页。

② 吴讷：《文章辨体序说》，人民文学出版社1962年版，第9页。

就、影响大小的重要标志，也成为一个时期的文学影响近远的标志。

一

体类的划分早在先秦就已出现，而且当始于五经之辨，《庄子·天运》篇孔子谓老聃曰："丘治《诗》《书》《礼》《乐》《易》《春秋》六经，自以为久矣，孰知其故矣。"[①] 六经的类分，虽然不能认为就是对文体的认识，但如《庄子·天下》中疑为后人注窜入的文字："《诗》以道志，《书》以道事，《礼》以道行，《乐》以道和，《易》以道阴阳，《春秋》以道名分。"[②] 对六经不同功能的划分，应当会启发后人关于文体的分类及对其不同功能的认识。所以六经的类分，当是中国古代文体类分与认识的滥觞。徐师曾《文体明辨》认为文章有体，起于《诗》《书》，《诗》分风、雅、颂和赋、比、兴，《书》分辞、命、诰、会、祷、诔六辞，徐氏的说法未必完全准确，但应该说是有一定道理的。

汉成帝之时，刘向校经传诸子诗赋，奏《别录》，刘歆成《七略》，"剖判艺文，总百家之绪"，[③] 诗赋另立一类，虽不能说就是有了明确的文体意识. 但是却有了向辨析文体发展的趋势，并直接影响到了班固。班固《汉书·艺文志》

① 《庄子集释》，第473页。

② 马叙伦："《诗》以道志以下六句，疑古注文，传写误为正文。"马叙伦《庄子义证》，商务印书馆1930年版，卷三三，第2页。

③ 《汉书·刘向刘歆传》，第1972－1973页。

的《诗赋略》已明显有了辨别不同体裁的意识："观班志之分析诗赋，可以知诗歌之体与赋不同，而骚体则不同于赋体。"[①] 到汉末蔡邕，他的《独断》把天子下行文书分为四类：曰策书，曰制书，曰诏书，曰戒书；臣子上行文书也分为四类，曰章，曰奏，曰表，曰驳议，并对每一种文体的用途和写作要求都作了具体说明，辨体明晰，已经是比较成熟的文体论了。

魏晋南北朝是文体的自觉时期，也是文体论的成熟时期。谈到魏晋南北朝的文体论，当然首先要说曹丕的《典论·论文》，在这里，曹丕把文章划分为四科八体．即奏议、书论、铭诔、诗赋八种体裁，又依宜雅、宜理、尚实、欲丽等文体风格，分为四种类型："盖奏议宜雅，书论宜理，铭诔尚实，诗赋欲丽。"从一开始，就形成了比较完整的文体论形态。其后桓范作《世要论》，论文体涉及到的有序作、赞象、铭诔三篇，论以上诸体之"作体"又较《典论·论文》为详。到陆机的《文赋》，在曹丕八体的基础上，进而分成十体，即："诗缘情而绮靡，赋体物而浏亮，碑披文以相质，诔缠绵而凄怆，铭博约而温润，箴顿挫而清壮，颂优游以彬蔚，论精微而朗畅，奏平彻以闲雅，说炜晔而谲诳。"文体风格的把握更为准确，也更向文学靠近。晋代的挚虞撰《文章流别集》，以"类聚区分"之说[②]，应当就是文体的类分，而且

① 刘师培《论文杂记》，《刘师培全集》，中央党校出版社 1997 年版，第 81 页。

② 《晋书·挚虞传》，第 1427 页。

按文体来考察其流变，所以名之曰“流别”。从挚虞的《文章流别志论》的佚文来看，这样的推论应当是不错的，志论就是对不同文体的评论，今存的片段就涉及文体有十一类，因此这部总集应该是古代最早按文体铨选文章的总集。梁代昭明太子萧统编《文选》，承袭《文章流别集》，以文体分卷，“凡次文之体，各以汇聚。诗赋体既不一，又以类分，类分之中，各以时代相次”①，分文体为三十八类，几乎囊括了梁以前的所有文体，文体辨别之细是空前的。而就在同时，著名文学理论家刘勰撰写《文心雕龙》五十篇，前五篇是“文之枢纽”，相当于这部书的总论。继此总论的二十篇就是文体论，论述的文体有三十三种之多。对每一种文体都不但要“囿别区分”，分门别类，而且“原始以表末，释名以章义，选文以定篇，敷理以举统”，论述每种文体的起源和流变，解释文体的名称，评论代表作家作品，说明文体的规格要求。不但辨体，而且明体，文体论之完备和成熟如《文选》，也是空前的。

到了明代，吴讷的《文章辨体序说》分文体五十九类，徐师曾的《文体明辨》更细分为一百二十七类，文体因功能而越辨越细。

二

此处不厌其烦地介绍辨别体类，即文体的问题，就是因

① 《文选序》，《文选》，第3页。

为中国古代的体派或曰体貌的认识，也就是今天所说的风格论，最早是产生于文体论的。古人谈文体，总是要讨论文体风格，这是因为不同的文体对文章的语言、文章的形式、文章内容的表达，会有不同的限制和要求，从而形成与这种文体相适应的文体特征和文章风格。曾丕的《典论·论文》中的“雅”、“理”，“实”、“丽”，就是奏议，书论、铭诔、诗赋四类八种文体的风格要求。刘勰讨论文体时，也特别重视文体对风格的影响。《文心雕龙·章表》论述章表文体时说：“章以造阙，风矩应明；表以致禁，骨彩宜耀。”[1] 就是在讲文体对风格趋向的影响。同时，不同作家对不同文体的择求，也对作家的创作个性产生一定的影响和制约。《典论·论文》不仅讨论了文体，也论述了作家风格。我在《中古文学理论范畴》一书中讲过，《典论·论文》是作家论。曹丕所要解决的核心问题就是建安七子的创作个性问题。在探讨作家创作个性形成的原因时，曹丕主要是从主观和客观两个方面着眼的。客观方面是指文体对作家创作个性的影响，而主观方面则指作家所禀的气对作家的影响。在研究作家个性时曹丕已经意识到了文体与作家个性的关系。所以他指出“文非一体，鲜能备善”，王粲长于辞赋，陈琳、阮瑀擅长章表，文体与作家主体所禀的气同时影响了作家的创作个性，从而对作家的风格产生影响。

同时体类和体派联系紧密，还在于某一体派的诗人往往习惯于运用某些体类，用今人的话说. 就是风格也决定或影

① 《文心雕龙注》，第408页。

响了诗人对诗的体裁的选择。李白的诗豪放飘逸，而与这种豪放风格相适应，他写诗习惯并且擅长使用的是歌行体。杜甫的诗沉郁顿挫，而真正充分体现了这种风格的是杜甫的七言律诗。

体之指风格，是六朝时期比较普遍的观念。徐复观的《文心雕龙的文体论》认为："文体的观念，虽在六朝是特别显著，而文类的观念，则在六朝尚无一个固定名称。但从曹丕以迄六朝，一谈到'文体'，所指的都是文学中的艺术的形象性；它和文章中因题材不同而来的种类，完全是两回事。"① 这样说未免有些绝对，如下面所说的"文非一体，鲜能备善"，显然是指体类，而不是风格。不过徐复观的论断也可以说把握住了六朝"体"的基本内涵。六朝之"体"，除了体类之义外，主要是指体貌，即今人所说的风格。刘勰的《文心雕龙》设《体性》篇，其所谈之体，就是文学作品的风格。詹锳先生《（文心雕龙）义证》对此论之甚详：

> 《文心雕龙》中作为专门术语用之"体"，含义有三方面之意义，其一为体类之体，即所谓体裁；其二为"体要"或"体貌"之体，"体要"有时又称"大体"、"大要"，指对于某种文体之规格要求；"体"之体，则指对于某种文体之风格要求……而在本篇中"体性"之体，亦属体貌之类，但指个人风格。②

---

① 徐复观《中国文学精神》，上海书店出版社 2004 年版，第 151－152 页。

② 詹锳《文心雕龙义证》（中），上海古籍出版社 1989 年版，第 1100 页。

在这篇文章中，刘勰主要探讨了风格与作家个性的内在关系，是六朝时期最为完整的风格理论。

风格的理论，在汉代以前是比较罕见的。这是因为汉代以前尚未具备风格理论形成的条件。两汉罢黜百家、独尊儒术的文化政策，限制了个性的发展，也限制了对人的个性的认识与研究。同时由于辞赋家模拟成风，自觉的作家风格追求也未出现。最早的风格理论出现于建安时期。曹丕的《典论·论文》把哲学之气引入文学理论，创立“文气”说，首次标举建安七子的不同风格。其后西晋陆机《文赋》论风格，也是把握住了个性爱好对风格的决定性影响，认为“夸目者尚奢，惬心者贵当。言穷者无隘，论达者唯旷”，[①] 文章的体貌是随着作家的个性爱好而变化的。晋代挚虞的《文章流别集》如前所言，是以文体来类分的文章总集，而在讨论文体时，挚虞也是看到了同种文体中作家之间风格的不同。

一般认为，某某体的提出始于宋代严羽的《沧浪诗话》。其实这种说法并不准确，最早以“体”来标举某一时期作家风格的应该是齐梁时期的沈约，在其所著《宋书·谢灵运传论》里，沈约讲到了文体三变：

> 自汉至魏，四百余年，辞人才子，文体三变：相如巧为形似之言，班固长于情理之说，子建、仲宣以气质为体。

这里所说的文体就是讲的文章风格，实际上就是在讲相如体、

① 陆机《文赋》，《文选》，第765－766页。

班固体和曹植、王粲体。而且，这里所讲的文体又不限于作家的个人风格，更主要的是总结一段时期内时代风格的变化、几个有代表性的作家风格对创作风气的影响。萧子显《南齐书·文学传论》概观当代之文风，与沈约如出一辙，也是概括以三体：

今之文章，作者虽众，总而为论，略有三体：一则启心闲绎，托辞华旷，虽存巧绮，终致迂回……此体之源，出灵运而成也。次则缉事比类，非对小发……唯睹事例，顿火清采。此则傅咸五经，应璩指事，虽不全似，可以类从。次则发唱惊挺，操调险急，雕藻淫艳，倾炫心魄……斯鲍照之遗烈也。

所谓的三体，就是受谢灵运、傅咸与应璩、鲍照影响而形成的一个时期内不同的文章风格。至梁代的钟嵘《诗品》论诗，提出体出某某，以体派论诗的意识极其明确。如论王粲诗，说“其源出于李陵。发愀怆之词，文秀而质羸，在曹、刘之间别构一体”。[①] 显然是说在曹植和刘桢之间，王粲又别创一种不同的风格。钟氏虽未直接讲曹植体或王粲体，但这种意思已经十分直白了。

但是，明确说体有时代之体和作家之体的当然还是严羽。严羽在其《沧浪诗话·诗体》中说：

以时而论，则有建安体，黄初体、正始体、太康体、元嘉体，永明体、齐梁体、南北朝体、唐初体、盛唐体、

① 钟嵘《诗品》，中华书局 1991 年版，第 16－17 页。

> 大历体、元和体、晚唐体，本朝体，元祐体、江西宗派体；以人而论，则有苏李体、曹刘体、陶体、谢体、徐庾体、沈宋体、陈拾遗体、王杨卢骆体、张曲江体、少陵体、太白体、高达夫体、孟浩然体、岑嘉州体、王右丞体、韦苏州体、韩昌黎体、柳子厚体、韦柳体、李长吉体、李商隐体、卢仝体、白乐天体、元白体、杜牧之体、张籍王建体、贾浪仙体、孟东野体、杜荀鹤体、东坡体、山谷体、后山体、王荆公体、邵康节体、陈简斋体、杨诚斋体。①

在这里，严羽把诗体分为时之体和人之体，也就是所谓的时代风格和作家风格，揭示出了诗歌发展中很重要的现象。此论一出，影响甚巨。有明一代，颇盛审源流、识正变的辨体工作。高棅《唐诗品汇》分唐诗为初、盛、中、晚，胡应麟“体以代变”观的提出，以及许学夷专以辨体为著作宗旨的《诗源辨体》，就都受了严羽的影响。

三

以体论诗，诚如前面所说，是揭示出了中国古代诗歌发展中一个十分重要的现象。中国古代诗歌在其漫长的发展过程中，形成了众多的风格流派，也形成了重风格的传统。而古人论风格又大都不出时代风格和诗人个人风格。

---

① 《沧浪诗话》，第10－14页。

在中国古代，某一个时期、一个时代的诗歌创作，有时也会表现出某种艺术倾向，如喜欢用某种诗体，多表现某种题材等等，但是却未必有其时代的风格，即未必形成“体”。但凡称之为时体的诗歌，都应当具备如下重要特征：

其一，要有数量可观的优秀诗人群体，而且在这诗人群体中，应有对后代产生广泛影响的代表诗人或作品。如建安时期的邺下文人集团，不仅有曹操、曹丕、曹植那样的大诗人，而且有王粲、刘桢等所谓“建安七子”这样一批优秀诗人。而曹操创作的《薤露行》《蒿里行》《短歌行》，曹丕创作的《燕歌行》，曹植创作的《白马篇》《赠白马王彪》《野田黄雀行》《杂诗》，王粲的《七哀诗》，刘祯的《赠从弟》都是产生了广泛影响的优秀诗作。又如盛唐时期的诗坛. 既有李白、杜甫这样中国古代最伟大的诗人，也有王维、孟浩然、高适、岑参等构成的一流诗人群体，如明高棅所言：

> 开元、天宝间，则有李翰林之飘逸，杜工部之沉郁，孟襄阳之清雅，王右丞之精致，储光羲之真率，王昌龄之声俊，高适、岑参之悲壮，李颀、常建之超凡，此盛唐之盛也。①

至于这一时期的脍炙人口的名篇则不以百数计，无法列举，影响之巨，亦堪称空前绝后。当然也有情况比较特殊的时体。正始时期，有所谓的“竹林七贤”，阮籍、嵇康之外，还有山涛、向秀、王戎、刘伶、阮咸等人。七贤当属于宫廷之外

① 高棅《唐诗品汇》，上海古籍出版社 1982 年版，第 8 页。

的文人团体。宫廷文人中尚有何晏、王弼、荀融、夏侯玄等文人。但这些文人很少有诗作流传下来，只有阮籍、嵇康二人留下数量众多、并有鲜明风格的优秀作品。这一时期的文人生逢魏晋易代之际，政治险恶，人命危浅。玄风因之大兴于文人之中，形成近一个世纪的社会思潮。受政治形势与正始玄风的影响，这个时期的诗歌如钟嵘《诗品》所说，“颇多感慨之词”，托旨遥深，形成了与建安慷慨悲壮诗风不同的艺术风貌。

其二，这些诗人在创作中有意识或无意识的形成了相同的或相近的鲜明风格特征。这种风格特征，代表了这一时期诗歌创作的主流，而且成为区别于其他时代的艺术追求的重要标志。我们说“建安体”，就必然想到“建安风骨”。刘勰《文心雕龙·时序》篇说：“观其时文，雅好慷慨，良由世积乱离，风衰俗怨，并志深而笔长，故梗概而多气也。”[①] 这是对建安文风最为经典的概括。建安文人遭受了汉末的战乱，饱受乱离之苦，乱而思治，激发出建功立业的饱满政治热情。加上经学衰微、思想解放、生命意识觉醒带来的对于人生苦短的悲慨，造成了建安诗歌慷慨悲凉的时代风格。同样，谈到唐代文学，我们就要赞叹崇尚风骨、诗境兴象玲珑的盛唐气象。

其三，这一时代的诗风，对后代诗歌的发展产生了重要的深远的影响，成为一种后代或提倡弘扬、或学习效法的文学传统。比如提倡“风雅体”，就意味着在提倡一种写实精

① 《文心雕龙》，第674页。

神和比兴传统。说“骚体”，并不仅仅是在讲它的诗的形式，更为重要的是在讲它的抒情特征，更确切地说，是它的抒写忧悲之情的浪漫特征。如中唐时期，白居易以风雅比兴裁量诗歌，《与元九书》认为，自秦以来，诗的风雅颂、赋比兴六义就不断被削弱，甚至李白那样的大诗人，“才矣奇矣，人不逮矣”，但是“索其风雅比兴，十无一焉”。白居易对杜甫的评价最高，所谓“尽工尽善，又过于李”。然而，杜甫堪称风雅比兴者，“亦不过三四十首”。从这些评价可以看出，白居易把风雅比兴视为诗歌的最高标准。白氏为什么要标举“风雅体”呢？究其实质，就是要提倡《诗经》的为时为事而作的写实传统。“每读书史，多求理道，始知文章合为时而著，歌诗合为事而作”。[①] 这是白氏提倡“风雅体”的最好注脚。

时代的诗歌风格，往往并不是诗人有意识追求的结果，时代的诗歌风格一般多是由后人总结出来的。但是，一个时代能够形成总体的风格倾向，实非偶然，往往要决定于时代的社会生活、社会思潮、审美趋向、文人风习等主客观因素。对于这个问题，古人有许多精彩的论述。如刘勰的《文心雕龙》论述时代风格，就认识到了以上多种因素对其产生的影响。如论建安文学梗概多气的文风，就注意到了“世积乱离，风衰俗怨”的社会现实对文风产生的作用。而论正始文风，则云：“于时正始馀风，篇体轻淡”，揭示出了正始文风与社会思潮的关系。

---

① 《与元九书》，《白居易集笺注》，第2792页。

四

最后谈谈诗人之体，即诗人的个人风格。最早形成个人风格的当然是屈原，而最早的作家风格理论应是曹丕的《典论·论文》，其后可称有个人风格的诗人不胜枚举。严羽《沧浪诗话》所列多比较符合实际。

但是应该看到，屈原的诗歌风格不是有意识追求的结果。终魏晋南北朝之世，风格理论日趋成熟，形成个人独特风格的诗人也有很多，建安三曹、阮籍、嵇康、陆机、陶潜、谢灵运、鲍照、谢朓、吴均、萧纲、庾信等，都可称为风格鲜明的诗人。但风格的形成是否就是诗人自觉创造出来的，却未敢遽下结论。这些诗人在艺术上大多是有追求的，曹植的工于起调，阮籍的起兴无端，陶潜的体尚自然，谢灵运的极貌以写物，谢朓的流转圆美，都可以看出诗人艺术上的追求。但尽管如此，还不能说他们就是在自觉的创造作品的风格，只能说这些追求在风格形成过程中，不同程度地发挥了作用。唐代诗人李白曾写过“清水出芙蓉，天然去雕饰”的诗句，这说明他喜欢天然的作品。但也不能像某些文章说的那样，是他追求风格的宣言。因为他的豪放飘逸的风格，虽然与天然相关，但天然决不是豪放飘逸风格的主要内涵。在中国诗歌发展史上，真正堪称自觉追求一种诗歌风格的诗人是韩孟诗派。韩愈、孟郊诗派以怪奇为其主要风格特点，这是韩孟等人崇尚并有意识地追求雄奇怪异之美的必然结果。在《调张籍》诗中，韩愈表示：“我愿生两翅，捕逐出八荒。精神与交通，百怪入我肠。刺手拔鲸牙，举瓢酌天浆。”① 他追求的是想象的开阔奇异。韩愈《荐士》赞孟郊的诗：“冥观洞古今，象外逐幽好。横宅盘硬语，妥帖力排奡。”②《醉赠张秘书》又说他自己与孟郊、张籍等人的诗：“险语破鬼胆，高词媲皇坟。”③ 都明确地表明了他和诗派的其他诗人所追求的险怪风格。宋、明之后，门派林立，自觉地追求创造某种风格，也就成为比较普遍的现象了。

论及诗人的个人风格，还有一个很突出的现象应该引起我们的注意。古人论诗常常说哪一个诗人体出前代的某一个诗人。古人写诗很注意向前代诗人学习，有的就直接模拟前代的一个诗人或一种诗体。这样的学习或模仿对诗人风格的形成会不会有影响呢？这是一个比较复杂的问题，似不可一概而论。

模拟的现象在魏晋南北朝时很风行，以陆机和江淹最为突出。陆机模拟古诗，从情感到表现手法多得古诗之神；江淹对前代诗人作品的模拟亦多惟妙惟肖。模拟应该说是学习前代诗人的行之有效的途径。通过模拟，可以从感性上把握前人作品的风神，提高诗的表现水平。但客观地说，模拟并未对这两个诗人的作品风格产生很大的影响。因为风格是反映了诗人个性的独特的创造，所以停留在模拟之上、而如果不走出模拟，就永远也不会有个人的风格。向前人学习也是

① 韩愈《韩愈全集》，上海古籍出版社 1997 年版，第 88 页。
② 同上书，第 44 页。
③ 同上书，第 35 页。

如此。宋代的江西诗派奉杜甫为此派之祖，特别强调向老杜学习，但风格似老杜沉郁顿挫者却较稀见。可见学习而能出新，才可能形成个人的风格。所以，所谓体出某个诗人的说法，确实反映了诗之创作中的一种现象。古代的诗人在诗歌创作中，的确有风格受前代诗人影响的情况，但不能说是风格形成的主要原因。体出某个诗人的说法，更主要的还是批评家和理论家一种观察问题的角度，或者说是一种批评的角度。

向前人学习借鉴，在此基础上不断创新，并形成个人的风格，这样的现象不乏其例。唐代著名诗人王维作品的淡泊诗风，如论者所言，确实是受了晋代诗人陶渊明的影响，但是王维的淡泊却不同于陶渊明的淡泊。王维由陶渊明的田园而转向山水，其思想内涵亦由庄老玄学转向佛学。所以陶渊明是自然真淳的淡泊，如苏东坡所说是似淡而实腴，寄至味于淡泊；而王维却是空寂的淡泊，由声色而归于静灭。王维是出于陶而实别于陶。正因为这样，王维才在文学史上独成山水诗派一家。可见决定诗人风格的不是模仿和学习．而是诗人创作个性的发挥与创造。这也是我们讨论到诗人之体时应该辨明的理论问题。

潘天寿行旅诗初论

潘天寿先生是中国20世纪著名的画家和美术教育家，同时又是造诣极深的诗人。四十年代，潘先生就有《听天阁诗存》2卷问世，收诗160余首。1991年潘天寿纪念馆编《潘天寿诗存》，收旧体诗316首，已有相当的规模。早在上个世纪二十年代，吴昌硕就发现了潘天寿的诗才，在赠阿寿的对联中说他“天惊地怪见落笔，巷语街谈总入诗”。① 1963年，潘先生自编《潘天寿诗存》拟出版，海宁张宗祥为诗集作序云：“潘天寿癸卯暮春出诗賸一卷、诗存二卷见示。其古诗全似昌黎、玉川，其近体又参以倪鸿宝之笔……倪诗棱峭险拔，意出人表，予极爱之。今读此集何其相似之甚也。潘子以画名世界，琢一章曰：‘一味霸悍’，其志之所在可知。宜其诗棱峭横肆如此也，喜有素心相同之友，为拉杂序

① 《潘天寿》，湖北美术出版社2002年版，第10页。

之。”[①] 这应该是对潘天寿诗最早的评价。其后1991年出版的《潘天寿研究》一书，收有吴战垒《濡染大笔何淋漓——读潘天寿诗稿札记》、林锴《意趣高华气象粗——潘天寿诗歌的成就》、陈朗《听天隔诗浅探》等研究论文，对潘天寿的诗做了初步探讨。1997年中国美术出版社出版卢炘、俞浣萍《潘天寿诗存校注》，为潘天寿诗研究做了很好的基础工作，书后所附《信手拈来总可惊——潘天寿诗歌概说》，也是一篇比较深入的研究文章。本论文正是在前贤的研究基础之上，根据潘天寿诗的情况，对其行旅诗进行探讨。

据《潘天寿诗存校注》，潘天寿有行旅诗75题165首之多。这些诗不仅描绘了所经所游之处的山川风物人情，也表达了他在不同时期、不同环境中的心绪情怀。

一

潘天寿先生行旅诗可分为三个时期。1921年至1936年在故乡宁海和杭州、上海任教时期，是第一时期。

1921年以后，潘天寿先后在故乡宁海孝丰县小学、上海美专、上海新华艺专、国立艺术院任教。这一时期，正是他的绘画艺术走向成熟，奠定他国画大师地位的时期。他的绘画艺术师法前贤，同时又突破传统，敢于探索，独造自然，形成了鲜明的艺术风格。与此同时，作为著名的艺术教育家，潘天寿这一时期也形成了个人成熟的艺术史和艺术理论思想。

① 卢炘《潘天寿诗存校注》，中国美术学院出版社1997年版，第1页。

而他写于这一时期的行旅诗，有三个突出的特点：关心国事，爱国情怀溢于言表；因抱负远大，诗中洋溢着奋发的豪情；充分表现出他对大好河山的欣赏和热爱。

1921年，潘天寿最早的行旅诗《独游崇寺山桃林》6首[①]，从艺术角度看，无论写景与言志都已经较为完整。这组诗有序云“辛酉暮春，意绪无聊，每喜独游。看花则欲与对语，问水则久自凝眸，盖别有感于怀也”。卢炘注云：“此组诗共六首，写于1921年暮春。其时潘天寿从杭州返回宁海，在县城正学任教尚不到一年。前一年夏天从浙江第一师范毕业后，他原本想继续求学深造，但困于财力，只得先回乡谋职。尽管工作之余，无一日间断刻苦自学，在绘画、书法、篆刻和诗词研习上亦有长进，但因无人指导而常常意绪无聊，甚至颇觉烦恼。”[②] 诗之六云：“一灯人倦月弯弯，帘影朦胧独闭关。夜半吟魂飞铁马，漫天红雨艳沩山。”从中不仅可以看出诗人掩抑不住的豪情，也可以感受到诗人的孤独和寂寞。但是从总体上看，这组诗其实写得意态轻逸，流便俊爽。之二：“缓随瑶草夹衣轻，密干繁枝结绛缨。同许清真同洒脱，万花扶我酒初酲。”之四：“云阶谁与共徘徊？远近高低逶迤开。却道今宵重醉后，月明携我上天台。”如果说诗人这时确实意绪无聊的话，这些诗则反映出诗人借助酒与自然摆脱无聊的努力。不仅如此，诗人的愁绪在自然中得到了真正的转化，转化为身在万花、云色中的飘逸与洒脱。

① 论文所引诗均据《潘天寿诗存校注》。

② 《潘天寿诗存校注》，第21页。

在大自然里诗人的情感获得了寄托，也获得了解放。

这类轻逸俊爽的作品还有写于 1935 年的《春游杂咏》10 首组诗。《富桐道中》："晓烟淡约万花舒，白夹罗衣春暖初。一路看山难住眼，轻车飞驶上桐庐。"《桐庐晓发》："江天初晓且扬舲，一片云帆烟水冥。我亦重来黄子久，千山未改旧时青。"《晚入建德》："万堞梅花晚色横，千家灯火月初生。明朝莫首兰溪路，试上江楼听凤筝。"《横江舟中听曲》："一曲新歌响入云，暗香清韵腻难分。银缸艳映花如锦，已是周郎酒乍醺。"《游北山傍晚返金华》："一头花压帽檐斜，抵死游春兴倍赊。身似放翁人未识，海棠如锦入金华。"诗中洋溢着"抵死游春"的兴致。花压帽斜，周郎乍醺，描写诗人及其友人陶醉于春天景色中的书生意态，生动逼真。此类诗读起来，使人感到如行云流水般轻盈快意。

当然，此一时期的行旅诗，也并不是一味的轻逸。上个世纪三十年代初，时局已经有了很大变化，1931 年，"九一八"事变，日本帝国主义加快了侵华的进程。因此在这一时期的行旅诗中，作为爱国的艺术家，潘天寿也抒发了他的忧国忧民的情感。《登燕子矶感怀》就集中地表达了诗人感事哀时的情怀。此组诗据《潘天寿诗存校注》，当写于 1933 年秋。"白社"第二次画展在南京中央大学礼堂举行，潘天寿到南京参加画展，登燕子矶而作。其一："掠波燕子势无伦，翠壁丹崖绝点尘。四塞烽烟谁极目？江风吹上独吟身。"其二："感事哀时意未安，临风无奈久盘桓。一声鸿雁中天落，秋与江涛天外看。"在这前两首诗里，诗人主要表现了他登临燕子矶，临风远望江山，忧心忡忡的心境。鸿雁秋声，江涛寒意，笔下的潇飒秋景烘托出诗人忧郁的心境。诗的后两首，诗人吊古喻今："虎踞龙盘扼上游，剧怜自古帝王州。欲因今夜矶边月，铁板铜琶吊石头。""泥马君王事劫灰，平沙无计水潆回。莫叫此堑分南北，尽遣金人铁骑来。"希望南宋半壁江山的历史不再重演。这一组诗，可以看出深受杜甫影响，诗风沉郁顿挫，很有感染力。潘天寿在这组诗中所显示的诗风，在其后漂泊西南时期的行旅诗中还有更为集中的表现。

在此一时期的诗中，犹可注意的是诗人与友人游黄山的诗。潘天寿在《听天阁画谈随笔》中说过："山水画家，不观黄岳、雁山之奇变，不足以勾引画家心灵中之奇变。""黄岳之峰峦，掀天拔地，恢宏奇变，使观者惊心动魄，不寒而栗……诚所谓泄天地造化之秘者欤。"① 因山水雄胜之诱因，他的行旅诗的风格有了明显变化。一变轻逸而为豪雄甚至险怪。

1934 年，潘天寿在杭州艺专任教，此年初夏，与邵裴子、姜丹书、吴茀之、潘玉良等同游黄山，作《夜宿黄山文殊院东阁》七律二首："神鬼空山万劫遗，高楼难禁动遐思。无边暮色从兹下，尽有星辰向我垂。金鼎丹砂烟久烬，璇宫灯火夜何其。松声绝似涛声猛，不耐清寒强自支。""一椎清磬漏深中，枕上情怀自不同。败榻灯摇伥鬼吼，荒天龙卷大王风。极巅何碍群峰小，妙悟方知我佛空。却幸文殊龛里宿，莫教游屐证匆匆。"诚如《夜宿黄山文殊院东阁，意犹未尽，

---

① 《听天阁画谈随笔》，上海人民美术出版社 1980 年版，第 12 页。

复成四截》所写："名山峰壑自相殊，意趣高华气象粗。"黄山的雄奇激发了诗人的豪情，诗的气象亦呈雄奇之境。第一首的首句"神鬼空山万劫遗"，就如黄山飞来之峰，以奇思妙想之笔来写诗人夜在黄山文殊院的独特感受。"无边暮色"显然是化用了杜甫"无边落叶"诗句，而"星辰向我垂"，亦可见于他写于20年代初的《夜归竹口》的"几点野星垂"句。但是这一联诗却在此首诗中组合成了最能传神表现黄山苍茫夜色的诗句，使诗境阔大而浑茫。而第二首诗里的颔联"败榻灯摇伥鬼吼，荒天龙卷大王风"写空旷山风，以伥鬼之吼状风声之惊心动魄，以苍龙翻卷以形容荒天之风，诗句已经涉入险怪。同夜所写的《夜宿黄山文殊院东阁，意犹未尽，复成四截》的第二首："毒龙怒卷海涛躯，天撼峰峦万瓦虚。如此空山如此夜，孤灯无奈忆奇书。"也有同趣之妙。这里边的"忆奇书"的情节，颇能提示我们，诗人此时此境，所生发的奇险之思。

诗人显然意犹未尽，时隔一年之后，又写了《忆黄山简同游邵裴子姜敬庐先生及吴子茀之》，在这首诗中，他把雄奇的诗风再向前推进，发展为奇崛与险怪。这首诗显然受到李白《梦游天姥吟留别》以及《蜀道难》诗的影响，突破此前行旅诗写景纪实的诗风，融神话、传说与大胆想象为一炉，创造出神奇的艺术境界。诗人想象黄山是盘古混沌开天之时，在劳倦休息的时候，突发奇想利用残石而创造的，于是：

鞭斧凿兮残石，假南宇兮僻壤。天门开，诀荡荡。天兵匆匆下，如麻列莽莽。雷车风马洪涛响，高牙大纛陈依仗。趋龙鳌鼍与狮象，役神役鬼役魍魉。连宵妙为设施布置层累架叠直使猿猱飞鸟不可上。七十二峰回环峙，峥嵘巑岏无常理。联以排空峦壑五百里，奔驰腾跃难以游目与屈指。东南西北四海水接天，海水波涛直白银河起。天都天都胡秀爽，五云宫阙琼楼玉宇高高敞。前有雨花之层台，上有承露之古掌。复道回廊瑶阶玉砌错综驰绕锦幕而珠幌。烛龙火树光辉艳映排银榜。仙之人兮纷纷忙来往。女娲炉铸精疲力竭神惝恍。忽闻天鸡鸣，东方鱼肚白。大风海外来，层云卷飞帛。从此千峦万峰奇形怪状罗列人间摄魂魄。

此诗虽然受李白《梦游天姥吟留别》影响，然而仔细看来，相似之处仅仅是诗句的形式，所创造的境界却已经离李白诗甚远了。李白的诗是创造了一个梦中的仙境，而潘先生的诗则是驱龙鼋、役神怪，创造了一个黄山初创的神话，以此神话来表现黄山的奇形怪状之诡异，表达诗人胸中恢闳突兀不平之思。

二

1937年抗日战争爆发，日军大举入侵中国，战乱之火迅速烧到杭州，潘天寿先生开始了他的蓬转生活。先是带家到了建德、缙云，1938年又奔赴由西湖艺专和北平艺专合并的国立艺专的所在地湘西沅陵任教。1939年又随国立艺专西迁昆明，1940年再迁重庆壁山。1941年取道贵阳、都匀、衡阳、界化、鹰潭回缙云探亲。1942年应东南联合大学之邀，到湖北建阳的东南联大艺专任教，1943年东南联大迁浙江云和，并入英士大学，随校迁云和。1944年赴重庆磐溪，接任国立艺专校长。抗战胜利后，1946年他从重庆回杭州筹建校舍。此后才算在杭州安定下来。[①] 这近10年之间，潘天寿一身飘然，所到之处，写下了许多行旅诗。这一时期的行旅诗多感时伤怀，表现出他对时局的关切，对民族命运的担忧。

《渡湘水》二首写于1938年随国立艺专内迁长沙路途。其一："岸天烟水绿粼粼，一浆飘然离乱身。芳草满江歌采采，忧时为吊屈灵均。"一浆飘然，极为形象地表现了诗人此时流离失所的逃亡生活。而凭吊屈原，又表达了诗人对民族命运的关心。其二："风裳水佩想依稀，云影烟光落画旗。谁问九疑青似昨，泪痕犹湿万花飞。"前二句拟想湘妃渡江之景，风裳水佩，云影烟光，极尽轻盈之美。然而后两句却笔致陡转，写湘妃泪痕犹湿万花，委婉地表达了诗人此时的悲凉心境。《戊寅中秋避乱辰州，清晨细雨恐夜间无月作此解之》写于1938年，沅陵即古辰州。诗云："每忆秋中节，清光无等伦。料知今夜月，怕照乱离人。血泪飞鼙鼓，江山泣鬼神。捷闻终有日，莫负储甘醇。"诗人的血泪为战争而飞溅，鬼神亦为江山蒙难而泣。在诗人的想象中，往年中秋的明月，也怕使乱离之人伤心而隐去了，这两联写战乱真可以与老杜比肩了。尾联表达了诗人战胜日寇的必胜信心。

---

① 此据潘公凯编著、商务印书馆香港分馆1986年版《潘天寿评传》和卢炘著、中国青年出版社1997年版《潘天寿》。

在这一时期的行旅诗中，诗人多有渴盼救国志士之作。1940年，诗人在昆明作《雨中渡滇海》一组6首诗，其三："劫灰难遣古今平，汉武旌旗尚有声。不道仍多遗恨在，久疏跨海制长鲸。"此诗借汉武帝练兵昆明池以讨南越故事，渴望能有汉武帝这样的雄才大略者制胜日军。其六："烽火连年涕泪多，十分残破汉山河。有谁便上昆阳道，细雨斜风吊郑和。"战火连年，江河残破，诗人来到郑和的故地昆阳，凭吊这位率舰队通使西洋的明朝大臣。同前诗写汉武帝一样，都是在表达诗人渴望有拯世巨才出现的期望。写于四十年代的《渡嘉陵》："江涛终古挟云奔，一舸谁同祖逖论。且为幽兰动桡楫，渝州灯火已黄昏。"也是在写诗人对救国志士的期望。

当然，作为行旅诗，诗人此一时期的作品，仍然不忘描写途中所见山水景物，有些诗描写世事风情，尤为出色。如《障南道中》："景色障南路，蜿蜒随马蹄。疏花红小市，春午乱鸣鸡。海接河流远，天连芳草齐。何年息尘鞅，结屋岸梅溪。"此诗当写于1937年潘天寿与夫人何愔从严州溯梅溪到永康的路上。其中"疏花红小市，春午乱鸣鸡"，写小镇景色逼真至极，可见诗人观察之细。《晚入武康境》："天向帽檐斜，峰迎马首行。灯红村上火，人语夜归耕。地僻官轻税，民稀俗老成。武康山水邑，何碍客宵征。"中间二联写小村僻静，小村民风，亦颇传神。1938年国立艺专迁昆明，潘天寿辗转越南赴昆明，写有《同登车中见越南少女读佛兰西小说有感》和《晚抵河内闻屐声作》二诗，其第二首："足趾相交记旧名，河山如昨世情更。谁多彼黍离离感，一片晚风木屐声。”这最后一句诗，与黍离之悲句相连，卢炘注谓：日本人习惯穿木屐，诗人身在异国，听到木屐声，即想到祖国正在被日本蹂躏。此诗或语义双关，而木屐之声真切地描绘出河内的风情。还有诗人1941年从四川返浙江途中所作《都匀夜醒见月》：“昨晚抵都匀，荆火红蛮窟。投宿土人家，矮楼拟曲突”“水影沉邻墙，吠犬惊栖鹘。”也很能反映出贵州的民居特点。

在这一时期的行旅诗中，1943年写的长篇五古《癸未春节，与东南联合大学同仁江叔方、罗良庵、于复先同游武夷，诸暨张继生极熟武夷掌故，邀为先导，归后即成是篇，以当游记》一诗比较独特，有重点探讨的必要。此诗作为记游诗，以游踪作为线索，融纪事、写景为一体，脉络清晰可见。从“玄穹何破碎，久漏不肯止”，到“缩地车雷驰，迎鬟眼前峙”，写与同仁游武夷的由来。从“舍车徒步行，石砌牵猴趾”到“幔亭张宴饮，野乘尤婆娑”，依次为水帘洞——流香涧——杜葛寨——永乐寺——天游峰——九曲溪——三星峰——朱公庙——御茶园——钓鱼台。一路逶迤道来，如老杜之《北征》，从容不迫，颇见诗人驾驭长篇的才华。而其中每至一处，在写景中穿插相关的传说，不仅显露出潘天寿已经形成的奇崛险怪风格，而且充分展示出他渊博的学识。

> 已沿悟源涧，既陟九龙巢。天游本天上，妖异集肩摩。山魈夔魑魅，罔象龙鼋鼍。倚剑杇猿公，吐水僵尸罗。剑术风吹精，试石裂盘陀。

此一节写天游峰，想象云中云集山精水怪，以表现天游峰的巍然高耸、云雾弥漫之险象。再引《吴越春秋·勾践阴谋外传》猿公请越之处女试剑故事以及控鹤仙人试剑传说，以见山石之斩绝。其他如：

> 下谒朱公庙，廊庑老烟霞。轩敞读书处，缅想勤有加。抬头隐约间，蛎壁高龃龉。相传有慧狐，于此以为家。朝暮不相爽，侍读过三车。

“冤飞魏鬼头，青面狞獠牙。愤怒竖紫发，映水照奸邪。”驱牛鬼蛇神供其表现山水之用，都增强了诗的险怪特点。潘天寿在《听天阁画谈随笔》中说：“绘事往往在背戾无理中而有至理，僻怪险绝中而有至情，如诗中之玉川子（卢仝）、长爪郎（李贺）是也。”① 可谓夫子自道。此外，此诗还大胆使用了散文句法，如“如帘宛地垂，空灵透骨髓”、“任不知魏晋，此实桃源耳”、“季伦锦步障，相似勿若也”、“仙蜕而祠焉，于实有是耶”等，可以看出都是诗人有意设置，以避诗的过于流畅，制造生涩的效果。在这些地方确实都能找到诗人接受韩愈“横空盘硬语”影响的痕迹。

当然，总体来看，潘天寿此一时期的诗风还是以沉郁顿挫为主。这是因为作为具有强烈民族感的爱国艺术家，潘天寿此一时期的诗里，大都表现出了他忧国忧民的浓郁情感，这使他的诗充满了沉郁悲慨之气，而在表达上，这些诗又取法杜甫，作顿挫抑扬之表达，故与杜诗风格颇为相近。

顺便说一句，关于潘天寿的诗风，旧说受张宗祥影响，

---

① 《听天阁画谈随笔》，上海人民美术出版社1980年版，第9页。

多以棱峭横肆概括其风格。其实在潘天寿的诗里，除了《忆黄山简同游邵裴子姜敬庐先生及吴子茀之》和《癸未春节，与东南联合大学同仁江叔方、罗艮庵、于复先同游武夷，诸暨张继生极熟武夷掌故，邀为先导，归后即成是篇，以当游记》少数诗具备以上特征外，其他大部分诗都没有逞博弄险的倾向，其诗风如上分析，在抗战乱离生活时期，诗呈沉郁顿挫风格。而此前及此后的诗，多有轻逸俊爽之风。

三

在潘天寿的行旅诗中，约有近60首作于1949年新中国成立后，数量可观。这些诗，观察更趋细致，更注重在诗中表现一种情趣或理趣。在风格上也有了变化，一改沉郁顿挫风格，也不再追求险怪，开始向早期行旅诗的轻逸俊爽回归，而且受杨万里影响，诗风在轻逸俊爽中，增加了平易。

在此一时期的诗里，只有1954年写的《飞来峰》还可见李贺、韩愈的险怪：

> 峰从何处飞来此，云林古寺门前峙。夜深雨冷凝龙腥，泉汹地底聋人耳。谁为斧凿山骨窍，窍中尊者飞眉笑。相与对语眉睫间，灵翮何年回清啸。我亦阿罗汉窟人，偶落人间恣游眺。

以龙腥形容夜雨，冷僻得出人意表。“斧凿山骨窍”则借用了韩愈《石鼎联句》“巧匠斫山骨”诗句，言山有骨，从骨中开出窍来，雕出“类科头老衲”的弥勒佛象，也是运思奇想。仔细搜检，类似的诗，这一时期再也见不到第二首，都已经写得比较轻逸、比较俊爽了。

如1955年写的《乙未夏与弗之等八人赴雁宕写生，遂成小诗若千首以记游踪》一组诗，《灵岩寺晓晴口占》："一夜黄梅雨后时，峰青云白更多姿。万条飞瀑千条涧，此是雁山第一奇。"此诗写夜雨之后的雁宕景象，注重于山峰、云色与瀑布的描写，不用典，亦无深意，直似画家写生。《龙鋆轩题壁》："绝壁苍茫绘白虹，微寒犹下碧霄风。云轩不见云英在，一树槿花寂寞红。"仍把笔墨放在山的景色的描绘上，从大处落笔，写苍茫绝壁，再聚焦局部，写深藏绝壁下的一树槿花。"寂寞红"，即藏在深山，无人识其美色也，或微有寄托？但在我看来，不过是写景而已，诗人似无意于寄意。这组诗里，更多的诗是就地名展开诗意，《展旗峰晚眺》就是如此："如此峰峦信绝奇，写来出塞少陵诗。不禁我亦思名马，一抹斜阳展大旗。"因所看之峰为展旗峰，故联想到杜甫的《出塞》诗"落日照大旗，马鸣风萧萧"。《雁湖》："一湖逼天上，潋滟漾晴晖。欲结团瓢住，秋来待雁归。"《剪刀峰》："空谷有佳人，生小工针黹。不问春与秋，朝朝裁罗绮。"也都是就诗题展开联想与描写。

1962年，诗人第三次登黄山，又写了两组诗，一组是《三上黄山住北海宾馆访狮林精舍》，一组是《壬寅八月十六日夜宿黄山北海宾馆，值大台风，卧雨不寐，口号》，再也没有了过去黄山的险怪，却增加了体验黄山一草一木的勃然情趣。《三上黄山住北海宾馆访狮林精舍》其一："门前依旧夕阳黄，石径迷离草树荒。老我双眉浑似雪，重来谁识旧刘郎。”以夕阳、草树，烘托双眉似雪的重来“刘郎”，即诗人。其三：“已公未老鬓先丝，剪韭烹茶款客之。今日担簦何处去？松风萝月朗阶墀。”重在写担簦走在松风萝月石阶上的好客僧人。其四：“夜色微茫不可留，天风吼虎不禁秋。回眸大墨千峰顶，堪爱新黄月一钩。”前三句境界颇宏大，然而到了尾句，却爱起新月一钩了，遂于浑阔中逗出对新巧情趣的喜爱。再看《壬寅八月十六日夜宿黄山北海宾馆，值大台风，卧雨不寐，口号》其中的几首：“争说晴晨好，重来黄岳游。快登天都顶，眼底万峰青。”“游山莫怕雨，雨景最神奇。万墨淋漓下，襄阳米虎儿。”“子夜推窗望，云中漏数星。料知明日晓，还我万峰青”。这些虽说是不假思索、随口吟成，但仍显示出诗人的诗风确实在向显易俊爽的变化。当然，我们从这些诗里，也应该感受到诗人对画意的追求。如万墨淋漓般的雨景，松峰萝月间的担簦僧人，石径迷离中的白发老者，夜色微茫中的一钩新月，云中的数点明星，都画意葱茏。

而在诗的形式上，这一时期的行旅诗多以五绝、七绝为主。这也是为了适应诗风俊爽的需要。

四

由于诗人是一位画家，所以他的行旅诗与一般诗作最大的不同，是记途中所见山水，出之以画家的眼光：

荒村古渡，断涧寒流，怪崖丑树，一峦半岭，高低

> 上下，欹斜正侧，无处不是诗材，亦无处不是画材。穷乡绝壑，篱落水边，幽花杂卉，乱石丛篁，随风摇曳，无处不是诗意，亦无处不是画意。有待慧眼慧心人随意拾取之耳。“空山无人，水流花开”，惟诗人兼画家者，能得个中至致。①

又云：

> 世人每谓诗为无声之画，画为无声之诗，两者相异而相同。其所不同者，仅在表现之形式与技法耳。故谈诗时，每曰“诗中有画”；谈画时，每曰“画中有诗”；诗画联谈时，每曰“诗情画意”。否则，殊不足以为诗，殊不足以为画。②

他是以画家兼诗人的慧眼慧心观察体会万物，因此描写景物颇为形象生动，如画笔描出。

潘天寿早期写于宁海城北的《夜归竹口》诗，虽然仍嫌生涩，却已经具有了写景极为生动具体的特点：“黯黮千山暗，蜿蜒路犹白。几点野星垂，寒光遥射额。”夜中行路，见群山暗淡，而前路蜿蜒，泛着微白。就写出了夜路行人的观感。“几点野星垂”，虽然不能与老杜“星垂平野阔”相比，却也写出了山间数点星垂的真实景象。而《独游崇寺山桃林》与《夜归竹口》的一二首相比，已经更为完整，写出的景色也更为鲜明：“菜花黄绽鹅儿翢，苔色绿明豹子斑”，

① 《听天阁画谈随笔》，第11页。

② 同上书，第10页。

固然是自然景色的呈现，却也看出诗人在色彩方面的敏感及在诗中的运用。

1935 年暮春，潘天寿与他在浙江第一师范读书时的老师姜丹书以及白社同仁朱瞻、吴弗之、张振铎等人“作富春钓台、金华北山之游”，写《春游杂咏》十首，其中有《白沙渡》：“山清水碧白沙渡，墨气淋漓大写真。不是清湘旧草稿，凭谁着我画中身。”诗人把白沙渡的山水比喻为清湘老人石涛的画稿，墨气淋漓。这正是潘天寿以画家目光看山水的明证。此后的诗中，诗人常用“大墨”一词来表现山水之美，也不断地提示我们他看山水时的眼光。诗人另有《夜宿普陀息耒禅院南楼》之二诗：“谁渲烟雨万弓长，水水山山海色荒。午夜层云知似墨，天风声里忆王郎。”《唐朝名画录·王墨传》载：“凡欲画图障，先饮醺酣，即以墨泼。”“或挥或洒，或淡或浓，随其形状，为山为石，为云为水，应手随意，倏若造化。图出云雾，染成风雨，宛若神巧，俯视不见其墨污之迹”。此诗即以王墨的泼墨山水来比喻普陀山午夜所见的山水云雾，也是一证。在《春游杂咏》这组诗中，《富桐道中》的“晓烟淡约万花舒，白夹罗衣春暖初”，以淡约写初春晨烟之薄，以白色状万花簇拥罗衣之艳，都极具画家之笔。此外，《游北山傍晚返金华》中“一头花压帽檐斜”，《过桃源车中口占》“黛螺山色岸眉斜”，《雨中渡滇海》：“岸眉阵雨走飞军，天著羊欣白练裙”，《渡嘉陵》“山色辉金兼映碧”，《乙未初夏与莽之等八人赴雁宕写生，遂成小诗若干首以纪游踪》之《灵岩寺晓晴口占》：“一夜黄梅雨后时，峰青云白更多姿”，《访显道上人于灵岩古寺》之二：

“夕阳新雨后，一树石榴红”，《雨中访徐文长故居》：“一树冬青纪岁年，古藤斜倚短垣前”，《过春波桥》：“东郭门头晓雨时，细风杨柳绿烟丝”，《三亚道中》：“委实风情异样好，斜街朱紫凤凰花”，《三上黄山住北海宾馆访狮林精舍》之四：“回眸大墨千峰顶，堪爱新黄月一钩”，《晓起舟中望湖上诸山》“残月瘦干斜人影”，在描写山水景色时，都能够感受到诗人对构图、色彩的考究。

这样讲潘天寿的行旅诗完全是为了分析的方便，在潘天寿的行旅诗中，大部分是诗情画意交融的作品。

所谓诗情画意，其实就是一切景语皆情语，情语融入画境之中。如 1939 年诗人写于昆明的《月石亭晚眺》：“一袖风泠泠，斜阳红古亭。迎人花解语，幻虎石通灵。地接朱波迩，山浮骆越青。登临无限感，四海劫尘冥。”首联一句写人，一句写景，风寒人单与斜阳古亭，一下子就把读者拉入到孤独索寞的境地。颔联写亭边之花，如解人意，石头也似通灵。解人何意，通人何灵？是战火烧遍四海，诗人不得不背井离乡、寄居边远的忧国忧己之痛。通首景语皆是抒情，故充满了诗情画意。又如《韬光道中》：“曲折韬光道，清幽帝子家。微风闲石砌，修竹丽疏花。咽涧烟中语，沉云谷外斜。灵峰从此去，邻比路非赊。”韬光观海，是钱塘十景之一。此诗倾力描写韬光道上的清幽之景，石阶上微风徐拂，修竹中夹杂艳丽的小花。烟霭里涧水声咽，山谷外白云横斜。表面看来都是写景，但是仔细品味，就会了然这里边深藏着诗人闲逸的心境。

传统文化：传承中的批判

进入21世纪以来，随着主流媒体对传播传统文化的高调介入，以及文化界兴起的诸如读经、祭孔以及儒学大会等振兴传统文化的活动①，本来是冷门的传统文化一时间又“热”了起来。如何看待中国的传统文化，这不仅关系到对传统文化的整理与研究，也关系到用什么样的文化来化解社会危机，应该引起学术界的关注。

一

传统文化回归中国人的生活，原本是一件再自然不过的事情。因为文化本来就如同一条源远流长的河流，其滔滔河

① 在文化界，2004年《南方周末》有围绕儿童读经的讨论，“2004文化高峰论坛”发表有《甲申文化宣言》，足可以看到传统文化的高调回归以及围绕传统文化的热议。

水中，既有来自源头的水，也有流经各阶段的水——文化不是断裂的，而是有其连续性的。一个民族文化发展的过程，就是在继承其民族的传统文化的基础之上再发展新的文化。但是，这里边有一个如何继承和发展的老话题。

文化既有其连续性，亦有其阶段性。作为阶段性的文化，必然决定于其所在的社会制度和与其相适应的主流文化。中国的传统文化至少经历过上古、中古、近古和现代等几个阶段。就社会制度而言，也经历过奴隶制社会和封建社会。其文化内涵自然带有那个时代的文化特征。而在中国，由于封建社会长达数千年，因此封建文化占有了传统文化的主要内容。封建文化就其组成而言，当然包括了帝王文化、士大夫文化和平民文化等几个部分，但是其文化的主体则是帝王文化和士大夫文化。这样的文化，不乏精华。如儒家的大济天下功业情怀、重视高尚人格的内修精神，道家的反对人性异化、追求自然人性和精神自由的思想等等，都是中华民族智慧的结晶。不过，从本质上看，这一时期的主流文化却是为封建专制制度服务的。

如果作认真而细致的分析，当今一些人所提倡的“四书五经”，实则也充分代表了封建专制思想的权力话语。所以，今天人们常常谈到的一些传统文化的话题，往往含蕴着很深刻的封建专制内涵。例如，“天人合一”思想的本义并非要人类尊重自然，与自然和谐相处，而是论证君权的合法性和合理性——“君臣父子夫妇之义，皆取诸阴阳之道”①；“王

① 董仲舒《春秋繁露》卷十三，清武英殿聚珍版丛书本。

道之三纲，可求于天”（同上）。即人世的一切皆是仿天而来，社会伦理亦然；君权神授，皇帝号称“天子”，皇帝的统治是神圣的、合理的，一般的平民不能挑战他的权威。当然，“天人合一”思想中也有约制皇权的内容，皇帝和人臣要循道而行，循道则治，不循道则乱。故帝王之道是立教化而正万民，正万民方能正四方，正四方才能风调雨顺。西汉时董仲舒向汉武帝所献的“天人三策”，集中讲的就是这个问题。但是，它总体上还是为了维护皇帝的统治。又如，儒家所提倡的中庸之道，乃承接了“天人合一”思想而来——“不偏之谓中，不易之谓庸”[①]；“中者不偏不倚，无过不及”（同上）。强调的是臣子的修养，本质上是引导臣子不偏激，不越位，做一个温良恭俭让的顺民，做一个谁也不得罪的和事佬。对于君王来说，这自然是再好不过的性格，再好不过的粹中品德。然而，也正是这种臣子的性格，使封建专制有了万代铁筑的基业，再怎么腐朽，再怎么衰败，也能维系其统治。这就是徐炳昶所批评的“惰性”，鲁迅所批评的“卑怯”。所以，鲁迅说：“这些现象，实在可以使中国人败亡。”[②] 其言虽出于民族危亡的特殊年代，但仍可以说明此说对于中国人健全人格形成的负面影响。

其实，古代所讲的忠孝节义、仁义礼智信，也都是建立在封建伦理基础之上，并且服务于其等级统治的。认识不到

① 朱熹《四书章句集注·中庸》，中华书局 1957 年版，第 1 页。

② 鲁迅《华盖集·通讯》，《鲁迅全集》第 3 卷，人民文学出版社 2005 年版，第 27 页。

这一点，就盲目地倡导它，往往是祭起封建专制思想的还魂幡，很容易带人进入歧路。例如，古人所讲的“忠”，并非普适天下的诚信。“为人谋而不忠乎？”[①] 孔子这里所讲的那个“人”，不是所有的人，而是专指臣子所侍奉的主人。至于“孝”，当然对当今促进家庭邻里和睦方面有着积极的意义。但是，古人说的孝也并非只是孝敬父母那么简单，它包含了“君教臣死，臣不敢不死；父教子亡，子不得不亡”[②]的纲常规定。所以，今人教儿童读《弟子规》、读《孝经》，究竟要培养什么样的接班人？能培养什么样的接班人？岂不可疑。再如，“节”自然可以反映古代士人重气节的好传统，但是其中死于君、死于亲的愚忠愚孝，就不值得提倡。而“义”者，宜也，也是指按照封建的礼节行事，如管子所说，无违君臣、父子、夫妇之道。所以，离开三纲五常去讲仁义礼智信，去讲忠孝节义，不仅于其义不得要领，而且很容易把封建的糟粕当作精华兜售出去。

“五四”时期的打倒孔家店运动，全盘否定传统文化，自有其偏激之处。如鲁迅就明确表态，要青年人少看或不看中国书[③]。然而，我们不能不看到，正是如胡适、陈独秀、鲁迅这些来自封建社会内部的知识分子，看到它对中国发展的阻碍，才奋起批判，清除它的不良影响的。在鲁迅写的《狂人日记》中，“狂人”翻遍了中国书，从字缝里看到的只

① 《论语集释·学而》，第18页。

② 齐东野人《隋炀帝艳史》，岳麓出版社2004年版，第18页。

③ 详见《京报副刊》第26号，1925年1月4日。

是两个字："吃人"。这实际上是对封建文化的强烈控诉，控诉它对人性的泯灭，这也点到了封建文化的死穴。从总体上看，传统文化是强调集权而缺少民主思想，重视社会群体意识而忽视人的个性，惯于服从而很少异端，这些都是今人在学习传统文化时不能不察的。

二

进入新的时代，继承传统文化意味着：有鉴别，有选择，有承传，有批判，不能囫囵吞枣，有用无用整个吞咽下去。

对待传统文化，首先要做的工作是清理。所谓清理，包含着两个意思：其一是整理。即整理这些传世的文献，对其进行辑佚、标点、校注，以供研究、传播之用；古籍整理的首要目的是为了使这些文献得以保存并流传下去，因此，无论什么样的文献，都在整理的范围之内。当然，整理的另外目的是为了使用，或供研究者的进一步研究，或供读者阅读。因此，也会因社会所需而分出整理的先后，那些传世的经典自然应该优先整理。其二是甄别：即对传统文化的思想内容和审美价值作出甄别，要确切解释其原始含义，并且作出价值判断——这些作品中，哪些属于中华文明的成果，凝聚了中华民族的智慧，具有超越时代、族群和意识形态的思想和审美价值；哪些则带有明显的封建专制属性，在中华民族的发展历程中发挥的不是促进而是阻滞作用。尤其是对《论语》《庄了》《孟子》等影响深远的经典，更应该做深入细致的分析。既要看到它们对中华民族文化的奠基作用，看到这些经典在建立社会秩序、人的自我完善等方面所做的贡献；同时还要指出这些经典所具有的局限，它们的落后性，特别是它们与现代社会的法制建设、民主化进程的不相适应之处。

改革开放以来，学术界研究传统文化摒弃了过去功利化的研究倾向，使研究摆脱政治的影响，趋于独立，这无疑是一大进步。但是一种倾向又掩盖了另一种倾向，那就是产生了严重脱离现实、脱离人生的纯技术化操作倾向。对研究的对象不做任何价值评判，看似公允，实则丢掉了人文社会科学工作者的社会责任。现在的学术研究，其目的越来越多元，不含任何思想价值判断的研究也有其存在的空间，而且，也不必非要所有的研究都关乎社会人生，正所谓研究本身即是目的。但是这样的研究是否值得提倡，就费人三思。假如这样的研究逐渐占据人文社会科学研究的主流，那么就令人忧虑。再假设在我们的研究中，把假恶丑当成了美德，把专制当成了民主，把戕灭人性视为济世良药，那就与整理传播传统文化的目的更是南辕北辙了。

传统文化一般都是精华和糟粕杂糅的，这就要求研究和整理者要做好剥离和阐释工作。要把有价值的思想内涵从作品中剥离出来，并进一步加以阐释。传统文化的内容要比我们想象的复杂得多。即使是经典，当然是有价值的成分多，但是也包含许多无价值或不再适应当今社会的内容。有的作品从总体上看，多是缺少价值的，但也会有少许的有价值的内容。所以，我们既不能毫无分析地全盘接受之，也不能把脏水和孩子都泼了出去。要善于做精华与糟粕的剥离工作。在传统文化的整理和研究中，内容阐释颇为重要。阐释不是照搬原义，而是在尊重文本内容的基础之上，再做解释与阐发，甚至改造。中国古代注释经典，就有这样的传统，即根据自己的理解与现实的需要来重新阐释经典。比如，魏晋时期郭象根据当时士人生存的需要，整合儒道两家思想，重新阐释《庄子》，创造了“自性”、“独化”说。其后代许多士人所理解的《庄子》，就是郭象改造过的《庄子》。历代经师对儒家经典的注释，也是如此，故古代有“我注六经”之说。其实，当代学术界对“天人合一”等理念的研究，就做了大量的重新阐释，剥离掉其论证君权天授的内核，来论证人与自然的关系，这就赋予了古典以新义。当然必须讲清楚，哪些是传统文化中固有之义，哪些是传统文化给予我们的启示。更不能为了新义而有意掩饰其原义中所含有的维护封建政权统治的内容。

中华文化是中华民族赖以存在于世界民族之林的血脉根基。然而，这份遗产既有可能成为我们的瑰宝，也有可能成为我们的包袱，关键在于我们如何对待和处理它。对于中华民族的文化遗产，持正态度应该是既要敬重、珍视，又要慎重分析消化。如此，才有可能使其既代代相传，又成为我们建设新文化的宝贵遗产，成为培养国民健全人格的有益营养。

中国古代文学研究与21世纪中国文化

21世纪的钟声敲响之后，本世纪的中国文化如何发展，也就成为世人关注的一个问题，而对于中国古代文学研究来说，在本世纪的文化发展中处位如何，怎样通过自己的研究促进中国文化的发展，也引起了中国古代文学研究者的认真思考。

无论21世纪的中国文化如何发展，但趋向世界性与民族性，将成为本世纪中国文化发展的主流方向。本世纪的中国必将成为一个全方位开放的社会，外国文化会迅猛地涌进，对中国文化形成冲击和影响；而中国文化也会走出国门，流向世界，参与世界文化建设，虽不一定会与世界文化完全融合，如有些媒体所宣传的“一体化”、“全球化”那样，但互为认同与影响的加速和加大已成必然之势，中国文化必将成为在当代世界产生重大影响的世界文化的组成部分。有些学者认为，世界性就是民族性的淡化或退出，就是西方文化统一中国文化。这种认识是违背文化发展规律的。民族性与世界性恰恰是文化发展的两极，文化的世界性趋势越是加强，文化的民族性也就愈发明显。不是文化的同一、一体构成了文化的世界性，而是文化的民族差异、多元与认同构成了文化的世界性。所以中国文化的世界性与民族性，将是来来文化发展的主流倾向。

面对中国文化发展的两大主流倾向，中国文化的发展，亦应采取立足于本民族文化，向世界文化开放的战略。本民族文化既是历史文化之根，也是未来文化之根，这是我们与世界文化对话交流的基础。没有本民族文化就失去了民族之根，当然也就失去了与世界文化对话交流与融合的前提。当然，如果我们不是把中国文化视为世界文化的组成部分，并自觉地从事世界文化的创造，那么，中国文化就要失去其创造的活力与对话的权力，而且从现代社会的发展潮流来看，文化上的闭关锁国已经是不可能的了。

通过以上对中国文化走向与发展战略的分析，中国古代文学研究在本世纪文化发展中的重要地位已经十分明显了。中国古代文学是数千年民族文化的渊薮。中华民族的生存与繁衍，民族的生活习俗、思维方式、情感状态以及审美风尚，无不鲜活而又丰富地表现于中国古代文学之中。中国古代文学研究对于揭示民族文化的特性，弘扬民族文化，并把民族文化推向世界，参与世界文化建构，具有十分重要的意义。加强中国古代文学研究，是文化的世界性与民族性的需要。

面向21世纪中国文化发展的需要，中国古代文学研究在任务和策略等方面应做适当的调整。

首先要立足于当代文化建设，研究中国古代文学，寻找民族之魂。中国古代文学研究本来就是当代生成文化的部分，立足当代文化的建设，应是题中应有之义。但现在的古代文学研究，有一种埋头清理遗产，不问研究目的的倾向，似乎清理就是目的。其实不然。清理古代文学遗产，主要应是为了当代文化建设，离开了当代文化建设，清理本身就失去了意义。21 世纪的中国文化，既然要以其民族性走出国门参与世界文化的建设，就应首先弄清民族性是什么。所以，研究中国古代文学，要在清理文学遗产时，辨清哪些是中华民族文化的精髓，即认真探讨哪些文化是中华文化的骨干和灵魂，正是它支撑起我们这个民族，并使其生生不息，发展着，前进着，历经劫难却顽强屹立于世界民族之林。民族之魂应历千古而不灭，随时代而新生。现代化建设不是传统文化的断裂，而是传统文化的现代化。即在延续优秀传统文化基础上的当代文化的创造。研究中国古代文学，就是要抓住传统文化中民族的灵魂，并阐扬它在当代文化建设中的意义。如表现在中国古代文学中的士人对理想社会的追求以及社会责任感和历史使命感，就是使我们民族不断创新、社会不断发展与进步的不竭动力；尤其是盛唐时期，士人的理想、士人的社会责任感和历史使命感与国家意志、民族需求，达到空前的统一，所以才有了令后世渴慕的盛唐气象。中国古代文学研究，就是要寻找并阐释这些潜藏于古代文学中的民族精神，使其在新时期焕发出新的生命力。

其次要参照世界文化，研究中国古代文学，总结国外文化的异同。比较的研究方法，将是21世纪中国古代文学主要的研究方法之一。但此处所谈的不是方法的问题，而是研究的视域与研究的任务。中国古代文学研究，历来有一种保守主义倾向。文化视域狭窄，坐井观天，妄自尊大，只知有中，不知有外；有的固守本土文化，生怕被外来文化所同化；有的认为乾嘉朴学才是真学问，考据方法才是真本领，如此等等，不一而足。但在本世纪，无论你愿意不愿意，我们所面对的必将是外国文化迅猛的冲击和中国文化与外国文化的对话、交流，甚至是某种程度的融合。所以置中国古代文学于世界文化之中，在世界文化的视域内观照研究中国古代文学，将是中国古代文学研究所面临的新的课题。这就要求我们在知识结构上有充足的准备，自觉地调整研究的态度、内容和方法，在研究中总结中外文化的相同之处和各异之处，寻找中国文化与外国文化的契合点，探讨中国文化的特异性，及其对世界文化建设的互补意义。如中国古代文学中特有的崇尚自然观念，就对西方天人对立观念有重要的匡正作用，对于调整现代工业社会人与自然的关系，有其特殊的认识价值。而其认识价值，非与西方文化比较，则不能发现。

总之，21世纪将是中国全面走向世界的社会。中国文化也必将成为在当代世界产生重大影响的世界文化组成部分。中国古代文学研究应致力于挖掘中国古代文学中的民族精神，强化民族性，建设当代文化，并以此立于世界文化之中，为世界文化建设做出贡献。

中国古代文学研究的边缘化问题

近读郭英德先生与陈洪先生、孙勇进先生关于古代文学研究“私人化”问题的文章，感触良多，遂也就与此密切相关的“边缘化”谈些个人意见。中国古代文学研究的边缘化，已成不争的事实。虽然中国古代文学仍成为当代文化传播的热点，唐诗宋词妇孺习诵，四大名著触“电”升温，在高等院校，中国古代文学仍是最受欢迎的课程之一，但与此形成鲜明对照的是中国古代文学研究却日渐被社会所冷落，在当代文化中身影愈见暗淡。

仔细分析中国古代文学边缘化的原因，实有正常与不正常两类。

中国古代文学研究是当代文化的组成部分之一，本来就是少数人所从事的既不能兴邦、也不能亡国的工作，在当代文化中不应也不可能居有显赫的地位。上个世纪 50 至 70 年代，中国古代文学研究颇为火爆，李白与杜甫研究、曹操之评价、《红楼梦》评论、评《水浒》，动辄成为世人瞩目的热点，风风火火了二三十年。但大家都晓得那是政治运作的原因，正如瘦身人得了浮肿，虽然富态了，却是一种不正常的现象。事实证明那样的火爆于中国古代文学研究有百害而少一益。认真总结一下，那二三十年的中国古代文学研究给我们的学风带来了什么呢？又给我们留下了多少有价值的学术积累呢？对于中国古代文学研究而言，任何外在的政治运作或商业炒作，都不能真正推动其发展，而只会使其偏离正常运行的轨道而陷于尴尬。所以，中国古代文学从文化中心的位置退场，如同身体消肿恢复了正常，实属必然。作为中国古代文学研究者，我们不必为此大惊小怪，甚而喟叹久之、怅恨久之。

但是，中国古代文学研究的边缘化，自有其非正常的社会原因与研究者主体的倾向问题在，不能不引起我们的注意。

在非正常的社会原因中，对中国古代文学研究边缘化影响最大的当有两点：一是市场经济对人文学科的冲击。重物质，尚技术，人文学科普遍受到社会的冷落，中国古代文学研究自然也不例外。这一点是人所共知的原因，无需再饶舌。其二，是重当代生成文化，轻传统文化，并且对当代文化构成的错误理解而形成的对中国古代文学研究的冷漠甚至挤压。中国当代文化由当代生成文化和传统文化两个部分组成。中国古代文学流传到了今天，自然成为当代文化的组成部分，并与当代生成文化共同影响当代社会生活。但中国古代文学毕竟是当代文化中的传统部分。它生成于古代，承载着中国古代文化，带有中国古代文化的性质与特征。我们之所以把其作为中国当代文化的组成部分，在一定程度上是从它与当代社会文化生成的意义与影响而言的。与中国古代文学有着明显的不同，中国古代文学研究属于当代生成文化的部分。除了研究的对象属于传统文化部分外，无论从研究的目的到学术观念以及思维方法都是当代的，带有当代生成文化的属性。的确，中国古代文学研究的主要任务是清理文学遗产，然而这种清理却有着极强的建设目的。过去一般认为，清理古代文学遗产，就是为了当代文学理论建设和当代文学创作提供借鉴。现在的学术界对中国古代文学研究已不作如是的狭隘观。研究中国古代文学，就是要立足于当代先进文化的建设，运用当代先进的立场、观点和方法，去清理文学遗产，通过这一工作，辨明哪些属于中华文化的精华，哪些属于中华文化的糟粕，尤其要认真探讨哪些文化是中华民族文化的骨干和灵魂，是随时代而不断新生的文化，并抓住它，阐扬它在当代文化建设中的意义。为当代文学服务，仅仅是中国古代文学研究目的之一。在当代文化的两大组成部分中，当代生成文化无疑是文化的主体，决定着当代文化的性质，并主导着当代文化的流向，而传统文化则退居其次。然而，在认识与评定当代生成文化与传统文化的不同意义时，一些人把中国古代文学研究与中国古代文学混同一谈，笼统地划归到传统文化的范畴，从而忽视了中国古代文学研究作为当代生成文化对于当代文化建设应有的意义。这应该是造成中国古代文学边缘化的重要原因之一。

在促使中国古代文学研究边缘化的诸多原因中，最应该引起我们注意的是中国古代文学研究中出现的某些倾向。这些倾向，无论出自主观或客观，都对中国古代文学研究的边缘化产生了程度不同的影响。

首先，诚如郭英德先生所论，是疏离主流文化的倾向。谈到主流文化，有些人往往会想到政治，认为主流文化就是政治文化。其实，我们这里所说的主流文化，是指在一个时期内产生了重要影响、代表了中国文化的发展方向、对中国文化建设起到了促进作用的文化。中国古代文学研究，自19世纪末20世纪初以来，就与主流文化有着密切的关系，或受其影响，或为其发展推波助澜，推动文化建设。19世纪末，康有为、梁启超维新变法，梁启超倡小说界之革命，这一时期的中国古代小说研究以经世致用为目的，阐发小说警醒民众的社会意义，成为资产阶级改良运动中启蒙文化的重要组成部分。"五四"运动时期，中国古代文学研究也成为文学革命的重要组成部分。这一时期，何以俗文学、白话文学和平民文学研究颇为盛行？就是要"反对旧文学，提倡新文学"，是文学革命的需要。中国古代文学研究直接参与了"五四"新文化的建设，并做出了重要的贡献。胡适在《文学改良刍议》中断言："白话文学之为中国文学之正宗，又为将来文学必用之利器"，[①] 掀起了一场波澜壮阔的反文言、倡白话文的文学革命。他的《白话文学史》则又断言："白话文学史即是中国文学史，"[②] 研究中国古代文学，重估传统

① 《文学改良刍议》，洪治纲主编《胡适经典文存》，上海大学出版社2004年版，第109页。

② 胡适《白话文学史》，岳麓书社1986年版，第3页。

文学之价值，重建文学之正统，用以支持他的白话文学革命的主张。而此一时期张静庐、范烟桥、胡怀琛、郑振铎的中国小说研究，吴梅的中国戏曲研究，都可称为白话文学革命的产物。“五四”新文化运动的口号是“民主”与“科学”，科学精神、科学的研究方法，都对中国古代文学研究产生了重大影响。当时的一些著名学者胡适、郑振铎、顾颉刚、鲁迅、闻一多等，自觉地把科学的态度与方法运用于古代文学研究，在《红楼梦》研究、《诗经》研究、古代小说研究、魏晋南北朝文学研究、唐诗研究诸多方面都取得了足为后世典范的研究成果。更为重要的是：此一时期中国古代文学研究中兴起的科学精神，对此后的中国古代文学研究产生了十分深远的影响，直至今天。

1949 年以后，中国古代文学研究的老一辈学者热心投身于新中国的文化建设，关于中国古代文学“人民性”的揭示，现实主义和浪漫主义文学传统的总结，一方面可以看出前辈们积极接受马克思主义思想与方法的努力，另一方面亦可看出他们建设新的主流文化的热情。当然，随着政治的不断升温，政治文化大有取代主流文化之势；政治取代了一切，中国古代文学研究甚至成为某些人手中的政治工具，这使老一辈学者建设主流文化的感情受到极大的伤害，并因此而远离主流文化。这种情况只有到了新时期才有改变，宽松的学术环境，又使学者们重新焕发建设主流文化的热情。关于中国古代文学中人性问题的讨论、中国古代文学方法论的讨论、重建古文论话语的呼唤、重写文学史的讨论等等，都可称之为重建主流文化愿望的体现。

但是，我们也应看到：自上个世纪90年代以来，中国古代文学研究出现了一种不容忽视的疏离主流文化的倾向。这种倾向集中表现为对当代文化建设的漠不关心，对许多重大问题缺少必要的回应。如弘扬优秀传统文化的问题，在社会喊得很响，但何谓优秀传统文化？如何弘扬？这些本应是中国古代文学研究者研究和解答的理论问题，但迄今为止，恕笔者孤陋寡闻，只听得有口号，却并不见有文章面世。弘扬优秀传统文化，不仅是个理论问题，也是个实践问题。近些年来，《西游记》《三国演义》《红楼梦》《水浒传》《聊斋志异》陆续被搬上荧屏，但中国古代文学研究者对此亦反应冷淡，涉及中国古代文学在当代传播的一些理论问题，亦少见有人研究。还有清宫小说、清宫戏充斥文坛，中国古代文学研究界亦熟视无睹，没有任何反应，表现出一种贵族式的冷漠。这一点，中国古代文学研究者远不及史学家，倒是史学家们对清宫小说及电视剧的历史真实、价值取向提出了批评和讨论。其他如传统文化与现代化的问题，中国古代文学研究与当代精神文明建设问题，过去也都缺少必要的理论探索。

其次，是淡化现实人生的倾向。学术研究与现实人生之间的关系比较复杂，它即可能超越现实人生，又可能与现实人生有密切的联系，这要看不同学科和研究的性质、目的而定。文学研究作为人文学科本与现实人生关系密切，但是，由于中国古代文学研究的对象属于历史的范畴，因此与现当代文学研究不同，它与现实人生之间似有一种距离感，应该说这的确是中国古代文学研究的特殊性。正是由于这个特殊性，我们不能像要求现当代文学研究一样，要求中国古代文学研究贴紧现实，正如某一段时期的意识形态一样，要求中国古代文学研究径直为现实服务，对中国古代文学研究与现实的关系作一种狭隘的功利主义的理解。这种狭隘的功利观，扭曲了中国古代文学研究与现实的关系，违背了中国古代文学研究的自身规律，也给此后的中国古代文学研究带来怕谈现实的后遗症。

但中国古代文学研究自有其与现实的正常关系。中国古代文学研究的对象是历史，研究者的立足点则应该是现实。所谓立足点是现实，不仅仅指研究者的思想观念、学术观点以及思维方法来自现实，同时亦指研究者作为人文知识分子的社会责任和义务，要求他必须关心现实人生，并以自己的研究工作促进社会的发展和人类的进步。鲁迅先生说过："如果只为着中国小说史而讲中国小说史，即使讲得烂熟，大家都能够背诵，可有什么用处呢？现在需要的是行，不是言。现在的问题：首先要使大家明白，什么孔孟之道、封建礼教，都非反掉不可。旧象越摧破，人类便越进步。这并不是只靠几个人在口头上说说就可以收到效果的。所以也要讲作法，总要培养出一大批能够写写的青年作家，这才可以向旧社会多方面地进攻。"① 讲授文学史是为了改造现实。鲁迅先生的《中国小说史略》与王国维的《宋元戏曲史》同被誉为"中国文艺史研究上的双璧，不仅是拓荒的工作，前无古

① 许钦文《来今雨轩》，《新文学史料》第三辑，人民文学出版社1979年版，第80页。

人，而且是权威的成就，一直领导着百万的后学”①。是鲁迅潜心中国古代文学研究的学术成果之一。但是从上可见，就是这种纯粹的学术研究，仍贯注着他批判封建文化、促进人类进步的现实目的。国学大师陈寅恪一直是以考据家的面目出现的，但程千帆先生一针见血地指出：陈寅老“谈论的实际上是文化的走向问题”，“我最近看《顾颉刚年谱》，他的学问和陈寅恪有距离，没有能够把学问与国家命运联系起来。”在谈到古代文学研究的意义时，程千帆先生明确表示：“研究古代文化文学，是为了活着的人，不想到这一点，我们的研究便没有意义。我们把杜甫讲得再好，杜甫也不知道了。我们把杜甫讲得更深刻一些，是为了更多方面贴近文学史本体，是为了现代人，是为了现代的文化创意，包括创作，包括建立我们的文化体系。”②

可以这样说：关注现实人生，是中国古代文学研究很好的传统。但这一传统到现在又怎样了呢？现在中青年学者生活的环境与前辈学者的生活环境相比，已经有了天壤之别。前辈学者生当乱世，文学蓬转，故于研究之中潜转着无限的家国与民族之慨，有时研究甚至也是战斗。建国后又历经运动，沧桑人生，不能不影响到他们研究中国古代文学时的目的和内容。现在的中青年学者生活在和平年代，又逢改革开放，已无战乱和运动之虞。但是，我们不能不看到，在社会

① 郭沫若《鲁迅与王国维》，《郭沫若全集》第20卷，人民文学出版社1992年版，第306页。

② 《书绅杂录》，张伯伟编《程千帆全集》第15卷，河北教育出版社2000年版。

由计划经济向市场经济转型的过程中，我们的生活中出现或正在发生着许多突出的社会问题：如吏治的腐败、道德的沦丧、拜金主义风行等等。这些问题事关国家的前途与命运，是中青年学者所面对的新的尖锐的社会问题。对这些问题，现当代文学研究者表现出极大的关注，他们的研究充满忧患意识，体现出关心社会与人生、改造现实的责任感。现当代文学研究的对象是来自于现实生活的作品，因此可以说，他们对现实人生的关注，既决定于他们研究的对象，但无可否认，同时也是来自于研究者的社会责任感。相形之下，中国古代文学研究又表现出了它的反应迟钝与漠不关心。当然，由于研究对象的特殊性，人们不可能也不应该要求它似现当代文学研究一样，直接对当代社会问题做出反应。但它应该有对社会人生的终极关怀，并在对中国古代文学意义的理论阐释中，求真、问善、出美，激浊扬清，给人以借鉴和警示。这些虽然不是古代文学研究目的与意义的全部，却应是其中的重要内容。然而近些年的中国古代文学研究恰恰是淡化了这部分内容，表现出重中国古代文学基本文献和史料的整理与研究，轻理论阐释，造成意义与价值评判缺失的研究倾向。

在中国古代文学研究中，文献整理与理论阐释是两大基本内容。文献的整理，包括总集、别集的校点、笺注、作家生平事迹的考证、作品的系年等等，是中国古代文学研究的基础。这种基础性的研究工作，由于是还原历史的工作，是理论阐释的基础和前提，因此比较重要。古代学者治学有义理、考据、辞章之说，文献的整理即属考据之学。乾嘉尚朴学，考据之学遂被目为真学问而受重视。但是，自现代学术观念引入中国古代文学研究以来，考据之后，又有了以寻找意义、规律和价值判断为目的的理论阐释。自此之后，文献整理加上理论阐释，才是现代意义上的完整的中国古代文学研究。理论阐释，如作家作品的研究，文体、流派、思潮的研究等等，因重在阐发意义，揭示规律，所以对现实人生、当代社会生活、文学创作多有借镜和启迪。当然，我们这样分析，并不是表明在文献整理与理论阐释之间孰轻孰重，只是说对现实而言，基于文献整理之上的理论阐释，更有其现实意义。但是，在近些年的古代文学研究中，确实存在着一些学者远离现实、有意回避理论阐释、一味重文献整理的倾向。如李白研究，其身世生平的考证文章不胜枚举，一直是李白研究的热点，甚至细致到李白娶了几位夫人，是明媒正娶还是野合，生了几个孩子，如此等等。但是对李白思想性格及其创作的研究，有的学者就缺乏兴趣，论文亦少有价值的内容。所以，我们今天回过头去读林庚先生写于50年代的著作《诗人李白》，看林先生对李白布衣感的论述，仍可感受到研究与现实的互动。此外如已故裴斐先生的《李白个性论》对李白的人格与狂狷精神的论述，对世风浇薄下知识分子的人格修养与人性自保，也不无启示。在古代文学研究中还有一种现象：研究者也有理论阐释，却不做价值判断，有的只做艺术价值判断，不做思想意义价值判断；有的不仅不做思想意义判断，甚至连艺术价值判断也不做，这样的研究，去现实人生就更远了。

远离或回避现实的研究，自也有其理论依据，那就是强调科学研究自身就是目的。此种理论古已有之，梁启超在

《清代学术概论》中就主张“学问之为物，实应离‘致用’之意味而独立生存。”但此种理论的科学性颇值得人怀疑，科学为了什么呢？尤其是人文科学，离开现实人生还会有其自身意义吗？现实人生永远是文学研究的出发点与归宿点，古代文学研究自不例外。

现在，我们可以就中国古代文学研究中出现的疏离主流文化、淡化现实人生倾向，对中国古代文学研究的边缘化的影响作一点总结了。中国古代文学研究与主流文化建设，是一种互为影响的关系。主流文化建设需要并要求古代文学研究的参加。古代文学研究越是在主流文化建设中发挥作用，就越容易获得社会的关注与支持。反之，就会遗失自己存在的价值，被社会冷落而滑向文化的边缘。

另外，从研究成果的传播角度看，中国古代文学研究的成果实有两个读者群。核心层自然是中国古代文学研究圈内的人，而不是从事研究的一般读者构成了外围层。一般而言，研究成果的深度和水平，影响的是核心层读者的多少。而研究的内容是否关涉到现实人生的问题，则决定了外围层读者的关注程度。中国古代文学研究不理会人民大众，淡化现实人生，古代文学研究变成了研究者个人为学问而学问，为研究而研究的学科，也势必会失去一般读者的关心与支持。

中国古代文学研究照此发展下去，真的只剩下研究者孤家寡人了。而这恐怕不是中国古代文学研究者真正想看到的结局。

关于古代文学研究的学术个性问题

20世纪80年代以来，古代文学研究无论在文献整理、文学史编撰和专题研究方面都取得了丰硕的成果，在一些方面或超过了前辈，或堪可比肩，这是毋庸置疑的，对此我们应该充满自信。不过为了推动古代文学研究的不断进展，我们还应该寻找不足，寻找与前辈学者的差距，以求古代文学研究再上层楼。那么，与前辈学者相比，我们这一代古代文学研究者还有哪些差距需要弥补？换句话说，还有哪些方面需要向前辈学者学习呢？我个人认为，很重要的一点就是学术个性的追求与形成。学术个性是学者在学术研究过程中从学术观念、学术思维、研究方法以及成果结论等方面表现出来的学术品格与学术特性。学术个性不仅是学术创新的重要标志之一，也是一个成熟而有成就学者的重要标志之一。所以，在当代古代文学学者中提倡自觉的追求研究的学术个性，对于推动学术进步具有重要的意义。

学术研究的目的在于问实求真，因此真正的学术研究，其成果必然是独特而富有创见的。由此可见，追求学术研究的学术个性是学术研究品质的本质体现。古代文学研究虽然属于人文学科，不同于自然科学，研究的结论只有一个，不可重复。文学多有仁者见仁、智者见智的现象，譬如对古代小说、戏剧中人物的评价，对古代诗文义旨的理解，结论未必只有一个，故有“一千个读者有一千个哈姆雷特”之说，有元好问“诗家总爱西昆好，独恨无人作郑笺”[①] 之叹。但是研究成果的不可重复，却与自然科学研究一致。因此，越是富有创见的古代文学研究，就越是独特的，富有学术个性的。近些年来，对于古代文学研究一些陈陈相因、低水平重复、缺少原创性成果的现象，学者多有不满，一直在呼吁学术创新。而追求古代文学研究的学术个性与我们当下一再强调的学术创新在本质上是一致的，可以说二者互为表里：没有学术创新，就谈不上什么学术个性；而追求学术个性，就必须要创新，因此也必然强化古代文学研究中的创新意识，带动整个学科的进步。提倡古代文学学术研究的个性，不仅仅是为了充分体现学术研究的本质属性，进一步推动学术创新；还是为了激醒学术自觉，培养和造就一批成熟的优秀学者。对于学者而言，学术个性的形成，是学者成熟的重要标志，而且从实际情况看，形成了学术个性的学者，也多是有较大学术成就、为学术进步作出贡献的学者。

---

① 《论诗三十首》，元好问著、施国祁注《元遗山诗集笺注》，人民文学出版社 1958 年版，第 527 页。

学术个性是由多方面因素作用而综合形成的。有客观因素，有主观因素。就客观因素而言，研究个性要受研究对象和目的的影响。从文体说，有的学者习惯于研究诗文，有的专注于小说与戏剧；就文学现象而言，有的从事作家研究，有的从事地域、家族文学研究，有的从事流派研究，有的从事文学理论研究，等等。而具体的研究目的亦有不同，或在于文献整理，或厘清作家生平，或揭示文学史规律，或描述一个时期文学轨迹等。对象与目的的不同，自然会影响到研究结果的特点，大体而言，从事文献和作家生平研究的，其成果多偏于实证；而从事作品研究和文学史规律研究的则偏于阐释。而就主观因素而言，学术个性不仅表现其研究结论为个人的独特发现和创造，还表现为其鲜明的学术观念，独特的研究路数，以及研究方法、论述语言的鲜明个性。在主客观因素里边，学者的主观因素起着决定性的作用。学术观念直接指导着学者研究对象的取舍、对研究对象的价值判断以及研究路数和方法的择取，在研究过程中发挥着根本的作用。而研究路数和方法，则最能够反映学者的思维特点，处理问题的方式，因此也最容易形成个人的特征。因此有学术个性的学者，其贡献不仅在于发现并揭示新的文学现象，或为一文学现象提供新的解释等，还在于他或提出或坚守某一社会观念和文学理念，开创了新的研究方法，为古代文学研究提供了新的范式。比如著名的文史研究家王国维和陈寅恪，二人皆中西兼通，受西方的哲学、史学和文学观念影响来研究中国古代文学，并且形成了个人鲜明的学术个性。表现在成果方面，王国维无论在词学、小说和戏剧研究方面，都取得了显著成就。他以叔本华的悲剧观研究《红楼梦》，创《红楼梦》悲剧说；借鉴西方的主客观哲学观念研究词学，创词学境界说，均具有建立起中国现代学术研究范式的开创性意义。而其学术观念，则断然与同时代有不同者，即主张摒弃学术研究的功利观念，提倡学术即为目的的研究："故欲学术之发达，必视学术为目的，而不视学术为手段而后可。"① "学术之发达，存于其独立而已。"② 其对文学的认识也是如此，服膺游戏说，"文学者，游戏的事业也"③，主张文学亦应远离"利禄之途"，虽然明显看出是受到了西方学术观念的影响，却也是王国维个人对中国学术、中国文学独立的思考。这种学术观念直接影响到他的文学研究，使其文学研究贯穿了唯美求真的精神气质。而王国维的研究方法，既继承了乾嘉学派的考据方法，又吸收了现代史学的研究方法，提出学术研究的两重证据说，即所谓的"纸上材料外，更得地下之新材料……此二重证据法，惟在今日始得为之"④，同时又开创了中西比较的研究法，此两种研究方法，都一直影响到了当代。

与王国维同时代的陈寅恪，同王国维一样出入于文史之间，其于中国古代文学研究的成就，亦十分显著，《元白诗笺证稿》《论再生缘》《柳如是别传》均为古代文学研究典范

---

① 王国维《论近年之学术界》，姚淦铭等编《王国维文集》，中国文史出版社 1997 年版，第 3 卷，第 38 页。

② 同上书，第 3 卷，第 39 页

③ 《文学小言》，同上书，第 1 卷，第 25 页。

④ 《古史新证》，同上书，第 4 卷，第 2 页。

之作。而在学术观念方面，他所提出的独立之学术精神，坚守了学术研究应有的立场，具有深远的意义。而“一时代之学术，必有其新材料与新问题。取用此材料，以研求问题，则为此时代学术之新潮流。治学之士，得预于此潮流者，谓之预流（借用佛教初果之名）。其未得预者，谓之未入流，此古今学术史之通义”，[①] 则指出了学术研究的正途。在研究方法上，其有着重大影响的“诗史互证”，则打通了文史的壁垒，既为历史研究开发出新的材料，使历史学家通过生动的诗文材料对古人之思想感情有一真正的“同情之了解”；同时也使古代诗歌研究，注解更确凿，诠释更符合历史语境。

进入到20世纪50年代以后，学术观念渐趋一统，学术服务论成为主流的学术观念。实事求是地说，这在一定程度上抑制了学术个性的形成。但是我们也应看到，在50年代的古代文学研究中，亦不乏有学术个性的学者，譬如研究李白的两位著名学者林庚先生和裴斐先生。关于李白所处的时代，林庚提出著名的“盛唐之音”说，并论证李白的诗歌充满了这一时代的“乐观情绪”和“少年的解放精神”[②]。而裴斐则提出异议，认为李白所处的时代，是唐朝由盛世走向黑暗的时代，李白的诗则以人生如梦和怀才不遇两个主题无情地揭露了那个黑暗的社会[③]。师生二人研究李白观点不同，结

① 陈寅恪《陈垣敦煌劫余录序》，《金明馆丛稿二编》，生活·读书·新知三联书店2001年版，第266页。

② 林庚《诗人李白》，上海古籍出版社2000年版。

③ 裴斐《谈李白的诗歌》，《光明日报》1955年11月13日《文学遗产》专栏。

论迥异，但都为李白研究作出了重要贡献。这里特别指出的是二人鲜明的学术个性。林庚先生的研究充满了诗性的感悟和激情，而裴斐先生的研究则充满了思辨的智慧，这两种风格基本贯穿了二人研究的始终。

学术个性的形成，有自觉与不自觉之分。有的是学者有意识追求的结果，有的则是长期积累无意识形成的。但是，对于今天古代文学研究尚缺乏鲜明学术个性的现状而言，我认为应该强调研究者学术个性的自觉，亦即强调：作为优秀的学者，我们不要依赖于习惯的研究对象给我们的学术成果带来的某些特点，而应该在学术观念和研究路数、方法等方面，自觉追求其独特性。对待社会和人生，应有自己独立的认识；对待学术，对待文学，也应有自己深入的思考，一旦形成自己的认识，就勇于坚持，并贯彻到自己的学术研究中去。同时要以开放的心态吸纳古今中外各种研究方法，积极探索适合自己的研究路数和方法，力争为古代文学研究创造提供新的研究路数，建立新的范式。

古代文学研究中的文学感悟力

中国古代文学学科从上个世纪初算起，至今已有百年的历史，在中国文学的各门学科中是历史最长、相对来说也最为成熟的学科。因此，研究中国古代文学所要具备的条件，比较清楚，如文献的功底、理论的功底等。但是，也有一个很重要的条件，近年来被忽视或没有得到充分的强调，以至在古代文学研究人才培养乃至研究上，出现了一些问题。这个就是对文学的感悟能力。

文学创作中的感悟能力，有杨义先生的大作论之甚详①。此处所说的文学研究中的感悟力，是指文学史家和文学批评家对于文学作品所蕴含的情感、思想、形象的意义和语言艺术直觉的感应、体验、领悟和判断的能力，以及对于文学现象的直觉感受和洞察的能力。感悟力是研究文学作品最基本

① 杨义《感悟通论》，人民出版社 2008 年版。

也是最重要的能力。

与其他人文社会科学研究不同的是，文学作品首先就是感性的存在，所有的思想意义，包蕴于形象之中，只有通过文学作品的形象，具体说就是叙事作品里边的人物、故事、情节，抒情作品里边的情感、意象、意境、音韵、语言，作品的思想意义才能显现出来。文学史家和批评家进入作品的途径是形象，进入之后对作品的把握，则要通过感同身受的体验，再现作品的内容，这些都存在着感悟的过程。所以研究者对于他所研究的对象，能否有敏锐的感应，能否进入到切身的体验状态，会直接影响到对作品的接受与理解。

中国古代文学历来以诗文为正宗，在再现与表现的两种艺术类型中，偏重于表现。中国文学的这种特征，使其成为一种重意蕴与艺术灵性的文学。在创作中，古人讲灵机，所谓"方天机之骏利，夫何纷而不理"①：讲兴会，如颜之推所说"文章之体，标举兴会，引发性灵"，② 要"随兴会所之为之"；③ 讲悟入，严羽《沧浪诗话》有著名的论述："大抵禅道惟在妙悟。诗道亦在妙悟。且孟襄阳学力下韩退之远其，而其诗独出退之之上者，一味妙悟而已。惟悟乃为当行，乃为本色。"④ 又曾季狸《艇斋诗话》："后山论诗说换骨，东湖论诗说中的，东莱论诗说活法，子苍论诗说饱参，入处虽

---

① 陆机《文赋》，《文选》，第 772 页。

② 《颜氏家训·文章》，天津古籍出版社 1995 年版，第 97 页。

③ 方东树《昭昧詹言》卷十三，人民文学出版社 1961 年版，第 282 页。

④ 《沧浪诗话》，第 2 页。

不同，然其实皆一关捩，要知非悟入不可。”① 吕本中《童蒙训》亦云：“作文必要悟入处，悟入必自功夫中来，非侥幸可得也。如老苏之于文，鲁直之于诗，盖尽此理也。”② 这都是重艺术灵性的突出表现。作为艺术灵性的创作，往往表现的是瞬间的感受，或者是神思的瞬间的勃发。虽然是瞬间的感受，或者是瞬间的勃发，但是作品却往往涵蕴着深厚的内容或深刻的思想。所以评价作品也以文外重旨、韵外曲致为艺术的极致，因此意境与神韵理论大行其道，陶渊明、王维、孟浩然的田园山水诗备受推崇，宋词也以要眇的婉约词为正宗。

面对这样的研究对象，研究者对于中国古代文学作品的把握，必须要有悟性，要有极强的艺术感悟力和生命的穿透力，才能参透诗旨，有所斩获。欧阳修《六一诗话》记与梅尧臣论诗，梅氏以为：“必能状难写之景如在目前，含不尽之意见于言外，然后为至矣。”欧阳修问梅尧臣“何诗为然?”梅尧臣回答：“作者得于心，览者会以意，殆难指陈以言也。”这里所说的“会意”，就是读者的感悟。梅圣俞举诗例道其仿佛云：

严维“柳塘春水漫，花坞夕阳迟”，则天容时态，融和骀荡，岂不如在目前乎？又若温庭筠“鸡声茅店月，人迹板桥霜”，贾岛“怪禽啼旷野，落日恐行人”，

---

① 《艇斋诗话》，第13页。

② 胡仔《苕溪渔隐丛话后集》，人民文学出版社1962年版，第232页。

则道路辛苦、羁愁旅思，岂不见于言外乎？①

梅氏从严维诗而感受到春光骀荡，从温、贾诗品出羁旅愁思，都应是感悟所得。又张戒《岁寒堂诗话》卷上云：“韵有不可及者，曹子建是也；味有不可及者，渊明是也；才力有不可及者，李太白、韩退之是也；意气有不可及者，杜子美是也。”此处所说的各位诗人不可及处，如“韵”，如“味”，如“意气”，都非常空灵，非感悟不能得到。说到对诗的感悟，历代读诗人对唐代诗人李商隐的《无题》及《锦瑟》等诗的解读最为典型。如《锦瑟》诗因意象朦胧、指向不一的特点，解者纷纭，莫衷一是，其实都是解者个人的感悟，并没有诗之外的史料来支撑。因此元好问《论诗绝句》云：“望帝春心托杜鹃，佳人锦瑟怨华年。诗家总爱西昆好，只是无人作郑笺。”如薛雪的《一瓢诗话》：

玉溪《锦瑟》一篇，解者纷纷，总属臆见，余幼时好读之，确有悟入，觅解人甚少。此诗全在“无端”二字，通体妙处，俱从此出。意云：锦瑟一弦一柱，已足令人怅然年华，不知何故有此许多弦柱，令人怅然不尽；全似埋怨锦瑟无端有此弦柱，遂致无端有此怅望。即达若庄生，亦觉迷梦；魂为杜宇，犹托春心。沧海珠光，无非是泪；蓝田玉气，恍若生烟。触此情怀，垂垂追溯，当时种种，尽付惘然。对锦瑟而兴悲，叹无端而感切。

① 欧阳修《六一诗话》，人民文学出版社1962年版，第9－10页。

如此体会，则诗神诗旨，跃然纸上。①

薛雪对《锦瑟》的诗旨的理解显然是倾向于年华之慨的，而他这一诗意的获得，即来自他对作品的咀嚼感悟，如他所说是“悟入”的。古人如此，现在人也是如此路数。苏雪林写《玉溪诗谜》，认为李商隐的无题诗表现的是李商隐一段人所不知的爱情，与富女和女道士的恋爱，也是首先从诗里感受到了爱情的信息，而后再考证其生平事迹，写成著作的。苏雪林在1927年写的六万字的小册子《玉溪诗迷》的引论里说：

千余年来义山的诗，被上述三派的人，闹得乌烟瘴气，它的真面目反而不易辨认。……因为历来旧观念蒙蔽了我的眼光，我也说义山的诗天生是晦涩的，不必求什么深解，……但后来我读了《碧城》《玉山》等诗，便有些疑惑起来。因为这些诗里充满了女道士的故事，若义山与女道士没有深切的关系，为什么一咏不已，而再咏之，再咏之不已，而二咏四咏之呢？于是我根据了这一点怀疑的念头，用心将义山诗集细读了一遍，才发现了一个绝大的秘密。原来义山的《无题》和那些《可叹一片》有题等于无题的诗，不是寄托自己的身世，不是讽刺他人，也非因为缺乏做诗的天才，所以用些怪僻的文词和典故，来炫惑读者的眼光，以文其浅陋；他的诗一首首都是极香艳极缠绵的情诗。他的诗除掉一部分

① 薛雪《一瓢诗话》，人民文学出版社2006年版，第101页。

之外，其余的都是描写他一生的奇遇和恋爱的事迹。①

所以文学研究的发现与创新，有的是要依赖于新的材料的发现，有的就是来自于研究者对作品的感悟：感悟也是文学研究创新的重要源头，一个人感悟力的高低会直接影响到作品接受与揭示的多寡。我在《不求甚解》书中讨论到方管（舒芜）对王维《鸟鸣涧》诗的体悟。诗云："人闲桂花落，夜静春山空。月出惊山鸟，时鸣春涧中。"1949 年《新中华》三期上发表的方管《王维散论》，分析很细腻：首先是分析此诗的静："夜静而且山空，本来近乎荒凉寂寞了，可是，这山乃是春天的温和的山，并非秋山冬山那样萧条死灭：何况到底还有月出，并非浓重的暗，到底还有月光下春涧中的山鸟的时鸣，也并非沉重的静呢?"进而分析王维的心态——其实是在诗的原意的基础上，对人与物极其微妙的关系作了深入的发挥："是因'人闲'而桂花才落，还是因'桂花落'而人才闲呢？是人闲了才看得见本就在落的桂花，还是桂花落了才看得见本就闲着的人呢?"诗人王维未置可否，似乎也无意于此，"君问穷通理，渔歌入浦深"，他把一切答案都融入在意象之中了。然而解诗的方管却以自己的感悟，深入诗的内蕴，进而作了更具有他个人理解的生发。这样的解诗，显然拓展了诗境，对诗的内容作了增量的发挥。

以上所谈的多是诗文，其实研究中国古代小说戏剧，同样也离不开研究者的感悟。而这种感悟与诗文不同，主要体

---

① 苏雪林《玉溪诗迷》，北新书局 1928 年版，第 3 – 4 页。

现为对人物形象的价值判断、人物心理的体验、人物命运的推测，即通过生活的逻辑，把文学还原为自己熟悉的生活。而这个过程，因个人的生活经验、阅历以及世界观的不同，也是十分个性化的，带有鲜明的个人色彩，所谓“一千个读者有一千个哈姆雷特”，即此之渭也。对小说很多人物的不同评价、对小说主题的不同认识多来自于此。比如对《三国演义》中的几个主要人物，研究者的认识就颇有出入。一般而言，都认为刘备是典型的仁君形象，而曹操是奸雄形象，诸葛亮是智者的形象。但是，鲁迅却从刘备的貌似仁厚中看出了伪诈，从曹操的奸诈中看出了豪爽多智，从诸葛亮的智谋中看出了近妖。他在《中国小说史略》第十四篇《元明传来之讲史》中说：“至于写人，亦颇有失，以致欲显刘备之长厚而似伪，状诸葛之多智而近妖。”又在《中国小说的历史变迁》的第四讲《宋人之“说话”及其影响》中评介《三国演义》的缺点：“文章和主意不能符合——这就是说作者所表现的和所想象的，不能一致。如他要写曹操的奸，而结果倒好像豪爽多智；要写孔明之智，而结果倒像狡猾。”人物形象的复杂性，固然是因为作者描写的原因，或有意写出人物复杂多面的性格，或描写动机与实际结果产生了矛盾，如鲁迅所评。但是读者和研究者能够看出小说人物性格的多面，却要靠他们阅读作品的感悟，进而概括为理性的结论。不仅如此，这种从阅读中获得的感悟甚至会影响到对一部小说思想倾向的整体认知。一般认为，《三国演义》这部小说的总体倾向是拥刘反曹，但也有人据作品所反映出的刘备的虚伪、狡猾而怀疑作者罗贯中是否真心拥刘，甚至得出小说从骨子里是反刘的结论，可见感悟会影响到对一部作品整体的评价。①

中国的古代小说，也颇重灵性。金圣叹《第五才子书施耐庵水浒传·序》云：

> 心之所至手亦至焉者，文章之圣境也；心之所不至手亦至焉者，文章之神境也：心之所不至手亦不至焉者，文章之化境也。夫文章至于心手皆不至，则是其纸上无字、无句、无局、无思者也。②

苏轼论文讲心手交至，而在这里，还不过是程度稍高的圣境而已。文学创作的最高状态是神境和化境，它超越了心手交至的临纸状态，实则就是在进入创作灵感时所呈现出的神思创作状态。那么，读者又如何才能从这样无字、无句、无局的作品中读出文字、文句、文局和文思来？当然离不开感悟。金圣叹于《第五才子书施耐庵水浒传》卷五评点此书时，即感慨“今人不会看书，往往将书容易混账过去。于是古人书中所有得意处、不得意处，转笔处、难转笔处，趁水生波处，翻空出奇处，不得不补处，不得不省处，顺添在后处，倒插在前处，无数方法，无数筋节，悉付之于茫然不知。”③ 这就是没有或缺乏文学感悟能力的过。

文学研究不仅要挖掘思想意义，还要分析艺术形式，总

---

① 陈传席《明反曹，暗反刘——（三国演义）内容倾向新论》，《明清小说研究》2000年1期。

② 施耐庵《第五才子书施耐庵水浒传》，中华书局1975年版，第一册，第11－12页。

③ 同上书，第三册，第41页。

结艺术特点，那就更是离不开具体的感性的内容。就此而言，研究者能否具有敏锐的感悟力，在阅读中迅速对作品水平的高低以及作品风格作出判断就至为关键。如敖陶孙《诗评》谈诗人的风格：

> 魏武帝如幽燕老将，气韵沉雄；曹子建如三河少年，风流自赏；鲍明远如饥鹰独出，奇矫无前；谢康乐如东海扬帆，风日流丽；陶彭泽如绛云在霄，舒卷自如；王右丞如秋水芙蓉，倚风自笑；韦苏州如园客独茧，暗合音徽；孟浩然如洞庭始波，木叶微落；杜牧之如铜丸走坂，骏马注坡；白乐天如山东父老课农桑，事事言言皆着实；元微之如李龟年说天宝遗事，貌悴而神不伤；刘梦得如镂冰雕琼，流光自照；李太白如刘安鸡犬，遗响白云，核其归存，恍无定处；韩退之如囊沙背水，惟韩信独能；李长吉如武帝食露盘，无补多欲；孟东野如埋泉断剑，卧壑寒松；张籍如优工行乡饮，酬秩自如，时有诙气；柳子厚如高秋独眺，霁晚孤吟；李义山如百宝流苏，千丝铁网，绮密环妍，要非适用；宋朝苏东坡如屈注天潢，倒连沧海，变怪百出，终归雄浑；欧公如四瑚八琏，正可施之宗庙；荆公如邓艾缒兵入蜀，要以险绝为功；黄山谷如陶弘景入官，析理谈玄，而松风之梦故在；梅圣俞如关河放溜，瞬息无声；秦少游如时女步春，终伤婉弱；陈后山如九皋独唳，深林孤芳，冲寂自妍，不求识赏；韩子苍如梨园按乐，排比得伦；吕居仁

如散圣安禅，自能奇逸。①

论魏晋至宋代诗人风格，全是一种想象的譬喻，是以具体性格形象来描绘诗人的风格。而敖陶孙对诗人风格的获得，很明显就是感悟所得。今人对诗歌作品风格的把握，与古人相比，已经多了许多手段，如意象的统计，结构的分析，用韵的把握，等等。但是，对诗中情感的体验，尤其是更幽微情感的捕捉，对诗歌意境的感受等，仍然不能离开对作品的感悟。

中国古代文学的研究，离不开史的研究。中国古代文学研究，在很大程度上是文学史的范畴。史的研究的最大特点是要依赖于史料。文学作品产生的时代，作家的生平，作家的活动，一个时期、一个地区乃至一个家族的文学整体面貌，等等，都是文学研究必须涉及的。但是，由于年代渺远、史料散佚等原因，研究者所获得的史料永远是残缺不全的、有限的，所以要还原文学史，是十分困难的。但是对于研究者来说，无论还原也好，建构也好，每一个人都会把回到历史作为他研究的目的或过程。这就需要研究者的感悟，通过合理想象和推理勾连起史料，回到历史。吴承学、沙红兵《古代文学研究的历史想象》在论述文学史想象时曾引陈寅恪在《冯友兰中国哲学史上册审查报告》中语：

吾人今日可依据之材料，仅为当时所遗存最小之一部，欲借此残余断片，以窥测其全部结构，必须备艺术

① 程兆胤录、敖陶孙撰《诗评》，中华书局1985年版，第1-2页。

> 家欣赏古代绘画雕刻之眼光及精神，然后古人立说之用意与对象，始可以真了解。所谓真了解者，必神游冥想，与立说之古人，处于同一境界，而对于其持论所以不得不如是之苦心孤诣，表一种之同情，始能批评其学说之是非得失，而无隔阂肤廓之论。①

所谓的“神游冥想”，实际上就是发挥想象重构历史的原貌，而这种文学史想象，诚如吴承学文章所说：“它又与一般的历史想象区分开来，具有更需要神思感悟的文学特性。”②其实文学史在很大程度上就是人的心灵史和情感史，而对于古代文人心灵和情感的把握甚至还原，殊非易事，研究者如果不能依据自身的情感体验和心灵感悟，是很难完成复现一个作家、一个时期作家群或一个地域作家群的心灵面貌、心态状况和情感现象的。

研究者的感悟力当然有先天的因素，但是更重要的还是后天的培养。一是有关阅读。古代文学研究者，必须具有良好的文学修养，而在文学修养中，很重要的一部分就是熟悉文学作品，所以熟读作品是增强文学研究中感悟力的必备的功课。古人常常谈论读书对于文学创作的重要，司马迁有著名的“读万卷书，行万里路”说。扬雄说：“能读千赋则善赋。”③ 杜甫《奉赠韦左丞丈二十二韵》说：“读书破万卷，下笔如有神。”这些说的都是读书对写作的作用。其实写作

---

① 陈寅恪《金明馆丛稿二编》，第 279 页。

② 《文学评论》，2009 年 6 期。

③ 桓谭《新论·道赋》，上海人民出版社 1977 年版，第 51 页。

和研究是相通的，研究文学的基本功，更需要熟读作品，才会增强悟入的能力。严羽《沧浪诗话·诗辨》对诗的悟入，特别强调熟读领会作品：

> 试取汉魏之诗而熟参之，次取晋宋之诗而熟参之，次取南北朝之诗而熟参之，次取沈、宋、王、杨、卢、骆、陈拾遗之诗而熟参之，次独取开元、天宝诸家之诗而熟参之，次取李、杜二公之诗而熟参之，又取大历十才子之诗而熟参之，又取元和之诗而熟参之，又尽取晚唐诸家之诗而熟参之，又取本朝苏、黄以下诸家之诗而熟参之，其真是非自有不能隐者。……先须熟读楚辞，朝夕讽咏，以为之本，及读《古诗十九首》、乐府四篇，李陵、苏武、汉魏五言，皆须熟读。即以李、杜二集枕藉观之，如今人之治经，然后博取盛唐名家，酝酿胸中，久之自然悟入。①

朱熹治学也特别强调反复阅读作品："时时温习，觉滋味深长，自有新得。"② 只有这样不断温习，才会有新的心得。刘师培讲古代作家研究，最讲"浸润"：

> 汉文气味，最为难学，只能浸润自得，未可模拟而致。至于蔡中郎所为碑铭，序文以气举词，变调多方；铭词气韵光彩，音节和雅，如《杨公碑》等音节甚和雅。在东汉文人中尤为杰出，固不仅文字渊懿、融铸经

① 《沧浪诗话》，第3－5页。

② 黎清德编《朱子语类》卷二十四，中华书局1986年版。

> 诰而已。且如《杨公碑》《陈太丘碑》等，各有数篇，而体裁结构，各不相同，与此可悟一题数作之法。又碑铭叙事与记传殊，若以《后汉书》杨秉、杨赐、郭泰、陈实等本传与蔡中郎所作碑铭相较，则传虚碑实，作法迥异，与此可悟作碑与修史不同。①

又云："傅、任之作，亦克当此。且其文章隐秀，用典入化，故能活而不滞，毫无痕迹；潜气内转，句句贯通；此所谓用典而不用于典也。今人但称其典雅平实，实不足以尽之。大抵研究此类文章首重气韵，浸润既久，自可得其风姿。"② 刘师培所说的"浸润"，就是熟读作品，从熟读作品中，体会文章的"气味"和气韵。

在古代文学研究中，有一十分重要的内容，就是对风格的研究。古人讲作家，也多从"体"、即今天所说的风格进入。前面已引敖陶孙《诗评》论诗人风格。又如：说"阮旨遥深，嵇志清峻"，唐代诗人李白豪放飘逸，杜甫沉郁顿挫，宋代诗人苏轼自在雄浑，黄庭坚生新瘦硬，也都是风格的概括与描述。严羽《沧浪诗话·诗体》讲了许多体：

> 以时而论，则有建安体、黄初体、正始体、太康体、元嘉体、永明体、齐梁体、南北朝体、唐初体、盛唐体、大历体、元和体、晚唐体、本朝体、元祐体、江西宗派体。以人而论，则有苏李体、曹刘体、陶体、谢体、徐

---

① 《汉魏六朝专家文研究·各家总论》，《中国中古文学史讲义》，中国人民大学出版社 2004 年版，第 117 页。

② 同上书，第 119 页。

> 庾体、沈宋体、陈拾遗体、王杨卢骆体、张曲江体、少陵体、太白体、高达夫体、孟浩然体、岑嘉州体、王右丞体、韦苏州体、韩昌黎体、柳子厚体、……①

时之体就是时代风格，人之体就是作家风格。又杨万里《诚斋诗话》：

> “问余何意栖碧山，笑而不答心自闲。桃花流水窅然去，别有天地非人间。”又：“相随遥遥访赤城，三十六曲水回萦。一溪初入千花明，万壑度尽松风声。”此李太白诗体也。“麒麟图画鸿雁行，紫极出入黄金印。”又：“白摧朽骨龙虎死，黑入太阴雷雨垂。”又：“指挥能事回天地，训练强兵动鬼神。”又：“路经滟滪双蓬鬓，天入沧浪一钓舟。”此杜子美诗体也。“明月易低人易散，归来呼酒更重看。”又：“当其下笔风雨快，笔所未到气已吞。”又：“醉中不觉度千山，夜闻梅香失醉眠。”又《李白画像》：“西望太白横峨岷，眼高四海空无人。大儿汾阳中令君，小儿天台坐忘真。平生不识高将军，手涴吾足乃敢嗔。”此东坡诗体也。“风光错综天经纬，草木文章帝机杼。”又：“涧松无心古须鬣，天球不琢中粹温。”又：“儿呼不苏驴失脚，犹恐醒来有新作。”此山谷诗体也。②

风格是我们研究文学越不过的范畴，尤其是古代文学研

① 《沧浪诗话》，第10－13页。

② 杨万里《诚斋诗话》，《诚斋集》卷一四〇，中华书局1936年版。

究，更离不开“体”的把握。但是对“体”的把握又谈何容易。严羽只提出了某某体，未作具体解释。敖陶孙对诗人风格作了简要的比拟，而杨万里却只引了诗人的几句诗来说明此是某某诗体。无论是通过比拟，还是通过诗句来总结诗人的风格，都要有研究者的个人感性的体验和感悟。而作品读得多少，读得到不到家，熟不熟，深入不深入，会直接影响到一个人的感悟能力，进而影响到他的研究能力，这里边没有捷径可走。古人和现代一些优秀的学者，多具备这样功夫，即往往读完一篇无作者姓名、甚至无题的作品，就能判断这篇作品的时代，或唐或宋，或明清以下，甚而判断出其作者。这种感悟的功力，没有别的原因，只在读书，是日积月累熟读作品养成的鉴赏功夫。与此相反，在当下的古代文学研究中，会发现一种常见的现象，缺乏对作品所在年代、作者以及作品艺术水平的判断能力，甚至还有不分良莠、信口雌黄者，究其原因无他，“读书未到康成地，安敢高声议汉儒”（游潜《梦蕉诗话》），就在于作品读得少，学力不够。现在，计算机技术和网络技术高度发达，为文献检索带来了很大便利，然而计算机却检索不出思想的蕴含和情感的生动。

因此，在古代文学的研究者培养方面，必须把读书、读作品作为培养的重要手段。不能用讲课来代替阅读，任何讲课对文学研究水平的提高都是有限的，关键还在阅读作品。在博士生培养方面，有的培养单位安排了大量的授课，对此，我是不敢苟同的。我认为必须把阅读原典的时间安排充足，应该要求学生读完一个时期的重要总集、别集、一个阶段所有的作品。最好是读没有经过标点的古籍。这样做，不仅可以增强学生对文学作品的感受能力，同时也会加强他们对于古代文献的把握理解能力，然后才是同学间的交流研讨和导师的指导。

二是有关阅历。在我国，文学从来都是修身之学、养性之学，总是把读者对文学的接受，与个人的介入融为一体，很少有西方那样纯粹客观的观照。孟子就有著名的“知言养气”说，《孟子·公孙丑上》：

> “敢问夫子恶乎长?”曰：“我知言，我善养吾浩然之气。”“敢问何谓浩然之气?”曰：“难言也。其为气也，至大至刚，以直养而无害，则塞于天地之间。其为气也，配义与道，无是，馁也。是集义所生者，非义袭而取之也。行有不慊于心，则馁矣。……” “何谓知言?”曰：“诐辞知其所蔽，淫辞知其所陷，邪辞知其所离，遁辞知其所穷。”①

所谓“知言”，是指辨别语言文辞的能力；所谓“养气”，讲的是个人内在的道德修养。孟子虽然没有直接说明“知言”与“养气”的关系，不过从这段话的逻辑上来看，显然“知言”植根于“养气”。也就是说人的道德修养会影响到语言文辞的辨别能力，直接影响到对文学作品的评判。由于文学本身写人的性质，读者或研究者对文学的接受，从来都受到接受者个人阅历的影响与制约，包括人生经历、学识、思想意识、信仰等等。尤其是人生的经历以及由此而积累的人生

① 《孟子正义》，第199－209页。

经验，对于提升古代文学研究中的文学感悟力至为重要，甚至会影响到一个研究者的学术个性。在古代文学研究界，这样的例子可以说比比皆是。鲁迅透过阮籍、嵇康等士人的出世与玩世，看到的是魏晋士人深刻入世的痛苦与悲哀，从陶渊明超然的田园诗中感受到的是他不超然，这种深入的感悟能力以及透辟的分析能力，毫无疑问与鲁迅作为现代革命先锋的人生阅历密切相关。又如现代著名的学者李长之，从小就形成了独立的性格，他在《社会与时代》一文中谈到自己："浓的兴趣和独立的性格，永远是我之所以为我了。"①再加之他在清华大学学习哲学时，又接受了德国哲学的影响，尤其是强调个人生命体验的狄尔泰哲学影响，这种学习的阅历，使他在李白的诗歌中，不仅看到了李白作为常人所应具有的欲望，而且在其《道教徒的诗人李白及其痛苦》一书中，还对其超常的痛苦作了深刻的揭示。谈到阅历对文学研究中感悟的影响，还要提到两位特殊的《红楼梦》研究者：一是写了《红楼梦人物论》的王昆仑先生，一是写了《红楼梦启示录》、《王蒙活说红楼梦》和《王蒙评点红楼梦》的王蒙先生。说其特殊，乃是因为他们都做过高官，但也就是他们丰富的人生阅历，包括政治经验，使他们对《红楼梦》有了独特的感悟理解，用自己的人生经验去理解作品，再用作品的人生经验来验证补充自己的人生经验，写出了不同于普通学者的研究著作。在我国当代李白研究的专家中，已故的裴斐先生是一位既有突出成就、又极有个性的学者。当古代

① 《李长之文集》，河北教育出版社2006年12月版，第380页。

文学宏观研究中颇为流行情理中和之说、学者们纷纷强调中国的古代文化是以中庸为主的文化时，他却鼓吹方的品格和狂狷精神，强调文人的人格应该是方的而非圆的，认为我国古典文学精华所在决非中和即中庸，而是与之相反的狂狷，对李白反中庸的狂狷性格给予了极高的评价①。当众多学者认为李白的性格和诗风是豪放飘逸时，他又指出，李白并非一味的飘逸，一味的豪放，他的性格和诗风是豪与悲：

> 其豪纵奔逸总是同深沉的悲感分不开，或豪中见悲，或悲中见豪，典型的李白个性总是包含着豪与悲两方面。豪，出于强烈的自我意识和傲世独立的人格力量；悲，出于对现实的深刻不满以及由此产生的双重矛盾、双重痛苦。②

裴斐先生对古代文化和李白的独特认识，在我看来，即受了他独特的人生经历的影响。他的右派的不幸遭遇，改变了他的人生，但是也锤炼了他坚毅的人格，加深了他对社会人生的认识与理解，从而也使他在从事古代文学研究中，从一个人们都不会注意或者忽略的视角，获得对研究对象的感悟，从李白的飘逸中读出悲与豪。

因此，对于古代文学研究者来说，一辈子钻到故纸堆里，不问世事，也不懂世事，未必能够作出大学问，成为真学者。关注现实，洞明世事，与读书互为表里，无疑能够有效地增

① 《李白个性论》，《中国李白研究》1990 年上集，江苏古籍出版社 1990 年版。

② 同上。

强其文学感悟力。

提高古代文学研究中的文学感悟力，除了强化读书和丰富阅历外，还有必要建议学者尝试文学创作，以提高文学修养。“文章千古事，得失寸心知”（杜甫《偶题》），亲自尝试文学创作，才会真正体会创作的甘苦，把握文学创作的真谛。因此曹植《与杨德祖书》说：“盖有南威之容乃可以论于淑媛，有龙泉之利乃可以议于断割。”[①] 认为只有批评者自己是优秀的作家，才有资格去评论他人的作品。古代诗文评不曾独立，所以在中国古代，作家一般即是批评家，曹植此说自有道理在。现在文学研究已经成为独立的专业，研究者虽然没有创作经历，亦可以凭借良好的学术训练，深入作品，开展研究。尽管如此，从提高文学感悟力的角度来看，曹植的这句话却也道出了创作经验对于文学研究的重要意义。回顾一百年来的古代文学研究，在上个世纪出现了许多作家学者或学者作家，尤其是“五四”时期，作家学者往往不分，一些颇有影响的古代文学研究大家，同时也是著名的作家，胡适、鲁迅、闻一多、朱自清、郭沫若、钱钟书、林庚等等都是。这也证明，丰富的创作经验确实有助于古代文学研究的深入，尤其有助于研究者对作品的感悟和理解。因此提倡古代文学研究者写一点文学作品，对于他所从事的研究工作，一定会起到如虎添翼的作用。

① 赵幼文《曹植集校注》，人民文学出版社1984年版，第154页。

附：论文发表的期刊

生命意识的觉醒与儒、道生命观　　《中国文化研究》2005 年夏之卷

庄子与《列子》生命观异同论　　《哲学研究》2005 年第 3 期

从自然人性到人性自然　　《南国学术》2017 年第 1 期

布衣及其文化精神　　《清华大学学报》（哲学社会科学版）2011 年第 2 期

从志思蓄愤到遣兴娱情　　《文艺研究》2006 年第 1 期

李白诗中的"自然"意识　　《文艺研究》1999 年第 6 期

李白《古风》其四十六试解　　《李白学刊》第 2 辑

唐宋时期李白诗歌的经典化　　《文学遗产》2017 年第 5 期

附：论文发表的期刊

20世纪李白研究述略　　《中国李白研究》2000年集

王尧衢《古唐诗合解》的宗唐倾向及选诗标准　　《文学遗产》2001年第1期

传神理论内涵的历史演变　　《河北大学学报》1989年第4期

中国古代咏物诗说的理论探索　　《河北大学学报》1986年第4期

文体与中国古代文学研究　　《光明日报》2002年9月11日“文学遗产”专栏

古代文论中的体类和体派　　《文艺研究》2004年第5期

潘天寿行旅诗初论　　《潘天寿研究论文集》

传统文化：传承中的批判　　《学术月刊》2012年第11期

中国古代文学研究与21世纪中国文化　　《光明日报》2001年4月4日

中国古代文学研究的边缘化问题　　《文学评论》2001年第6期

关于古代文学研究的学术个性问题　　《文学遗产》2011年第6期

古代文学研究中的文学感悟力　　《文学评论》2012年第1期